职业教育改革创新规划教材

# 电工技术基础与技能

主　编　李贞权

参　编　王国庆　董　武　李清玉　刘建雄

机械工业出版社

本书依照中等职业学校"电工技术基础与技能"课程教学大纲要求，参考国家有关职业技能和行业技能鉴定标准，结合职业学校学生学习以及相关专业岗位培训需要精心编写。

本书宗旨是贴近职业岗位，坚持"做中学、做中教"的职业学校教学特色，采取理论与实际相结合的教学模式，内容编排力求由浅入深、学用结合。

本书主要内容包括：电工常识、直流电路、电容和电感、单相正弦交流电路、三相正弦交流电路、用电保护和综合实训 MF-47 型万用表的组装与调试。每个章节均配有导读、生产生活中技术案例、本章小结、实训项目、思考与练习等，以突出应知与应会相结合特点，便于教学。

本书可以作为职业学校维修电工、电子技术应用、电子电器应用与维修、电气运行与控制等电类专业教材，也可以作为技术工人岗位培训教材及自学用书。

为便于教学，本书配有电子教案，凡选用本书作为教材的教师可登录www.cmpedu.com 网站，免费注册下载，或来电（010－88379195）索取。

**图书在版编目（CIP）数据**

电工技术基础与技能 / 李贞权主编． —北京：机械工业出版社，2011.2
职业教育改革创新规划教材
ISBN 978-7-111-33422-4

Ⅰ．①电… Ⅱ．①李… Ⅲ．①电工技术—专业学校—教材 Ⅳ．①TM

中国版本图书馆 CIP 数据核字（2011）第 021825 号

机械工业出版社（北京市百万庄大街 22 号　邮政编码 100037）
策划编辑：高　倩　责任编辑：张值胜
版式设计：霍永明　责任校对：陈延翔
封面设计：鞠　杨　责任印制：乔　宇
北京汇林印务有限公司印刷
2011 年 5 月第 1 版第 1 次印刷
184mm×260mm・11 印张・270 千字
0001－3000 册
标准书号：ISBN 978-7-111-33422-4
定价：23.00 元

# 前　言

本书按照中等职业学校电工技术基础与技能教学大纲要求，参考国家有关职业技能和行业技能鉴定标准，结合职业学校学生学习特点以及相关专业岗位培训需要精心编写。

1. 编写内容突出实际应用特点

本书内容安排由浅入深，循序渐进，考虑到中等职业学校学生的实际情况，降低了知识难度。全书以应用为主线，加强技能训练，培养学生与岗位对接的职业能力，努力体现职业岗位的实际需求，突出知识在生产生活中的应用。

2. 突出"做中学、做中教"的职业教育教学特色

本书在编写过程中力求探索理论与实践相结合的教学模式，按职业能力的形成过程把相关的知识、技能整合在一起进行编排。在每一章中穿插与学习内容相关的实训项目，让学生在实训的过程中进一步学习相关的知识与技能，提高实践操作技能，培养学生的职业能力，从而提高学生利用所学知识解决实际问题的能力。

3. 加强技能培养，衔接职业技能鉴定考核

本书通过实验实训、综合实训等内容适时地融入相关实践知识，落实"做中教、做中学"的教学特点，通过实验实训中设计的实际动手操作内容，帮助学生理解和巩固专业知识，为职业技能鉴定考核做准备。

4. 教材版面形式生动活泼，符合中职学生阅读习惯

本书版面设计力求图文并茂、生动活泼，充分利用图示、表格、实训项目等代替枯燥的文字描述，语言表达力求言简意赅，通俗易懂，教材贴近生活、生产实际，并从中引入相关理论知识，创设学习情境，符合中职学生阅读习惯。

本书共分为 6 章，安排 72 学时，各部分内容的学时分配建议如下：

| 教学内容 | 学时分配 |
| --- | --- |
| 第 1 章　电工常识 | 4 |
| 第 2 章　直流电路 | 20 |
| 第 3 章　电容和电感 | 8 |
| 第 4 章　单相正弦交流电路 | 26 |
| 第 5 章　三相正弦交流电路 | 4 |
| 第 6 章　用电保护 | 6 |
| 综合实训　MF-47 型万用表的组装与调试 | 4 |

限于时间和水平，书中难免存在不妥和错误之处，恳请读者批评指正。

编　者

# 目　录

# 第1章 电工常识

**教学目标:**

1. 了解安全用电和电气消防知识。
2. 掌握几种常用灭火器的特点和使用原则。
3. 了解触电的主要原因和触电方式,掌握触电后的急救方法。
4. 了解常用电工工具及仪表的作用。
5. 掌握常见的导线连接方式。

## 1.1 安全用电

触电是指人体接触或靠近带电体时受到一定量的电流通过人体致使组织损伤和功能障碍,甚至死亡的现象。在日常工作和生活中,不注意安全使用电气设备与电气工具,就可能发生触电事故,造成人员伤亡,而且电伤的部位很难愈合。所以必须做好人身触电预防工作并掌握触电救护知识。

**一、触电的类型和方式**

1. 人体触电的类型

人体触电分为电击和电伤两类。

电击是电流通过人体时所造成的内伤。它可使肌肉抽搐、内部组织损伤,会造成发热、发麻、神经麻痹等症状。严重时将引起昏迷、窒息、甚至心脏停止跳动、血液循环中止而死亡。通常说的触电,多是指电击。触电死亡中绝大部分是由电击造成。

**注意: 决定电击程度的是电流而不是电压。**

电伤是在电流的热效应、化学效应、机械效应以及电流本身作用下造成的人体外伤。常见的有灼伤、熔伤和皮肤金属化等现象。

灼伤由电流的热效应引起,主要是指电弧灼伤,会造成皮肤红肿、烧焦或皮下组织损伤;熔伤也是由电流热效应引起,是指皮肤被电气发热部分烫伤或由于人体与带电体紧密接触而留下肿块、硬块、皮肤变色等;皮肤金属化是指由于电流热效应和化学效应导致熔化的金属微粒渗入皮肤表层,使受伤部分皮肤带金属颜色且留下硬块。

2. 人体触电方式

(1) 单相触电 这是常见的触电方式。人体的一部分接触带电体的同时,另一部分又与大地或零线(中性线)相接,电流从带电体流经人体到大地(或零线)形成回路,这种触电叫单相触电。在接触电气线路(或设备)时,若不采用防护措施,一旦电气线路或设备绝缘损坏漏电,将引起间接的单相触电。若站在地上误触带电体的裸露金属部分,将造成直接的单相触电。

(2) 两相触电 人体的不同部位同时接触两相电源带电体而引起的触电叫两相触电。对于这种情况，无论电网中性点是否接地，人体所承受的线电压都将比单相触电时高，危险性更大。

(3) 跨步电压触电　雷电流入大地或载流电力线（特点是高压线）断落到地时，会在导线接地点及周围形成强电场。其电位分布以接地点为圆心向周围扩散、逐步降低，故在不同位置形成电位差（电压），人、畜跨进这个区域，两脚之间将存在电压，该电压称为跨步电压。在这种电压作用下，电流从接触高电位的脚流进，从接触低电位的脚流出，这就是跨步电压触电。

人体接触跨步电压时，电流是沿着人的下身，从脚经腿、胯部又到脚与大地形成通路，没有经过人体的重要器官，好像比较安全。但是实际并非如此！因为人受到较高的跨步电压作用时，双脚会抽筋，使身体倒在地上。这不仅使作用于身体上的电流增加，而且使电流经过人体的路径改变，完全可能流经人体重要器官，如从头到手或脚。经验证明，人倒地后电流在体内持续作用 2s 以上就会致命。

跨步电压触电一般发生在高压电线落地时，但对低压电线落地也不可麻痹大意。根据试验，当牛站在水田里，如果前后跨之间的跨步电压达到 10V 左右，牛就会倒下，电流常常会流经它的心脏，触电时间长了，牛会死亡。

当发觉跨步电压威胁时，应赶快把双脚并在一起，或尽快用一条腿或两条腿跳着离开危险区。

## 二、安全电压

人体触电时，人体所承受的电压越低，通过人体的电流就越小，触电伤害就越轻。当电压低到一定值以后，对人体就不会造成伤害。在不带任何防护设备的条件下，当人体接触带电体时对各部分（如皮肤、神经、心脏、呼吸器官等）均不会造成伤害的电压值，叫安全电压。它通常等于通过人体的允许电流与人体电阻的乘积，在不同场合，安全电压的规定是不同的。

我国有关标准规定，12V、24V 和 36V 三个电压等级为安全电压级别，不同场所选用的安全电压等级不同。

在湿度大、狭窄、行动不便、周围有大面积接地导体的场所（如金属容器内、矿井内、隧道内等）使用的手提照明灯，应采用 12V 安全电压。

凡手提照明器具，在危险环境、特别危险环境的局部照明灯，高度不足 2.5m 的一般照明灯，携带式电动工具等，若无特殊的安全防护装置或安全措施，均应采用 24V 或 36V 安全电压。

安全电压的规定是从总体上考虑的，对于某些特殊情况或某些人也不一定绝对安全。是否安全与人的现时状况（主要是人体电阻）、触电时间长短、工作环境、人与带电体的接触面积和接触压力等都有关系。所以即使在规定的安全电压下工作，也不可粗心大意。

## 三、安全用电原则

1) 不要超负荷用电。空调、电磁炉等大容量用电设备应使用专用线路，私拉乱接是严格禁止的。

2) 要选用与电线负荷相适应的熔丝，不要任意加粗，严禁用铜丝等代替熔丝。

3) 不用湿手、湿布擦拭带电的灯头、开关和插座等。

4) 晒衣架要与电力线保持安全距离，不要将晒衣竿搁在电线上。

5) 不能在电加热设备上烘烤衣物。

6）外壳破损的插座、开关应及时更换。

7）雷雨天在市区人行道上行走，不要用手触摸树木、电杆及电杆拉线，以防触电。

8）对规定使用接地的用电器具的金属外壳要做好接地保护，不要忘记给三眼插座安装接地线，不要随意把三相插座改为两相插座。

9）当发现电线断落，无论带电与否，都应视为带电，要与电线断落点保持足够的安全距离，并及时向供电部门汇报。

10）当发现有人触电，要使触电者迅速脱离电源。若无法及时找到或断开电源时，可用干燥的竹竿、木棒等绝缘物挑开电线。

11）家用电器着火，应先切断电源再灭火。

12）严禁在高低压电线下打井、竖电视天线和钓鱼。

13）严禁在雷雨天和高压线下放风筝。

14）照明开关必须接在相线上，相线应接在与螺口灯座中央弹片连通的接线柱上。

15）不要靠近断落的高压线路，防止跨步电压触电。

16）不能用煤气管道或自来水管作为接地线。

17）要保持电视机、微波炉等用电设备的环境干燥、通风。

**四、触电急救**

在电气操作和日常用电中，如果采取了有效的预防措施，会大幅度减少触电事故，但要绝对避免是不可能的。所以，在电气操作和日常用电中必须作好触电急救的思想和技术准备。

1. 触电急救的原则

1）迅速用绝缘工具使触电者脱离电源。

2）不要轻易挪动触电者，应就地进行急救。

3）使用正确姿势与方式对症急救。

4）抢救要及时、坚持、不中断。

5）尽快拨打"120"急救电话，寻求紧急救助，以挽救患者的生命。

2. 触电的现场抢救措施

（1）使触电者尽快脱离电源　发现有人触电，最关键、最首要的措施是使触电者尽快脱离电源。根据触电现场的情况不同，使触电者脱离电源的方法也不一样。在触电现场经常采用以下几种急救方法。

1）迅速关断电源，把人从触电处移开。如果触电现场远离开关或不具备关断电源的条件，只要触电者穿的是比较宽松的干燥衣服，救护者可站在干燥木板上，用一只手抓住衣服将其拉离电源，但切不可触及带电人的皮肤。如这种条件也不具备，可用干燥木棒、竹竿等将电线从触电者身上挑开。

2）如果触电发生在相线与大地之间，一时又不能把触电者拉离电源，可用干燥绳索将触电者身体拉离地面，或在地面与人体之间塞入一块干燥木板，这样可以暂时切断带电导体通过人体流入大地的电流。然后再设法关断电源，使触电者脱离带电体。在用绳索将触电者拉离地面时，注意不要发生跌伤事故。

3）救护者手边如有现成的刀、斧、锄等带绝缘柄的工具或硬棒时，可以从电源的来电方向将电线砍断或撬断。

**注意：切断电线时人体切不可接触电线裸露部分和触电者。**

4）如果救护者手边有绝缘导线，可先将一端良好接地，另一端接在触电者所接触的带电体上，造成该相电源对地短路，迫使电路跳闸或熔断熔丝，达到切断电源的目的。在搭接带电体时，要注意救护者自身的安全。

5）在电线杆上触电，地面上人员一时无法施救时，仍可先将绝缘软导线一端良好接地，另一端抛掷到触电者接触的架空线上，使该相对地短路，跳闸断电。在操作时要注意两点：一是不能将接地软线抛在触电者身上，这会使通过人体的电流更大；二是注意不要让触电者从高空跌落。

**注意：以上救护触电者脱离电源的方法，不适用于高压触电情况。**

（2）脱离电源后的判断　触电者脱离电源后，应根据其受电流伤害的不同程度，采用不同的施救方法。

1）判断呼吸是否停止。将触电者移至干燥、宽敞、通风的地方。将衣、裤放松，使其仰卧，观察胸部或腹部有无因呼吸而产生的起伏动作。若不明显，可用手或小纸条靠近触电者鼻孔，观察有无气流流动，用手放在触电者胸部，感觉有无呼吸动作，若没有，说明呼吸已经停止。

2）判断脉搏是否搏动。用手检查颈部的颈动脉或腹股沟处的股动脉，看有无搏动。如有，则说明心脏还在工作。因颈动脉或股动脉都是人体大动脉，位置表浅，搏动幅度较大，容易感知，所以经常用来作为判断心脏是否跳动的依据。另外，也可用耳朵贴在触电者心区附近，倾听有无心脏跳动的心音，如有，则心脏还在工作。

3）判断瞳孔是否放大。瞳孔是受大脑控制的一个自动调节大小的光圈。如果大脑机能正常，瞳孔可随外界光线的强弱自动调节大小。处于死亡边缘或已经死亡的人，由于大脑细胞严重缺氧，大脑中枢失去对瞳孔的调节功能，瞳孔就会自行放大，对外界光线强弱不再作出反应，如图 1-1 所示。

（3）对不同情况的救治

根据以上简单判断的结果，对受伤程度不同、症状表现不同的触电者，可用下面的方面进行不同的救治。

1）触电者神智清醒，只是感觉头昏、乏力、心悸、出冷汗、恶心、呕吐时，应让其静卧休息，以减轻心脏负担。

瞳孔正常　　瞳孔放大

图 1-1　瞳孔的比较

2）触电者神智断续清醒，出现一度昏迷时，一方面请医生救治，一方面让其静卧休息，随时观察其伤情变化，做好万一恶化的施救准备。

3）触电者已失去知觉，但呼吸、心跳尚存时，应在迅速请医生的同时，将其安放在通风、凉爽的地方平卧，给他闻一些氨水，摩擦全身使之发热。如果出现痉挛、呼吸渐渐衰弱，应立即施行人工呼吸，并准备担架，送医院途中，如果出现"假死"，应边送边抢救。

4）触电者呼吸、脉搏均已停止，出现假死现象时，应针对不同情况的假死现象对症处理。如果呼吸停止，可用口对口人工呼吸法，迫使触电者维持体内外的气体交换。对心脏停止跳动者，可用胸外心脏压挤法，维持人体内的血液循环。如果呼吸、脉搏均已停止，上述两种方法应同时使用，并尽快向医院告急。下面介绍口对口人工呼吸法和胸外心脏压挤法。

**3. 口对口人工呼吸法**

对呼吸渐弱或已经停止的触电者，人工呼吸法是行之有效的。在几种人工呼吸法中，效果最好的是口对口人工呼吸法，其操作步骤如下：

（1）将触电者仰卧，松开衣、裤，以免影响呼吸时胸廓及腹部的自由扩张。再将颈部伸直，头部尽量后仰，掰开口腔，清除口中脏物，取下义齿，如果舌头后缩，应拉出舌头，使进出人体的气流畅通无阻，如图 1-2a、b 所示。如果触电者牙关紧闭，可用木片、金属片从嘴角处伸入牙缝，慢慢撬开。

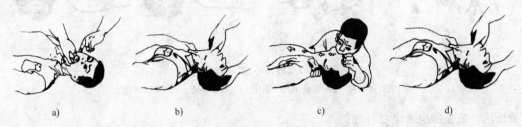

图 1-2　口对口人工呼吸法
a）清理口腔阻碍　b）鼻孔朝天头后伸　c）贴嘴吹气胸扩张　d）放开嘴鼻好换气

（2）救护者位于触电者头部一侧，将靠近头部的一只手捏住触电者的鼻子（防止吹气时气流从鼻孔漏出），并将这只手的外缘压住额部，另一只手托其颈部，将颈上抬，这样可使头部自然后仰，解除舌头后缩造成的呼吸阻塞。

（3）救护者深呼吸后，用嘴紧贴触电者的嘴（中间也可垫一层纱布或薄布）大口吹气，如图 1-2c 所示，同时观察触电者胸部的隆起程度，一般应以胸部略有起伏为宜。胸部起伏过大，说明吹气太多，容易吹破肺泡，胸腹无起伏或起伏太小，则吹气不足，应适当加大吹气量。

（4）吹气至待救护者可换气时，应迅速离开触电者的嘴，同时放开捏紧的鼻孔，让其自动向外呼吸，如图 1-2d 所示。这时应注意观察触电者胸部的复原情况，倾听口鼻处有无呼气声，从而检查呼吸道是否阻塞。

按照上述步骤反复进行，对成年人每分钟吹气 14～16 次，大约每 5s 一个循环，吹气时间稍短，约 2s；呼气时间要长，约 3s 左右。对儿童吹气，每分钟 18～24 次，这时不必捏紧鼻孔，可让一部分空气漏掉。对儿童吹气，一定要掌握好吹气量的大小，不可让其胸腹过分膨胀，防止吹破肺泡。

在做口对口人工呼吸时，需要注意以下几点：第一，掌握好吹气压力，一般是刚开始时压力偏大，频率也稍快一些，待 10～20 次后逐渐减少吹气压力，维持胸腹部的轻度舒张即可。第二，若触电者牙关紧闭，一时无法撬开，可用口对鼻吹气，方法与口对口吹气相似，只是此时应使触电者嘴唇应完全盖紧触电者鼻孔，吹气压力也应稍大，吹气时间稍长，这样有利于外部气体充分进入肺内，以便加速人体内外的气体交换。

4. 胸外心脏压挤法

在触电者心脏停止跳动时，可以有节奏地在胸廓外加力，对心脏进行挤压。利用人工方法代替心脏的收缩与扩张，以达到维持血液循环的目的，具有操作过程如图 1-3 所示。

下面照图介绍其操作步骤与要领：

（1）将触电者仰卧在硬板上或平整的硬地面上，解松衣、裤，救护者跪跨在触电者腰部两侧。

（2）救护者将一只手的掌根按于触电者的胸骨以下横向二分之一处，中指指尖对准颈根凹堂下边缘，另一只手压在那只手的背上呈两手交叠状，肘关节伸直，靠体重和臂与肩部的用力，向触电者脊柱方向慢慢压迫胸骨下段，使胸廓下陷 3～4cm，由此使心脏受压，心室的血

图 1-3　胸外心脏压挤法
a) 中指对凹膛　b) 掌根用力向下压　c) 慢慢向下　d) 突然放松

液被压出，流至触电者全身各部。

（3）双掌突然放松，依靠胸廓自身的弹性，使胸腔复位，让心脏舒张，血液流回心室。放松时，交叠的两掌不要离开胸部，只是不加力而已。

重复（2）、（3）步骤，每分钟 60 次左右。

注意：在做胸外心脏压挤法时，第一，压挤位置和手掌姿势必须正确，下压的区域在胸骨以下横向二分之一处，即两个乳头连线中间稍偏下方，接触胸部只限于手掌根部，手指应向上，与胸、肋骨之间保持一定距离，不可全掌着力。第二，要对脊柱方向用力下压，要有节奏，有一定冲击性，但不能用大的爆发力，否则将造成胸部骨骼损伤。第三，挤压时间和放松时间大体一样。第四，对心跳和呼吸都已停止的触电者，如果救护者有两人，可以同时进行口对口人工呼吸和胸外心脏压挤，效果更好，但两人必须配合默契。如果救护者只有一人，也可两种方法交替进行。步骤如下：口对口先向触电者出气两次，立即在胸外压挤心脏 15 次，再吹气两次，再压挤 15 次，如此反复进行，将人救活或医生确诊已无法抢救为止。第五，对小孩，只用一只手的根部加压，并酌情掌握压力的大小，已每分钟 100 次左右为宜。

无论是施行口对口人工呼吸法或胸外心脏压挤法，都要不断观察触电者的面部动作，如果发现其眼皮、嘴唇会动，喉部有吞咽动作时，说明他自己有一定呼吸能力，应暂时停止几秒钟，观察其自主呼吸的情况，如果呼吸不能正常进行或者很微弱，应继续进行人工呼吸和胸外心脏压挤，直到能正常呼吸为止。在触电者呼吸未恢复正常以前，无论什么情况，包括送医院途中，雷雨天气（雷雨时可移至室内）或时间已进行得很长而效果不甚明显等，都不能终止这种抢救。事实上，用人工呼吸法抢救的触电者中，有的长达 7～10 小时才能救活。

**五、电气消防常识**

电气火灾前，都有一种现象要特别引起重视，就是电线因过热首先会烧焦绝缘外皮，散发出一种烧胶皮、烧塑料的难闻气味。所以，当闻到此气味时，应首先想到可能是电气故障原因引起的，如查不到其他原因，应立即拉闸停电，直到查明原因、妥善处理后，才能合闸送电。

1. 电气火灾的原因

造成电气火灾的原因很多。除设备缺陷、安装不当等设计和施工方面的原因外，电流产生的热量、火花和电弧是引发火灾和爆炸事故的直接原因。

（1）过热　电气设备运行时总是要发热的，但是，设计、施工正确及运行正常的电气设备，其最高温度及其与周围环境温差（即最高温升）都不会超过某一允许范围。例如：裸导线和塑料绝缘线的最高温度一般不超过 70℃。也就是说，电气设备正常的发热是允许的。但当电气设备的正常运行遭到破坏时，发热量要增加、温度升高，达到一定条件后，可能引起火灾。

引起电气设备过热的不正常运行大体包括以下几种情况：

1) 短路。发生短路时，线路中的电流增加为正常时的几倍甚至几十倍，使设备温度急剧上升，大大超过允许范围。一旦温度达到可燃物的自燃点，就会引起燃烧，从而导致火灾。

引起短路的几种常见情况：电气设备的绝缘老化变质，受到高温、潮湿或腐蚀的作用失去绝缘能力；绝缘导线直接缠绕、钩挂在铁钉或铁丝上时，由于磨损和铁锈蚀使绝缘破坏；设备安装不当或因工作疏忽，使电气设备的绝缘受到机械损伤；雷击等过电压的作用，电气设备的绝缘可能遭到击穿；在安装和检修工作中，由于接线和操作的错误等。

2) 过载。过载会引起电气设备发热，造成过载的原因大体上有以下两种情况：一是设计时选用线路或设备不合理，以至在额定负载下产生过热；二是使用不合理，即线路或设备的负载超过额定值，或连续使用时间过长，超过线路或设备的设计能力，由此造成过热。

3) 接触不良。接触部分是发生过热的一个重点部位，易造成局部发热、烧毁。下列几种情况易引起接触不良：不可拆卸的接头连接不牢、焊接不良或接头处混有杂质，都会增加接触电阻而导致接头过热；可拆卸的接头连接不紧密或由于振动变松，也会导致接头发热；活动触头，如刀开关的触头、插头的触头、白炽灯与灯座的接触处等活动触头，如果没有足够的接触压力或接触表面粗糙不平，会导致触头过热；对于铜铝接头，由于铜和铝导电性不同，接头处易因电解作用而腐蚀，从而导致接头过热。

4) 铁心发热。变压器、电动机等设备的铁心，如果其绝缘损坏或承受长时间过电压，涡流损耗和磁滞损耗将增加，使设备过热。

5) 散热不良。各种电气设备在设计和安装时都要考虑有一定的散热或通风措施，如果这些部分受到破坏，就会造成设备过热。

此外，电炉等直接利用电流的热量进行工作的电气设备，工作温度都比较高，如安置或使用不当，均可能引起火灾。

(2) 电火花和电弧 一般电火花的温度都很高，特别是电弧，温度可高达 3000～6000℃，因此，电火花和电弧不仅能引起可燃物燃烧，还能使金属熔化、飞溅，形成危险的火源。在有爆炸危险的场所，电火花和电弧更是引起火灾和爆炸的一个十分危险的因素。

电火花大体包括工作火花和事故火花两类。

工作火花是指在电气设备正常工作时或正常操作过程中产生的。如开关或接触器开合时产生的火花、插销拔出或插入时的火花等。

事故火花是线路或设备发生故障时出现的。如发生短路或接地时出现的火花、绝缘损坏时出现的闪光、导线连接松脱时的火花、熔丝熔断时的火花、过电压放电火花、静电火花以及修理工作中错误操作引起的火花等。

此外，还有因碰撞引起的机械性质的火花；白炽灯破碎时，炽热的灯丝也有类似火花的危险作用。

2. 电气火灾的扑救知识

电气设备发生火灾或临近电气设备附近发生火灾时，应该运用正确的方法灭火。

(1) 当电气设备或电气线路发生火灾时，要尽快切断火灾范围内的电源，防止火势蔓延。

电气设备或电力线路发生火灾时，如果没有及时切断电源，扑救人员身体或所持器械可能触及带电部分而造成触电事故。因此发生火灾后，应该沉着果断，先设法切断电源，然后组织扑救。应该特别强调的是，在没有切断电源时千万不能用水冲浇，只有在切断电源后才可用水灭火。在切断电源时应该注意做到以下几点：

1）火灾发生后，由于受潮或烟熏，开关设备绝缘强度降低，因此拉闸时应配套使用适当的绝缘工具操作。

2）有配电室的单位，可先断开主断路器；无配电室的单位，先断开负载断路器，后拉开隔离开关。

3）切断用磁力起动器起动的电气设备时，应先按"停止"按钮，再拉开刀开关。

4）切断电源的地点要选择恰当，防止切断电源后影响火灾的扑救。

5）剪断电线时，应穿戴绝缘靴和绝缘手套，用绝缘胶柄钳等绝缘工具将电线剪断。不同相电线应在不同部位剪断，以免造成线路短路，剪断空中电线时，剪断的位置应选择在电源方向的支持物上，防止电线剪断后落地造成短路或触电伤人事故。

6）如果线路上带有负载时，应先切除负载，再切断灭火现场电源。

（2）对于电气火灾，不能用泡沫灭火器灭火，因为这种灭火剂是导电的。应使用盖土、盖沙的方法以及使用二氧化碳或 1211 灭火器灭火。

1）选用适当的灭火器。在确保安全的前提下，应用不导电的灭火剂如二氧化碳、1211、1301 或干粉灭火机进行灭火。应指出的是，泡沫灭火机的灭火剂（水溶液）有一定的导电性，而且对电气设备的绝缘强度有影响，不应用于带电灭火。

2）在使用小型二氧化碳 1211、1301、干粉灭火器和"高效阻燃灭火器"等灭火时，由于其射程较近，故人体、灭火器的机体及喷嘴与带电体应有一定的安全距离。

3）用水进行带电灭火。其优点是价格低廉、灭火效率高，但水能导电，用于带电灭火时会危害人体。因此，灭火人员在穿戴绝缘手套和绝缘靴，水枪喷嘴安装接地线情况下，可使用喷雾水枪灭火。

4）对架空线路等空中设备灭火时，人体位置与带电体之间仰角不应超过 45℃，以免导线断落伤人。

5）如遇带电导线断落至地面，应划出警戒区，防止跨入。扑救人员需要进入灭火时，必须穿上绝缘靴。

6）在带电灭火过程中，人应避免与水流接触。

7）没有穿戴保护用具的人员，不应接近燃烧区，防止地面水渍导电引起触电事故。

8）火灾扑灭后，如设备仍有电压，任何人员不得接近带电设备和水渍地区。

（3）充油电气设备的火灾扑救

1）变压器、油断路器、电容器等充油电气设备的油，闪点大都在 130～140℃ 之间，有较大的危害性。如果只是容器外面局部着火，而设备没有受到损坏时，可用二氧化碳、四氯化碳、1211、红卫 912、干粉等灭火剂带电灭火。如果火势较大，应先切断起火设备和受威胁设备的电源，然后用水扑救。

2）如果容器设备受到损坏，喷油燃烧，火势很大时，除切断电源外，有事故储油坑的应设法将油放进储油坑，坑内和地面上的油火应用泡沫灭火剂扑灭。

3）要防止着火油料流入电缆沟内。如果燃烧的油流入电缆沟而顺沟蔓延时，沟内的油火只能用泡沫覆盖扑灭，不宜用水喷射，防止火势扩散。

4）灭火时，灭火机和带电体之间应保持足够的安全距离。用四氯化碳灭火时，扑救人员应站在上风方向以防中毒，同时灭火后要注意通风。

（4）旋转电动机的火灾扑救 在扑救旋转电动机火灾时，为防止设备的轴和轴承变形，可令其慢慢转动，用喷雾水灭火，并使其均匀冷却。也可用二氧化碳、四氯化碳、1211、红卫912 灭火器扑灭，但不宜用干粉、砂子、泥土灭火，以免增加修复的困难。

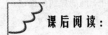 **课后阅读：**

### 静 电

静电是自然现象，在日常生活中无处不在。据测量，人体走过化纤地毯时的静电大约为350kV，翻阅塑料说明书时大约为 7000V。产生静电的原因主要有摩擦、压电效应、感应起电、吸附带电等。静电在生产、生活中有很大的积极作用，如静电植绒、静电除尘、静电分离、静电复印、静电喷漆、静电除虫等。但同时，静电放电也会产生巨大的危害，如它可将昂贵的电子器件击穿；可造成火箭和卫星发射失败；干扰航天飞行器的运行；可导致液化气、石油罐等发生燃烧、爆炸等事故。静电对人体也有一定的危害，当静电的电压达到 2000V 时，手指就有感觉，超过 3000V 时就有火花出现，超过 7000V 时就有电击感。为了降低静电对我们的生产影响，一般采用泄放消散、静电接地连接、静电的中和与屏蔽、消除人体静电等方法减少静电。

## 1.2 常用电工工具

常用电工工具是指电工随身携带的常规工具，主要有钢丝钳、尖嘴钳、斜口钳、剥线钳、电工刀、螺钉旋具、验电笔、活络扳手等，其外形和用途见表 1-1。

表 1-1 常用电工工具的外形和用途

| 序 号 | 名 称 | 外形结构 | 用 途 |
|---|---|---|---|
| 1 | 钢丝钳 | | 钢丝钳俗称电工钳，用于弯绞、剪切导线、拉剥电线绝缘层、紧固及拧紧螺钉等 |
| 2 | 尖嘴钳 | | 尖嘴钳是由尖头、刃口和钳柄组成。它头部尖细，适用于狭小空间操作，主要用于切断较小的导线、金属丝，夹持小螺钉、垫圈，并可将导线端头弯曲成形 |
| 3 | 斜口钳 | | 斜口钳钳头为圆弧形，剪切口与钳柄成一角度。它用于剪切金属薄片及较粗的金属丝、线材及电线电缆 |
| 4 | 剥线钳 | | 剥线钳用于剥削直径在 6mm 以下的塑料、橡皮电线线头的绝缘层。主要部分是钳头和手柄，它的钳口工作部分有从 0.5~3mm 的多个不同孔径的切口，以便剥削不同规格的芯线绝缘层 |

（续）

| 序 号 | 名 称 | 外形结构 | 用 途 |
|---|---|---|---|
| 5 | 电工刀 |  | 电工刀在电气设备安装操作中主要用于剖削导线绝缘层，削制木榫，切割木台缺口等 |
| 6 | 螺钉旋具 |  | 螺钉旋具又称改锥、旋凿或起子，是用来紧固或旋松各种螺钉，以安装或拆卸元件 |
| 7 | 验电笔 |  | 验电器是检验低压线路和设备带电部分是否带电的工具 |
| 8 | 活络扳手 |  | 活络扳手用来紧固或旋松螺母的一种专用工具，其钳口可在规格所定范围内任意调整大小 |

# 1.3　常用电工仪器、仪表

　　常用电工仪器、仪表主要有：电流表、钳形电流表、电压表、万用表、数字万用表、直流稳压电源、示波器、绝缘电阻表、数字绝缘电阻表等，见表1-2。通过本节的学习，我们要了解相关电工仪器、仪表的性能和使用方法，避免在实训中因不规范的操作而造成仪器、仪表的损坏，养成良好的操作习惯。仪器、仪表的具体使用方法已分散到各个实训项目中。

表1-2　常用电工仪器、仪表的外形结构和用途

| 序 号 | 名 称 | 外形结构 | 用 途 |
|---|---|---|---|
| 1 | 电流表 |  | 电流表又称"安培表"，是测量电路中电流大小的工具 |
| 2 | 钳形电流表 |  | 钳形电流表由电流互感器和电流表组合而成，在不切断电路的情况下，将可以开合的磁路套在载有被测电流的导体上就可以测量电流值 |

（续）

| 序　号 | 名　称 | 外形结构 | 用　途 |
|---|---|---|---|
| 3 | 电压表 | | 电压表是由小量程电流表与定值电阻串联改装而来，是测量电压的一种仪器 |
| 4 | 万用表 | | 万用表又叫多用表，分为指针式万用表和数字式万用表。一般用于测量直流电流、直流电压、交流电流、交流电压、电阻和音频电平等，有的还可以测交流电流、电容量、电感量及半导体的一些参数，是一种多功能、多量程的测量仪表 |
| 5 | 数字万用表 | | 数字万用表可将被测信号转换成数字电压，然后通过数字显示屏直接显示该值 |
| 6 | 直流稳压电源 | | 直流稳压电源是一种为负载提供稳定直流电源的电子装置。当供电的交流电源的电压或负载变化时，稳压器的直流输出电压都会保持稳定 |
| 7 | 示波器 | | 示波器用于观察各种不同信号幅度随时间变化的波形曲线，还可用于测试各种不同的电量，如电压、电流、频率、相位差、调幅度等 |
| 8 | 绝缘电阻表 | | 绝缘电阻表用于测量最大电阻值、绝缘电阻和吸收比 |

（续）

| 序　号 | 名　称 | 外形结构 | 用　途 |
|---|---|---|---|
| 9 | 数字绝缘电阻表 |  | 数字绝缘电阻表将测量值通过数字显示屏直接显示该值 |

## 1.4　常用导线的连接

电气安装工程中，导线的连接是电工基本工艺之一。导线连接的质量关系着线路和设备运行的可靠性和安全程度。导线连接的基本要求是：电接触良好，机械强度足够，接头美观，绝缘恢复正常。

（1）线头绝缘层的剖削

1）塑料硬线绝缘层的剖削。有条件时，去除塑料硬线的绝缘层用剥线钳甚为方便。也可用以下两类工具剖削。

用钢丝钳剖削：先在线头所需长度交界处，用钢丝钳口轻轻切破绝缘层表皮，然后左手拉紧导线，右手适当用力捏住钢丝钳头部，向外用力勒去绝缘层，如图 1-4 所示。在勒去绝缘层时，不可在钳口处加剪切力，这样会伤及线芯，甚至将导线剪断。

图 1-4　用钢丝钳勒去导线绝缘层

用电工刀剖削：先根据线头所需长度，用电工刀刀口对导线成 45°角切入塑料绝缘层，注意掌握刀口刚好削透绝缘层而不伤及线芯，如图 1-5a 所示；然后调整刀口与导线间的角度以 15°角向前推进，将绝缘层削出一个缺口，如图 1-5b 所示；接着将未削去的绝缘层向后扳翻，再用电工刀切齐，如图 1-5c 所示。

2）塑料软线绝缘层的剖削。塑料软线绝缘层的剖削除用剥线钳外，也可用钢丝钳直接剖削塑料硬线的方法进行，但不能用电工刀剖削。因塑料软线太软，线芯又由多股铜丝组成，用电工刀很容易伤及线芯。

3）塑料护套线绝缘层的剖削。塑料护套线绝缘层分为外层的公共护套层和内部每根芯线的绝缘层。公共护套层一般用电工刀剖削，先按线头

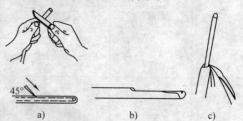

图 1-5　用电工刀剖削导线绝缘层

所需长度，将刀尖对准两股芯线的中缝划开护套层，并将护套层向后扳翻，然后用电工刀齐根切去，如图 1-6 所示。

切去护套层后，露出的每根芯线绝缘层可用钢丝钳或电工刀按照剖削塑料硬线绝缘层的方

法分别除去。钢丝钳或电工刀在切入时切口应离护套层5～10mm。

4）橡皮线绝缘层的剖削。橡皮线绝缘层外面有一层柔韧的纤维编织保护层，先用剖削护套线护套层的办法，用电工刀尖划开纤维编织层，并将其扳翻后齐根切去，再用剖削塑料硬线绝缘层的方法，除去橡皮绝缘层。如

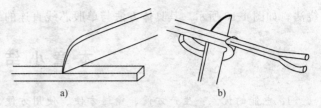

图1-6 塑料护套线绝缘层的剖削
a）划开护套层 b）切去护套层

橡皮绝缘层内的芯线上还包缠着棉纱，可将该棉纱层松开，齐根切去。

（2）导线线头的连接 常用的导线按芯线股数不同，有单股、7股和19股等多种规格，其连接方法也各不相同。以铜芯导线的连接为例：

1）单股芯线的绞接和缠绕

绞接法用于截面较小的导线，缠绕法用于截面较大的导线。

绞接法是先将已剖除绝缘层并去掉氧化层的两根线头呈"X"形相交（如图1-7a所示），并互相绞合2～3圈（如图1-7b所示），接着扳直两个线头的自由端，将每根线自由端在对边的线芯上紧密缠绕到线芯直径的6～8倍长（如图1-7c所示），将多余的线头剪去，修理好切口毛刺即可。

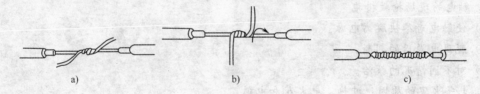

图1-7 单股芯线绞接（直接连接）

缠绕法是将已去除绝缘层和氧化层的线头相对交叠，再用直径为1.6mm的裸铜线做缠绕线在其上进行缠绕，如图1-8所示，其中线头直径在5mm及以下的缠绕长度为60mm，直径大于5mm的，缠绕长度为90mm。

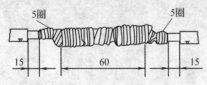

图1-8 用缠绕法直线连接单股芯线

图1-9 用绞接法完成单股芯线T形连接

2）单股芯线的T形连接

单股芯线T形连接时仍可用绞接法和缠绕法。绞接法是先将除去绝缘层和氧化层的线头与干线剖削处的芯线十字相交，注意在支路芯线根部留出3～5mm裸线，接着顺时针方向将支线芯线在干路芯线上紧密缠绕6～8圈，如图1-9所示。剪去多余线头，修整好毛刺。

对用绞接法连接较困难的截面较大的导线，可用缠

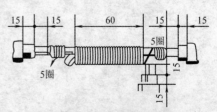

图1-10 用缠绕法完成单股芯线T形连接

绕法，如图 1-10 所示。其具体方法与单股芯线直连的缠绕法相同。

# 本 章 小 结

1. 电能的优点：生产方便、输送方便、使用方便、控制方便。

2. 人体触电有电击和电伤两类。电击是电流通过人体时所造成的内伤。电伤是在电流的热效应、化学效应、机械效应以及电流本身作用下造成的人体外伤。

3. 人体触电方式有：单相触电、两相触电、跨步电压触电。

4. 在不带任何防护设备的条件下，当人体接触带电体时对各部分组织（如皮肤、神经、心脏、呼吸器官等）均不会造成伤害的电压值，叫安全电压。

5. 我国有关标准规定，12V、24V 和 36V 三个电压等级为安全电压级别。

6. 触电急救的原则

1）迅速用绝缘工具使触电者脱离电源。

2）就地不要轻易挪动触电者进行急救。

3）使用正确姿势与方式对症急救。

4）抢救要及时、坚持、不中断。

5）尽快拨打"120"急救电话，寻求紧急救助，以挽救患者的生命。

7. 触电的现场抢救措施

1）使触电者尽快脱离电源。

2）脱离电源后的判断。

3）对不同情况的救治。

8. 电气火灾的原因：过热、电火花和电弧。

9. 常用电工工具、仪器、仪表。

10. 常用导线的连接。

# 习 题 1

1. 电能的优点有哪些？

2. 什么是触电？触电的种类有哪些？

3. 触电的原因有哪些？如何预防触电？

4. 发生电气火灾的原因有哪些？如何扑救电气火灾？

5. 列举出你常用到的电工工具、仪器、仪表，简述其用途。

# 第2章 直流电路

**教学目标：**

1. 理解电路和相关基本物理量的概念。
2. 掌握串、并联电路的特点。
3. 会分析、计算较简单的复杂直流电路。
4. 掌握基尔霍夫定律，验证它并能运用它解决和分析问题。
5. 掌握支路电流法，能正确运用它来解决问题。
6. 理解电压源和电流源的概念，掌握电压源和电流源之间的相互转换。
7. 理解叠加原理并验证它，能运用它分析和解决问题。
8. 理解戴维南定理，并能运用它计算电路。

## 2.1 电路的组成与电路图

#### 一、电路

将开关、灯泡及干电池用导线如图 2-1a 所示连接起来，就组成了一个照明电路。合上开关时，电路中就有电流流过，灯泡点亮。

电路是由各种元器件按一定方式连接起来的总体，它为电流的流通提供了路径。也就是说电流流过的路径叫电路。一般电路由电源、负载、开关和连接导线组成。

电源：电源是把非电能转换成电能的装置，是为电路提供电能的设备和器件，如发电机、电池等。

负载：负载是把电能转换成其他形式能量的装置，是使用和消耗电能的设备和器件，如电灯、电炉、电烙铁、扬声器、电动机等。

开关：开关是接通或断开电路的控制器件，是控制电路工作状态的器件或设备。

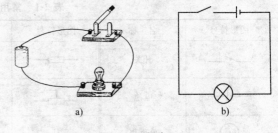

图 2-1 电路
a) 实物图 b) 电路图

连接导线：连接导线把电源、负载和开关连接起来，组成一个闭合回路，起到传输和分配电能的作用。

一般把电源内部的通路称为内电路，由负载和控制开关及连接导线构成的电路称为外电路。

#### 二、电路图

分析和研究电路时，通常把实际设备抽象成一些理想化的模型，用规定的图形符号表示，画出其电路模型图，如图 2-1b 所示。这种用统一的、规定的图形符号画出的电路模型图称为电路图。

### 三、电路的三种状态

#### 1. 通路

通路是电源与负载接通，电路中有电流通过，电气设备或元器件获得一定的电压和电功率，进行能量转换。也就是图 2-2a 所示电路中开关合上时的工作状态。此时电路构成闭合回路，有电流流过。

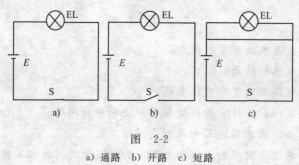

图　2-2

a）通路　b）开路　c）短路

#### 2. 开路

开路是电路中没有电流通过，又称为空载状态。开路也称断路。也就是图 2-2b 所示电路中开关断开时的工作状态。

#### 3. 短路

短路是电源未经负载而直接由导线构成闭合回路，如图 2-2c 所示。电源两端的导线直接相连接，电源输出电流将比允许的通路工作电流大很多倍，电源会因短路而损耗大量的能量，属于严重过载，如没有保护措施，电源或用电器会被烧毁或发生火灾，所以通常要在电路或电气设备中安装熔断器、熔丝等保险装置，以避免发生短路时出现不良后果。

电路图中常用的部分图形符号如表 2-1 所示。

表 2-1　常用元件及符号

| 图形符号 | 名　称 | 图形符号 | 名　称 | 图形符号 | 名　称 |
|---|---|---|---|---|---|
|  | 开关 |  | 电阻器 |  | 接机壳 |
|  | 电池 |  | 电位器 |  | 接地 |
| Ⓖ | 发电机 |  | 电容器 | ◯ | 端子 |
|  | 线圈 | Ⓐ | 电流表 |  | 熔断器 |
|  | 铁心线圈 | Ⓥ | 电压表 | ⊗ | 电灯 |
|  | 抽头线圈 |  | 二极管 |  | 电压源 |
|  | 交叉连接导线 |  | 不连接导线 |  | 电流源 |

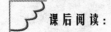 **课后阅读：**

## 新型电池介绍

**1. 锌银电池**

锌银电池也称为银锌电池，采用氢氧化钾或氢氧化钠为电解液，由银作正极材料，锌作负极材料。由银制成的正极上的活性物质是多孔性银，由锌制成的负极上的活性物质主要是氧化锌。灌入电解液，经充电后，正极的银变成二价的氧化银，负极的氧化锌变成锌。锌银电池一般装在塑料壳内或装在铝合金、不锈钢的外壳内。

锌银电池的主要优点是能量质量比高，它的能量与质量比（单位质量产生的有效电能量）达 $100\sim130W\cdot h/kg$（是铅蓄电池的 $3\sim4$ 倍）。适宜于大电流放电的锌银电池应用于军事、航空、移动通信设备、电子仪器、人造卫星和宇宙航行等方面。制成钮扣式的微型锌银电池应用于电子手表、助听器、计算机和心脏起搏器等。

**2. 锂电池**

锂在自然界中是最轻的金属元素。以锂为负极，与适当的正极匹配，可以得到高达 $380\sim450W\cdot h/kg$ 的能量质量比。

锂电池的主要优点是在较小的体积或自重下，能放出较大的电能（比能量比锌银电池大得多），放电时电压平稳，储存寿命长，能在很宽的温度范围内有效工作。应用领域和锌银电池相同。从发展趋势看，锂电池的竞争能力正逐渐超过锌银电池。

**3. 太阳电池**

目前常用的太阳电池是由硅制成的，一般是在电子型单晶硅的小片上用扩散法渗进一薄层硼，以得到 PN 结，然后再加上电极。当日光直射到渗了硼的薄层面上时，两极间就产生电动势。这种电池可用作人造卫星上仪器的电源。除硅外，砷化镓也是制作太阳电池的好材料。

**4. 原子电池**

原子电池即核电池，它是将原子核放射能直接转变为电能的装置。

有的原子电池是利用放射性同位素放出的射线产生热量，根据温差电现象通过热电偶将其转化为电能；也有的是利用射线作用于某些物质能发光的原理，先将辐射转变为荧光，再使荧光作用于硅光电池产生电能。后者结构和太阳电池基本相同，是比较常用的原子电池。

还有一种原子电池是由辐射 β 射线（高速电子流）的放射源，收集这些电子的集电器以及电子放射源与集电器之间的绝缘体三部分组成。放射源一端因失去电子成为正极，集电器一端得到电子成为负极，于是在两电极间形成电位差。这种原子电池可产生较高的电压，但电流较小。

原子电池的突出特点是：寿命长、重量轻、不受外界环境影响、运行可靠。目前，原子电池主要用于人造卫星、宇宙飞船、海上的航标与游动气象浮标以及无人灯塔之中。现在原子电池作为人工心脏起搏器的电源，在医疗方面也得到了应用。

## 2.2 电路的基本物理量

**一、电流**

1. 电流的形成

要了解电流的实质，应从物质的内部结构进行分析。我们知道，任何物质都是由分子组成，分子由原子组成，而原子又是由带正电的原子核和带负电的电子组成。在通常状况下，原子核所带的正电荷数等于核外电子所带的负电荷数，所以原子是中性的，不显电性，物质也不显带电的性能。当人们给予一定外加条件时（如接上电源），就能迫使金属或某些溶液中的电子发生有规则的运动，从而形成电流。

2. 电流的方向

电路中电荷沿着导体的定向运动形成电流，其方向规定为正电荷流动的方向（或负电荷流动的反方向），其大小等于在单位时间内通过导体横截面的电量，称为电流，用符号 $I$ 表示。

电流是一种物理现象，即电荷有规则的定向移动。电流的方向规定为正电荷的移动方向，即由高电位流向低电位。在分析电路时，常常要先知道电流的方向，但有时对某段电路中电流的方向往往难以判断，此时可先任意假定电流的参考方向（也称

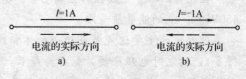

图 2-3 电流的方向

正方向），然后列方程求解。当解出的电流为正值时，就认为电流的实际方向与参考方向一致，如图 2-3a 所示；反之，当解出的电流为负值时，就认为电流的方向与参考方向相反，如图 2-3b 所示。

3. 电流的大小

衡量电流强弱的物理量是电流，用符号 $I$ 表示。

定义：电流在数值上等于单位时间内通过某导体横截面的电量，即电流的大小取决于在一定时间内通过导体横截面电荷量的多少。

如果在 $t$ 秒内通过导体横截面的电量为 $Q$（库仑），则电流 $I$ 就可用下式表示

$$I = \frac{Q}{t}$$

如果在 1 秒（s）内通过导体横截面的电量为 1 库［仑］（C），则导体中的电流就是 1 安培，简称安，用字母 A 表示。除安培外，常用的电流单位还有千安（kA）、毫安（mA）和微安（μA），其换算关系如下：

$$1kA = 10^3 A$$
$$1A = 10^3 mA = 10^6 μA$$

如果电流的大小及方向都不随时间变化，即在单位时间内通过导体横截面的电量相等，则称之为稳恒电流或恒定电流，简称为直流（Direct Current），记为 DC 或 dc，直流电流要用大写字母 $I$ 表示。

如果电路中的电流是直流，这样的电路就是直流电路。

电流分直流电流和交流电流两大类。

大小和方向都不随时间变化的电流，称为稳恒电流，简称直流（DC）；大小和方向都随时间变化的电流，称为交变电流，简称交流（AC）。

例 2-1　某导体在 5min 内均匀通过的电荷量为 6C，求导体中的电流是多少？

解：
$$I = \frac{Q}{t} = \frac{6}{60 \times 5} = 0.02\text{A}$$

4. 电流密度

所谓电流密度是指当电流在导体的横截面上均匀分布时，该电流与导体的横截面积的比值。电流密度用字母 $J$ 表示，其数学表达式为

$$J = \frac{I}{S}$$

当电流用 A 作单位、横截面积用 $\text{mm}^2$ 作单位时，电流密度的单位是 $\text{A/mm}^2$。

选择合适的导线横截面积就是导线的电流密度在允许的范围内，保证用电量和用电安全。

导线允许的电流密度随导体横截面积的不同而不同。导线截面积及安全载流量见表 2-2。

$1\text{mm}^2$ 及 $2.5\text{mm}^2$ 铜导线的 $J$ 取 $6\text{A/mm}^2$，而 $120\text{mm}^2$ 铜导线的 $J$ 取 $2.3\text{A/mm}^2$。当导线中的电流超过允许值上时，导线将过热，甚至着火发生事故。

例 2-2　某照明电路需要通过 28A 的电流，问应采用多粗的铜导线？（设 $J = 6\text{A/mm}^2$）

解：
$$S = \frac{I}{J} = \frac{28}{6}\text{mm}^2 = 4.67\text{mm}^2$$

应选择 $6\text{mm}^2$ 的铜芯导线。

表 2-2　导线截面积及安全载流量

| 导线截面积/$\text{mm}^2$ | 安全载流量/A | |
| --- | --- | --- |
| | 铜 | 铝 |
| 1.0 (1/1.13) | 17 | |
| 1.5 (1/1.17) | 21 | 16 |
| 2.5 (1/1.76) | 28 | 22 |
| 4.0 (1/2.24) | 35 | 28 |
| 6.0 (1/2.73) | 48 | 37 |
| 10.0 (7/1.33) | 65 | 51 |
| 16.0 (7/1.70) | 91 | 69 |
| 25.0 (7/2.12) | 120 | 91 |
| 35.0 (7/2.50) | 147 | 113 |
| 50.0 (19/1.83) | 187 | 143 |
| 70.0 (19/2.14) | 230 | 178 |
| 95.0 (19/2.50) | 282 | 216 |

二、电压

电压又称电位差，是衡量电场力做功本领大小的物理量。如图 2-4 所示，在电场中若电

场力将电荷 $Q$ 从 A 点移到 B 点，所做的功为 $W_{AB}$，则功 $W_{AB}$ 与电荷 $Q$ 的比值就称为这两点之间的电压，用带双下标的符号 $U_{AB}$ 表示，其数学表达式为

$$U_{AB} = \frac{W_{AB}}{Q}$$

也就是说，如果电场力将 1C 的电荷从 A 点移动到 B 点，所做的功是 1 焦耳（J），则 AB 两点之间的电压大小就是 1 伏特，简称伏，用字母 V 表示。除伏特外，常用的电压单位还有千伏（kV）、毫伏（mV）和微伏（μV），其换算关系如下：

$$1kV = 10^3 V$$

$$1mV = 10^{-3} V$$

$$1\mu V = 10^{-3} mV = 10^{-6} V$$

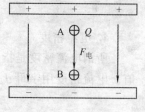

图 2-4　电场力做功

电压的方向由高电位端指向低电位端。对于负载来说，规定电流流进端为电压的正端，电流流出端为电压的负端。电压的方向由正指向负。

电压的方向在电路图中有两种表示方法，一种用箭头表示，另一种用极性符号表示，如图 2-5 所示。

在分析电路时往往难以确定电压的实际方向，此时可先任意假定电压的参考方向，再根据计算所得的正、负来确定电压的实际方向。

对于电阻性负载来说，没有电流就没有电压，有电压就一定有电流。电阻两端的电压被称为电压降。

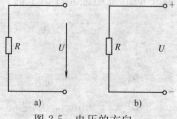

图 2-5　电压的方向
a) 箭头表示　b) 极性符号表示

### 三、电位

电位是指电路中某点与参考点之间的电压。通常把参考点的电位规定为零，又称零电位。电位的文字符号用带单标的字母 $V$ 表示，如 $V_a$ 即表示 A 点的电位。电位的单位也是伏［特］（V）。

一般选大地为参考点，即视大地电位为零。在电子仪器和设备中则是把金属外壳或电路的公共接点的电位规定为零电位。

零电位的符号有两种：" $\perp$ "表示接大地，" $\perp$ "或" $\perp$ "表示接机壳或公共接地点。

电路中任意两点（如 A 和 B 两点）之间的电位差（电压）与这两点电位的关系式为

$$U_{AB} = V_A - V_B$$

由图 2-6 可知，电位具有相对性，即电路中的电位值随参考点位置的改变而改变；而电位差具有绝对性，即任意两点之间的电位差值与电路中参考点的位置选取无关。

电位有正电位与负电位之分，当某点的电位大于参考点电位（零电位）时，称其为正电位，反之称为负电位。

例 2-3　已知 $V_A = 10V$，$V_B = -10V$，$V_C = 5V$，求 $U_{AB}$ 和 $U_{BC}$ 各是多少？

解：

$$U_{AB} = V_A - V_B = [10 - (-10)] V = 20V$$

$$U_{BC} = V_B - V_C = [(-10) - 5] V = -15V$$

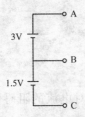

| | $V_A/V$ | $V_B/V$ | $V_C/V$ | $U_{AB}/V$ | $U_{AC}/V$ |
|---|---|---|---|---|---|
| A 点 | 0 | −3 | −1.5 | 3 | 1.5 |
| B 点 | 3 | 0 | 1.5 | 3 | 1.5 |
| C 点 | 1.5 | −1.5 | 0 | 3 | 1.5 |

图 2-6　电位与电位差

#### 四、电动势

在电场力的作用下，正电荷只能从高电位处移向低电位处，负电荷只能从低电位处移向高电位处。显然，要使正电荷从低电位处移向高电位处，或者把负电荷从高电位处移向低电位处，电场力是做不到的，这就需要一种不同于电场力的其他力，我们称之为电源力。电源内部就存在着电源力，它能使正电荷从电源的负极（低电位）经电源内部移动到电源的正极（高电位），使负电荷从电源的正极经电源内部移到电源的负极，从而在电源两端产生一定的电位差，如图 2-7 所示。

不同的电源中，电源力来源有所不同。例如，电池中的电源力是由电解液和极板间的化学作用产生的，发电机的电源力则是电磁作用产生的。

电源力移动电荷要对电荷做功，为了衡量电源力做功本领的大小，引入电动势这一物理量。也就是说电动势是衡量电源将非电能转换成电能本领的物理量。电动势的定义：在电源内部，外力将单位正电

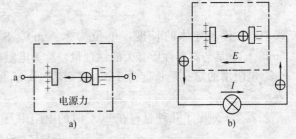

图 2-7　电源的电动势
a）电源力　b）电动势

荷从电源的负极移动到电源正极所做的功，如图 2-8 所示。电动势用字母 $E$ 表示，其数学表达式为

$$E = \frac{W}{Q}$$

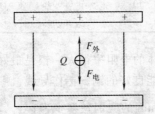

图 2-8　外力克服电场力做功

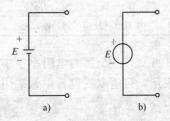

图 2-9　直流电动势的表示

电动势的单位是伏［特］（V）。电动势的方向规定是：在电源内部由负极指向正极。图 2-9a、b 分别表示直流电动势的两种图形符号。

对于一个电源来说，既有电动势，又有端电压。电动势只存在于电源内部；而端电压则是电源加在外电路两端的电压，其方向由正极指向负极。一般情况下，电源的端电压总是低于电源的电动势，只有当电源开路时，电源的端电压才与电源的电动势相等。

## 2.3　电阻

### 一、电阻

电阻元件是对电流呈现阻碍作用的耗能元件，也就是导体对电流的阻碍作用称为电阻，用符号 $R$ 表示。其单位为欧［姆］（$\Omega$）。

若导体两端所加的电压为 1V，通过的电流是 1A，那么该导体的电阻就是 $1\Omega$。

常用的电阻单位还有千欧（$k\Omega$）、兆欧（$M\Omega$），其换算关系如下：

$$1k\Omega = 10^3\,\Omega$$
$$1M\Omega = 10^3\,k\Omega = 10^6\,\Omega$$

### 二、电阻定律

导体的电阻是客观存在的，即使没有外加电压，导体仍然有电阻。金属导体电阻的大小与其几何尺寸及材料性质有关，可按下式计算：

$$R = \frac{\rho L}{S}$$

式中，$L$ 代表导体的长度，单位为米（m）。$S$ 代表导体的横截面积，单位为平方毫米（$mm^2$）。$\rho$ 是与材料性质有关的物理量，称为电阻率（或电阻率），单位为欧姆·米（$\Omega \cdot m$）。

电阻率的定义是长度为 1m、截面为 $1mm^2$ 的导体，在一定温度下的电阻值，用符号 $\rho$ 表示。

表 2-3 列出了几种材料在 20℃时的电阻率及其主要用途。

**表 2-3　几种材料的电阻率（20℃）**

| 材料 | | 电阻率 $\rho/\Omega \cdot m$ | 电阻温度系数 $\alpha/1/℃$ | 主要用途 |
|---|---|---|---|---|
| 纯金属 | 银 | $1.6 \times 10^{-8}$ | 0.0036 | 导线镀银 |
| | 铜 | $1.7 \times 10^{-8}$ | 0.004 | 各种导线 |
| | 铝 | $2.9 \times 10^{-8}$ | 0.0042 | 各种导线 |
| | 钨 | $5.3 \times 10^{-8}$ | 0.0044 | 灯丝、电器触头 |
| | 铁 | $1.0 \times 10^{-7}$ | 0.0062 | 电工材料 |
| 合金 | 锰铜（85%铜，12%锰，3%镍） | $4.4 \times 10^{-7}$ | 0.000006 | 标准电阻、滑线电阻 |
| | 康铜（54%铜，46%镍） | $5.0 \times 10^{-7}$ | 0.000005 | 标准电阻、滑线电阻 |

由表 2.3 可知，纯金属的电阻率很小，绝缘体的电阻率很大。银是最好的导体，但价格昂贵而很少采用，目前电气设备中常采用导电性能良好的铜、铝作导线。

例 2-4　绕制 $10\Omega$ 的电阻，问需要直径为 1mm 的康铜丝多少米？

解：　$S = \pi R^2 = \dfrac{3.14 \times (1 \times 10^{-3})^2}{4} m^2 = 7.85 \times 10^{-7} m^2$

20℃时康铜的电阻率为 $\rho = 5 \times 10^{-7}\Omega \cdot m$

$L = \dfrac{RS}{\rho} = \dfrac{10 \times 7.85 \times 10^{-7}}{5 \times 10^{-7}} = 15.7 m$

### 三、电阻与温度的关系

前面我们讲了决定导体大小的本身因素（长度、截面、材料）。其实，导体的电阻还与自身以外的其他因素互相联系和互相影响。温度就是这种互相影响的因素之一。实验发现，导体的温度变化，它的电阻也随着变化。一般金属的电阻值随温度的升高而增大。如 220V/40W 的白炽灯不通电时，灯丝电阻为 $100\Omega$；正常发光时，灯丝电阻高达 $1210\Omega$。这是因为温度的升高使得导体中的带电粒子的热运动加剧，自由电子在导体中碰撞的机会增多，因而电阻也就增大。

衡量电阻受温度影响大小的物理量是温度系数，其定义为温度每升高 1℃时电阻值发生变化的百分数，即 $\alpha = \dfrac{R_2 - R_1}{R_1(t_2 - t_1)}$。

一般金属材料的电阻温度系数见表 2-3。这个数值是很小的，但当导体工作温度很高时，电阻的变化也很显著，不能忽视。

**四、常用电阻器标注**

额定功率、阻值、偏差等电阻器的性能指标一般用数字和文字符号直接标注在电阻器的表面（如图 2-10 所示），也可以用不同的颜色表示不同的含义，用色环标注在电阻器的表面。

图 2-10　电阻器的标示

色标法是用颜色表示元件（不仅仅是电阻元件）的各种参数并直接标志在产品上的一种标志方法。采用色环标志的电阻器，颜色醒目、标志清晰、不易褪色，从各个方向都能看清阻值和偏差，有利于电气设备的装配、调试和检修，因此国际上广泛地采用色环标志法。

各种固定电阻器色环符号见表 2-4，辨认这种电阻时要从左至右进行，最左边为第一环。

表 2-4　电阻值的色环符号

| 色别 | 第一位色环（电阻值的第一位） | 第二位色环（电阻值的第二位） | 第三位色环（乘 10 的倍数） | 第四位色环（误差） |
|---|---|---|---|---|
| 棕 | 1 | 1 | $10^1$ | — |
| 红 | 2 | 2 | $10^2$ | — |
| 橙 | 3 | 3 | $10^3$ | — |
| 黄 | 4 | 4 | $10^4$ | — |
| 绿 | 5 | 5 | $10^5$ | — |
| 蓝 | 6 | 6 | $10^6$ | — |
| 紫 | 7 | 7 | $10^7$ | — |
| 灰 | 8 | 8 | $10^8$ | — |
| 白 | 9 | 9 | $10^9$ | — |
| 黑 | 0 | 0 | $10^0$ | — |
| 金 | — | — | $10^{-1}$ | ±0.05 |
| 银 | — | — | $10^{-2}$ | ±0.1 |
| 无色 | | | | ±0.2 |

**五、电导**

我们把电阻的倒数叫电导。电导用符号 $G$ 表示，即

$$G = \frac{1}{R}$$

导体的电阻越小，电导就越大。电导大就表示导体的导电性能良好。

电导的单位名称是西门子，简称西，用符号 S 表示。

各种材料的导电性能有很大差别。在电工技术中，各种材料按照它们的导电能力，一般可分为导体、绝缘体、半导体和超导体。

（1）导体　导电能力强的材料称为导体。导体的电阻率一般在 $1×10^{-8}\ \Omega·m$ 左右。如铜、铅、铁等金属。

（2）绝缘体　导电能力很差的材料称为绝缘体。它的电阻率一般在 $10^6 \sim 10^{18}\ \Omega·m$ 之间。如橡胶、塑料、树脂、玻璃、云母、陶瓷、变压器油等。

（3）半导体　导电性能介于导体与绝缘体之间的材料称为半导体。半导体的电阻率一般在 $10^{-6} \sim 10^6\ \Omega·m$ 之间。因为半导体材料具有一些特殊的性质，所以在近代电子技术中得到了广泛的应用。

（4）超导体　近年来，科学工作者发现某些物质的电阻随温度的下降而逐渐减少，当温度降低到接近绝对零度（即 $-273.15K$）时，其电阻突然消失，这种现象称为超导现象。具有这种特性的物质称为超导体或超导材料。

## 2.4　欧姆定律

### 一、部分电路欧姆定律

【课堂实验】

实验时分别把阻值不同的几个定值电阻接在如图 2-11 所示电路中，测量电阻两端的电压 $U$ 和通过的电流 $I$。对于不同的电阻，各进行几次测量，研究这三个量之间的关系。

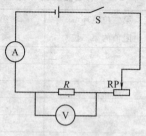

图 2-11　实验图

1. 按图 2-11 所示连接电路，测量并记录几组电压和电流的值。

$R=R_1=$ 　　 $\Omega$

| 电压 $U/V$ | | | | |
| --- | --- | --- | --- | --- |
| 电流 $I/A$ | | | | |

2. 换接另一个电阻，重复上述实验，并录几组电压和电流的值。

$R=R_2=$ 　　 $\Omega$

| 电压 $U/V$ | | | | |
| --- | --- | --- | --- | --- |
| 电流 $I/A$ | | | | |

分析测量结果，找出它们之间的关系。运算时要考虑到实验会有误差，可能数据不一致。

电流 $I$、电压 $U$ 的关系可以表示为：电流和电压成正比例关系。

结论：当在电阻两端加上电压时，电阻中就有电流流过。通过实验可以知道：流过电阻的电流 $I$ 与加在电阻两端的电压 $U$ 成正比，与电阻 $R$ 成反比。这一结论称为部分电路欧姆定律。用公式表示为

$$I = \frac{U}{R}$$

也可以写成 $U = IR$

欧姆定律揭示了电路中电流、电压、电阻三者之间的联系，是电路分析的基本定律之一，实际中应用非常广泛。

例 2-5  已知某 100W 的白炽灯在电压 220V 时正常发光，此时通过的电流是 0.455A，试求该灯泡工作时的电阻。

解：

$$R = \frac{U}{I} = (220/0.455)\ \Omega = 484\ \Omega$$

例 2-6  有一个量程为 300V（即测量范围是 0～300V）的电压表，它的内阻 $r$ 为 40kΩ。用它测量电压时，允许流过的最大电流是多少？

解：

$$I = \frac{U}{r} = \frac{300}{4 \times 10^3}\ \text{A} = 0.0075\text{A} = 7.5\text{mA}$$

例 2-7  试电笔内必须有一支很大的电阻，用来限制通过人体的电流。现有一支试电笔，其中的电阻为 880kΩ，氖管的电阻和人体的电阻都比这个数值小得多，可以忽略不计。使用时流过人体的电流是多少？

解：

$$I = \frac{U}{R} = \frac{220}{880 \times 10^3}\ \text{A} = 0.00025\text{A} = 0.25\text{mA}$$

使用这支试电笔时，通过人体的电流是 0.25mA，这个电流的大小对人体是安全的。

## 二、电压、电流关系曲线

如果以电压为横坐标，电流为纵坐标，可画出电阻的电压与电流之间的关系曲线，称为此电阻的电压、电流关系曲线。电阻的电压、电流关系曲线是一条直线时，如图 2-12 所示，该电阻称为线性电阻，其电阻值 $R$ 是个常数。图中的电阻用欧姆定律可以算得

$$R = \frac{U}{I} = \frac{2}{0.2} = \frac{4}{0.4} = \frac{6}{0.6} = \cdots = 10\ \Omega$$

$a$、$b$、$c$、$d$、$e$ 等点在一条直线上。

由线性电阻及其他线性元件组成的电路称为线性电路。今后除特别指出外，所述电阻均指线性电阻。

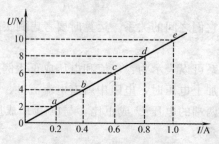

图 2-12　线性电阻的电压、电流关系

### 三、全电路欧姆定律

全电路是指含有电源的闭合电路，如图 2-13 所示。图中的点画线框内代表一个实际的电源。电源的内部一般都是有电阻的，这个电阻称为电源的内电阻，用字母 $r$ 表示。为了看起来方便，通常在电路图上把 $r$ 单独画出。事实上，内电阻是在电源内部，与电动势是分不开的，可以不单独画出，而在电源符号的旁边注明内电阻的数值就行了。

在电路中，负载 $R$ 上有电流流过，这是因为电阻两端有了电压 $U$ 的缘故。电压 $U$ 是由电动势 $E$ 产生的，它既是电阻两端的电压，又是电源的端电压。

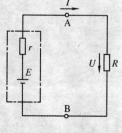

全电路欧姆定律的内容是：在全电路中电流与电源的电动势成正比，与整个电路的内、外电阻之和成反比。其数学表达式为

$$I = \frac{E}{R+r}$$

图 2-13　全电路

式中　$E$——电源的电动势，单位为 V；

　　　$R$——外电路（负载）电阻，单位为 Ω；

　　　$r$——内电路电阻，单位为 Ω；

　　　$I$——电路中的电流，单位为 A。

由式 $I = \frac{E}{R+r}$ 可得到

$$E = IR + Ir = U_{外} + U_{内}$$

式中，$U_{内}$ 是电源内阻的电压降，$U_{外}$ 是电源向外电路的输出电压，也称电源的端电压。因此，全电路欧姆定律又可表述为：电源电动势在数值上等于闭合电路中内外电路电压降之和。

例 2-8　有一电源电动势 $E=3V$，$r=0.4Ω$，$R=9.6Ω$，求电源端电压和内压降。

解：

$$I = \frac{E}{R+r} = \frac{3}{9.6+0.4}A = 0.3A$$

内压降　$U_{内} = Ir = 0.3 \times 0.4V = 0.12V$

端电压　$U_{外} = IR = 0.3 \times 9.6V = 2.88V$

**例 2-9** 已知电池的开路电压 $U_K = 1.5V$,接上 $9\Omega$ 的负载电阻时,其端电压为 $1.35V$,求电池的内电阻 $r$。

解:开路时 $E = U_K = 1.5V$

且已知 $U_外 = 1.35V$, $R = 9\Omega$

内压降 $U_内 = E - U_外 = (1.5 - 1.35)V = 0.15V$

电流 $I = \dfrac{U}{R} = \dfrac{1.35}{9}A = 0.15A$

内阻 $r = \dfrac{U_内}{I} = \dfrac{0.15}{0.15}\Omega = 1\Omega$

**例 2-10** 如图 2-14 所示,不计电压表和电流表内阻对电路的影响,求开关在不同位置时,电压表和电流表的读数各为多少?

解:

开关接在"1"号位置:电路处于短路状态,电压表的读数为零;电流表中流过的短路电流

$$I = \frac{E}{r} = \frac{2}{0.2}A = 10A$$

开关接在"2"号位置:电路处于断路状态,电压表的读数为电源电动势的数值,即 $2V$;电流表无电流流过,即 $I_断 = 0$。

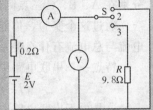

图 2-14 电路的三种状态

开关接在"3"号位置:电路处于通路状态,电流表的读数

$$I = \frac{E}{R + r} = \frac{2}{9.8 + 0.2}A = 0.2A$$

电压表的读数

$$U = IR = 0.2 \times 9.8V = 1.96V$$

或

$$U = E - Ir = 2 - 0.2 \times 0.2V = 1.96V$$

欧姆定律揭示了电路中电流、电压、电阻三者之间的联系,是电路分析的基本定律之一,实际应用非常广泛。

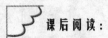
**课后阅读:**

### 人体的电阻

人体电阻包括体内电阻和皮肤电阻。体内电阻基本稳定,约为 $500\Omega$。外层皮肤电阻占人体电阻的最大的比例。皮肤电阻受多种因素的影响,变化范围较大。干燥的皮肤要比湿润的皮肤的电阻大,也要比受过刀伤或擦伤的皮肤的电阻大。一般情况下,人体电阻约为 $1000 \sim 2000\Omega$。皮肤破损、多汗、潮湿、粘有导电粉尘、接触导体的面积和接触压力大,都会使人体电阻降低。

# 2.5　电阻的连接

### 一、电阻的串联

把两个或两个以上的电阻器，一个接一个地连成一串，使电流只有一条通路通过的连接方式叫做电阻的串联。图 2-15 所示电路是由两个灯泡构成的串联电路。

1. 串联电路的特点

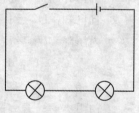

图 2-15　电阻的串联

【课堂实验一】

把两个灯泡 $EL_1$、$EL_2$ 串联起来接到电源上，如图 2-16 所示，分别在 A、B、C 三点测量电路的电流。

通过这个实验，你能不能回答：串联电路中，各部分电路的电流与总电流有什么关系？

特点一：串联电路中流过每个电阻的电流都相等。

$$I_1 = I_2 = I_3 = \cdots = I_n$$

这是由于串联电路中只有唯一通路，况且电荷不会在电路中任一地方积累或消失，所以在相同时间内通过电路导线任一截面的电荷数必然相等，即各串联电阻中流过的电流相同。

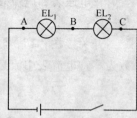

图 2-16　研究串联电路的
电流

【课堂实验二】

把两个灯泡 $EL_1$、$EL_2$ 串联起来接到电源上，如图 2-16 所示，分别测量 AB、BC、AC 之间的电压。

通过这个实验，你能不能回答：串联电路中，各部分电路的电压与总电压有什么关系？

特点二：串联电路两端的总电压等于各电阻两端的分电压之和。

$$U = U_1 + U_2 + U_3 + \cdots + U_n$$

【课堂实验三】

将一个定值电阻 $R$ 接在图 2-17 所示电路中，闭合开关，观察灯泡的亮度。再将两个同样阻值的电阻 $R$ 串联起来，接在电路中。重复前面的实验。

实验现象表明，在相同电压的情况下，接入一个定值电阻时，灯泡亮些；接入串联的两个电阻时，灯泡暗些。灯泡发光比较暗，这是由于通过灯泡的电流比较小。即串联的两个电阻，总电阻比一个电阻大。

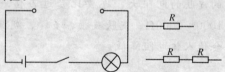

图 2-17　比较总电阻和分电阻的关系

特点三：串联电路的等效电阻（即总电阻）等于各串联电阻值之和。

$$R = R_1 + R_2 + R_3 + \cdots + R_n$$

在分析电路时，为了方便起见，常用一个电阻来表示几个串联电阻的总电阻，这个电阻叫等效电阻。等效的总电阻应该等于总电压除以电流，即

$$R = \frac{U}{I} = \frac{IR_1 + IR_2 + IR_3}{I} = R_1 + R_2 + R_3$$

若串联的 $n$ 个电阻值相等（均为 $R_0$），则

$$R = nR_0$$

特点四：电路中各电阻上的电压与各电阻的阻值成正比，即

$$U_n = \frac{R_n}{R}U$$

推论：在串联电路中，各电阻上分配的电压与电阻值成正比，即阻值越大的电阻分配到的电压越大，反之电压越小。

在计算中，经常遇到两个或三个电阻串联，当给定总电压时，它们的分压公式分别为：

已知串联电路的总电压 $U$ 及电阻 $R_1$、$R_2$，则

$$U_1 = \frac{R_1}{R_1 + R_2}U$$

$$U_2 = \frac{R_2}{R_1 + R_2}U$$

已知串联电路的总电压 $U$ 及电阻 $R_1$、$R_2$、$R_3$，则

$$U_1 = \frac{R_1}{R_1 + R_2 + R_3}U$$

$$U_2 = \frac{R_2}{R_1 + R_2 + R_3}U$$

$$U_3 = \frac{R_3}{R_1 + R_2 + R_3}U$$

2. 串联电路的应用

在实际工作中，电阻串联有如下应用：

1）用几个电阻串联获得较大的电阻。

2）用几个电阻串联构成分压器，使同一电源能供给几种不同数值的电压，如图 2-18 所示。

3）当负载的额定电压低于电源电压时，可用串联电阻的方法将负载接入电源。

4）限制和调节电路中电流的大小。

5）扩大电压的量程。

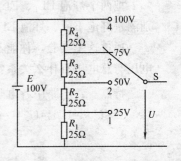

图 2-18　电阻分压器

例 2-11　如图 2-19 所示，要使弧光灯正常工作，需供给 40V 的电压和 10A 的电流，现电源电压为 100V，问应串联多大阻值的电阻？（不计电阻的功率）

解：依题意，串联的电阻 $R$ 应承受 $100-40=60V$ 的电压，才能保证弧光灯所需的工作电压。根据欧姆定律 $U=IR$，计算需串联的电阻为

$$R = \frac{U_2}{I} = \frac{60}{10} = 6\Omega$$

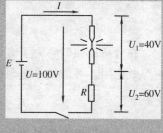

图 2-19　例 2-11 图

例 2-12　图 2-20 所示是一个万用表表头，它的等效内阻 $R_a = 10k\Omega$，满刻度电流（即允许通过的最大电流）$I_a = 50\mu A$，若改装成量程（即测量范围）为 10V 的电压表，则应串联多大的电阻？

解：按题意，当表头满刻度时，表头两端电压 $U_a$ 为

$$U_a = I_a R_a = 50 \times 10^{-6} \times 10 \times 10^3 V = 0.5V$$

显然，用这个表头测量大于 0.5V 的电压会使表头烧坏，需要串联分压电阻，以扩大测量范围。设量程扩大到 10V 需要串入的电阻为 $R_X$，则

$$R_X = \frac{U_X}{I_a} = \frac{U-U_a}{I_a} = \frac{10-0.5}{50 \times 10^{-6}}\Omega = 190k\Omega$$

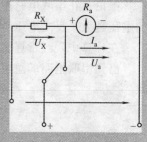

图 2-20　例 2-12 图

## 二、电阻的并联

把两个或两个以上的电阻并列地连接在两点之间，使每一电阻两端都承受同一电压的连接方式叫做电阻的并联。图 2-21 所示电路是由两个灯泡构成的并联电路。

### 1. 并联电路的特点

**【课堂实验一】**

把两个灯泡 $EL_1$、$EL_2$ 并联接到电源上，如图 2-22 所示，分别测量灯泡 $EL_1$、灯泡 $EL_2$ 两端的电压以及电源两端的电压。

通过这个实验，你能不能回答：并联电路中，各部分电路的电压与总电压有什么关系？

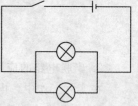

图 2-21　两个灯泡的并联

特点一：电路中各电阻两端的电压相等，并且等于电路两端的电压，即

$$U = U_1 = U_2 = U_3 = \cdots = U_n$$

**【课堂实验二】**

把两个灯泡 $EL_1$、$EL_2$ 并联接到电源上，如图 2-22 所示，分别测量流过灯泡 $EL_1$、灯泡 $EL_2$ 的电流以及电路中的总电流。

通过这个实验，你就会知道：并联电路中，各部分电路的电流与总电流有什么关系？

由图 2-22 中可以看出，电流从电源正极流出后，分两条支路继续流动，由于形成电流的电荷不会在途中积累或消失，所以流入电源负极的电流始终等于从正极流出的电流。

特点二：电路的总电流等于各电阻中的电流之和，即

$$I = I_1 + I_2 + I_3 + \cdots + I_n$$

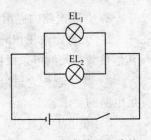

图 2-22 研究并联电路的电压

【课堂实验三】

将一个定值电阻 $R$ 接在图 2-23 所示电路中，闭合开关，观察灯泡的亮度。再将两个同样阻值的电阻 $R$ 并联起来，接在电路中。重复前面的实验。

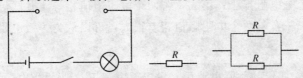

图 2-23 比较总电阻和分电阻的关系

实验现象表明，在相同电压的情况下，接入并联的两个电阻后，灯泡比接入一个电阻时更亮些。即并联的两个电阻，总电阻比一个电阻小。

特点三：电路的等效电阻（即总电阻）的倒数等于各并联电阻的倒相数之和，即

$$\frac{1}{R} = \frac{1}{R_1} + \frac{1}{R_2} + \cdots + \frac{1}{R_n}$$

若并联的几个电阻值都是 $R_0$，则

$$R = \frac{R_0}{n}$$

由此可见，总电阻一定比任何一个并联电阻的阻值小。

两个电阻并联

$$R = R_1 // R_2 = \frac{R_1 R_2}{R_1 + R_2} (// \text{ 是并联符号})$$

特点四：在电阻并联电路中，各支路分配的电流与支路的电阻值成反比，即

$$I_n = \frac{R}{R_n} I (\text{分流公式})$$

其中，$R = R_1 // R_2 // \cdots // R_n$。

这就是说，电阻 $R_n$ 越大，通过它的电流就越小；$R_n$ 越小，通过它的电流就越大。

两个电阻并联时的分流公式

$$I_1 = \frac{R_2}{R_1 + R_2} I; \quad I_2 = \frac{R_1}{R_1 + R_2} I$$

**2. 并联电路的应用**

1）凡额定电压相同的负载几乎全采用并联，这样，任何一个负载正常工作时都不影响其他负载，人们可以根据需要来启动或断开各个负载。

2）为了选配合适阻值的电阻，有时将几个大阻值的电阻并联起来配成小阻值电阻以满足电路的要求。

3）在电工测量中，经常在电流表两端并接分流电阻（亦称分流器），以扩大电流表的量程，并且通过合理选配分流电阻，可以制成不同量程的电流表等。

> **例 2-13**　有一个 $500\Omega$ 的电阻，分别与 $600\Omega$、$500\Omega$、$20\Omega$ 的电阻并联，并联后的等效电阻各是多少？
>
> 解：$R_1 = 500//600 \approx 273\Omega$
>
> $\quad\quad R_2 = 500//500 = 250\Omega$
>
> $\quad\quad R_3 = 500//20 \approx 20\Omega$
>
> 从上面的计算结果我们可以进一步看出：第一，在电阻并联电路中，并联电路的等效电阻总是比任何一个分电阻都小；第二，若两个电阻阻值相等，并联后等效电阻等于一个电阻阻值的一半；第三，若两个电阻阻值相差很大，可以认为等效电阻近似等于小电阻的阻值。

> **例 2-14**　图 2-24 所示的并联电路中，求等效电阻 $R_{AB}$、总电流 $I$、各负载电阻上的电压、各负载电阻中的电流。
>
> 解：等效电阻 $R_{AB} = R_1//R_2 = 6//3 = 2\Omega$
>
> $\quad\quad$总电流 $I = \dfrac{U}{R_{AB}} = \dfrac{12}{2}A = 6A$
>
> $\quad\quad$各负载上的电压 $U_1 = U_2 = U = 12V$
>
> $\quad\quad$各负载中的电流 $I_1 = \dfrac{U_1}{R_1} = \dfrac{12}{6}A = 2A$
>
> $\quad\quad\quad I_2 = I - I_1 = (6-2)A = 4A$

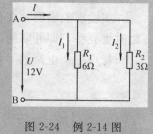

图 2-24　例 2-14 图

> **例 2-15**　如图 2-25 所示，已知某微安表的内阻 $r = 3750\Omega$，允许流过的最大电流 $I_a = 40\mu A$。现要用此微安表制作一个量程为 500mA 的电流表，问需并联多大的分流电阻 $R_x$？
>
> 解：因为此微安表允许流过的最大电流为 $40\mu A$，用它测量大于 $40\mu A$ 的电流必会使该电流表损坏，故可采用并联电阻的方法将表的量程扩大到 500mA，让流过微安表的最大电流不超过 $40\mu A$，其余电流从并联电阻中分流。
>
> $\quad\quad$由 $U_r = I_r r = (I - I_r)R_x$
>
> $\quad\quad$得 $R_x = \dfrac{I_r R_r}{I - I_r} = 0.3\Omega$

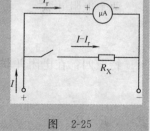

图　2-25

### 三、电阻的混联

电路中电阻元件既有串联又有并联的连接方式，称为电阻的混联，如图 2-26 所示。混联电路的串联部分具有串联电路的性质，并联部分具有并联电路的性质。

对混联电路的分析和计算大体上可分为以下几个步骤：

1）先整理清楚电路中电阻串、并联关系，必要时重新画出串、并联关系明确的电路图；

2）用串、并联等效电阻公式计算出电路中总的等效电阻；

3）利用已知条件进行计算，确定电路的总电压与总电流；

4）根据电阻分压关系和分流关系，逐步推算出各支路的电流或电压。

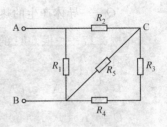

图 2-26　电阻混联电路

等效电路图如何画出呢？首先在原电路图中，给每一个连接点标注一个字母（同一导线相连的各连接点只能用同一字母），按顺序将各字母沿水平方向排列，待求端的字母置于始、终两端，最后将各电阻依次填入相应的字母之间。

例 2-16　已知图 2-27a 所示电路中的 $R_1=R_2=R_3=R_4=R_5=1\Omega$，求 A、B 两点间的等效电阻。

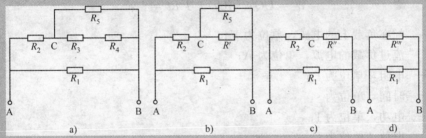

图 2-27　例 2-16 图

解：通过分析电路图，可画出图 2-27b、c、d 各等效电路图

$$R_{AB}=R_1//[(R_3+R_4)//R_5+R_2]=\frac{5}{8}\Omega$$

在电阻混联电路中，已知电路总电压，若求解各电阻上的电压和电流，其步骤一般是：

1）首先求出这些电阻的等效电阻；

2）应用欧姆定律求出总电流；

3）应用电流分流公式和电压分压公式，分别求出各电阻上的电压和电流。

## 2.6　电功和电功率

### 一、焦耳定律

电流通过金属导体时，导体会发热，这种现象称为电流的热效应。

焦耳定律：电流流过金属导体产生的热量与电流的平方、导体的电阻和通电时间成正比。即：

$$Q=I^2Rt$$

式中　$I$——通过导体的直流电流或交流电流的有效值，单位为 A；

　　　$R$——导体的电阻值，单位为 $\Omega$；

　　　$t$——通过导体电流持续的时间，单位为 s；

$Q$——导体产生的热量，单位为 J。

例 2-17　一根 60Ω 的电阻丝接在 36V 的电源上，在 5min 内共产生多少热量？

解：

$$I = \frac{U}{R} = \frac{36}{60}\text{A} = 0.6\text{A}$$

$$Q = I^2 Rt = 0.6^2 \times 60 \times 5 \times 60 \text{J} = 6480 \text{J}$$

## 二、电功

电流流过负载时，负载将电能转换成其他形式的能量（如磁能、热能和机械能等），这一过程，称之为电流做功，简称电功，用字母 $W$ 表示。

也就是说电功是指在一定的时间内电路元件或设备吸收或发出的电能量。

根据公式 $I = \dfrac{Q}{t}$，$U = \dfrac{W}{Q}$，$I = \dfrac{U}{R}$，可得到电功的数学表达式

$$W = UQ = IUt = I^2 Rt = \frac{U^2 t}{R}$$

式中　$U$——加在负载上的电压，单位为 V；

　　　$I$——流过负载的电流，单位为 A；

　　　$R$——电阻，单位为 Ω；

　　　$t$——时间，单位为 s；

　　　$W$——电功，单位为 J；

　　　$Q$——电荷，单位为 C。

电功的单位是焦耳（J）；还有一个是千瓦时（kW·h），也叫做度（电）。换算关系如下：

$$1\text{ 度（电）} = 1\text{kW·h} = 3.6 \times 10^6 \text{J}。$$

千瓦时即功率为 1000W 的供能或耗能元件，在 1h 的时间内所发出或消耗的电能量为 1 度。

用电器在一段时间内消耗的电能，可以通过电能表（也叫电度表）计量出来。电能表有几个重要的参数应该注意。

1）"220V"是说这个电能表应该在 220V 的电路中使用；

2）"10（20）A"是说这个电能表的额定电流为 10A，在短时间应用时电流允许大些，但也不能超过 20A；

3）"50Hz"是说这个电能表在 50Hz 的交流电路中使用；

4）"600r/kW·h"是说接在这个电能表上的用电器，每消耗 1kW·h 的电能，电能表上的转盘转过 600 转。

目前有一种 IC 卡电能表。用户买来 IC 卡后插入，电能表直接读取卡中的金额。一旦金额用完，电能表切断电路，这时需要为 IC 卡再次储值，重新插入电能表。

还有一种新式电能表，其中没有转动的铝盘，靠内部的电子电路计算电能，读数由液晶板显示。

各种电能表，所显示的数字都是到目前为止用去的电能。为了计量一段时间消耗的电能，必须记录这段时间起始和结束时电能表上计数器的示数。电能表计数器上前后两次读数之差，就是这段时间内用电的度数。例如，电能表在月初的读数是 3296.8kW·h，月底的读数是 3409.5kW·h，这个月用电量就是 112.7kW·h。

### 三、电功率

电能表铝盘走得快慢不同，表示用电器消耗电能的快慢不一样。电流在单位时间内所做的功，称为电功率，简称功率，用字母 $P$ 表示，其数学表达式为

$$P = \frac{W}{t}$$

式中　$W$ ——电功，单位为 J；

　　　$t$ ——时间，单位为 s；

　　　$P$ ——电功率，单位为 W。

根据上式可得到电功率的常见计算公式

$$P = IU = I^2R = \frac{U^2}{R}$$

在实际工作中，电功率的常用单位还有千瓦（kW）、毫瓦（mW）等。它们之间的换算关系如下：

$$1kW = 10^3\,W$$
$$1W = 10^3\,mW$$

由 $P = IU = I^2R = \dfrac{U^2}{R}$ 可知：

1）当负载电阻一定时，由 $P = I^2R = \dfrac{U^2}{R}$ 可知，电功率与电流的平方或电压的平方成正比。

2）当流过负载的电流一定时，由 $P = I^2R$ 可知，电功率与电阻值成正比。由于串联电路流过同一电流，故串联电阻的功率与各电阻的阻值成正比。

3）当加在负载两端的电压一定时，由 $P = \dfrac{U^2}{R}$ 可知，电功率与电阻值成反比。因并联电路中各电阻两端的电压相等，所以各电阻的功率与各电阻的阻值成反比。如额定电压均为 220V 的白炽灯，25W 灯泡的灯丝电阻（工作时的电阻约为 1936Ω）比 40W 灯泡的灯丝电阻（约 1210Ω）大。但是如果把它们并接到 220V 电源上，由 $P = \dfrac{U^2}{R}$ 可知，40W 灯泡比 25W 灯泡亮；但是如果把它们串联后接到 220V 电源上，由 $P = I^2R$ 可知，25W 灯泡比 40W 灯泡要亮。

例 2-18　有一功率为 60W 的电灯，每天使用它照明的时间为 4h，如果平均每月按 30 天计算，那么每月消耗的电能为多少度？合为多少焦耳？

解：该电灯平均每月工作时间 $t = 4 \times 30h = 120h$，则

$$W = Pt = 60 \times 120W \cdot h = 7200W \cdot h = 7.2kW \cdot h$$

即每月消耗的电能为 7.2 度，约合为 $3.6 \times 10^6 \times 7.2J \approx 2.6 \times 10^7 J$。

例 2-19　一个 220V/100W 的灯泡正常发光时通过灯丝的电流是多少？灯丝的电阻是多大？

解：由 $P = 100W$，$U = 220V$ 得

$$I = \frac{P}{U} = \frac{100}{220}A = 0.4545A$$

$$R = \frac{U}{I} = \frac{U^2}{P} = \frac{220^2}{100}\Omega = 484\Omega$$

#### 四、电气设备的额定值

为了保证电气设备和电路元器件能够长期、安全地正常工作，通常规定了一个最高工作温度。显然，工作温度取决于热量，而热量又由电流、电压或功率决定。所以，通常把电气设备或元器件安全工作时所允许的最大电流、电压和功率分别叫做额定电流、额定电压和额定功率。一般元器件和设备的额定值都标注在明显位置，如灯泡上标注的"220V/40W"和电阻上标注的"100Ω/2W"等，都是它们的额定值。电动机的额定值通常标注在其外壳的铭牌上，故其额定值也称铭牌数据。

额定电压——电气设备或元器件在正常工作条件下允许施加的最大电压。

额定电流——电气设备或元器件在正常工作条件下允许通过的最大电流。

额定功率——在额定电压和额定电流下消耗的功率，即允许消耗的最大功率。

额定工作状态——电气设备或元器件在额定功率下的工作状态，也称满载状态。

轻载状态——电气设备或元器件在低于额定功率的工作状态，轻载时电气设备不能得到充分利用或根本无法正常工作。

过载（超载）状态——电气设备或元器件在高于额定功率的工作状态，过载时的电气设备很容易被烧坏或造成严重事故。

---

**例 2-20** 阻值为 $100\Omega$，额定功率为 $1W$ 的电阻两端所允许施加的最大电压为多少？允许流过的电流又是多少？

解：由 $P = \dfrac{U^2}{R}$

得　　　$U = \sqrt{PR} = \sqrt{1 \times 100}\,\text{V} = 10\text{V}$

又　　　$P = I^2 R$

得　　　$I = \sqrt{\dfrac{P}{R}} = \sqrt{\dfrac{1}{100}}\,\text{A} = 0.1\text{A}$

---

## 2.7　负载获取最大功率的条件

任何电路都无例外地进行着由电源到负载的功率传输。由于电源有内阻，所以电源提供的总功率为内阻上消耗的功率与负载上消耗的功率之和。若内阻上功率增大，则负载功率就减小。图 2-28 所示是电源接有负载 $R$ 的闭合电路。图中的 $R$ 可以是串联、并联、混联电路及其他电路的等效电阻。由于电源的内阻一般是固定的，因而负载获得的功率和负载电阻 $R$ 的大小有密切关系。那么，在什么条件下负载才能从电源获得最大功率呢？

从前面学过的知识可以知道，负载 $R$ 获得的功率为

$$P = I^2 R = \left(\frac{E}{R+r}\right)^2 R = \frac{E^2 R}{(R+r)^2} = \frac{E^2 R}{R^2 + 2Rr + r^2}$$

$$= \frac{E^2 R}{R^2 - 2Rr + r^2 + 4Rr} = \frac{E^2 R}{(R-r)^2 + 4Rr}$$

$$= \frac{E^2}{\dfrac{(R-r)^2}{R} + 4r}$$

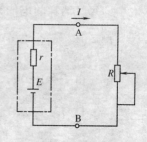

图 2-28　有源负载电路

显然，由于式中 $E$、$r$ 都可以近似看成常量，则只有在分母为最小值，也就是当 $R=r$ 时，$P$ 才能达到最大值，其最大值为

$$P_{\max} = \frac{E^2}{4R} = \frac{E^2}{4r}$$

所以负载获得最大功率的条件是：负载电阻等于电源内阻。由于负载获得的最大功率就是电源输出的最大功率，因而这一条件也是电源输出最大功率的条件。负载功率（或电源输出功率）随电阻 $R$ 变化的曲线如图 2-29 所示。

当负载获得最大功率时，由于 $R=r$，因而内阻上消耗的功率和负载消耗的功率相等，这时效率只有 $50\%$，显然是不高的。在电子技术中，有些电路主要考虑使负载获得最大功率，效率高低属于次要问题，因而电路总是尽可能地工作在

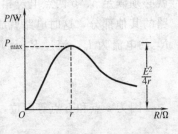

图 2-29　功率－负载关系曲线

$R=r$ 附近。这种工作状态一般也称为"匹配"状态。而在电力系统中，总是希望尽可能地减少电源内部损失以提高输电效率，故必须使 $I^2 r \ll I^2 R$，即 $r \ll R$。

**例 2-21**　在图 2-30 所示电路中，$R_1 = 4\Omega$，电源的电动势 $E = 36\text{V}$，内阻 $r = 0.5\Omega$，$R_2$ 为变阻器。要使变阻器获得的功率最大，$R_2$ 的值应是多大？这时 $R_2$ 获得的功率是多大？

**解**：可以把 $R_1$ 看成是电源内阻的一部分，这样，内阻就为 $(R_1 + r)$。利用负载获得最大功率的条件，可以求出

$$R_2 = R_1 + r = (4 + 0.5)\Omega = 4.5\Omega$$

这时 $R_2$ 获得的最大功率为

$$P_{2\max} = \frac{E^2}{4R_2} = \frac{36^2}{4 \times 4.5}\text{W} = 72\text{W}$$

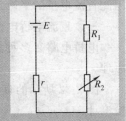

图 2-30　例 2-21 图

## 2.8　直流电桥及其平衡条件

### 一、直流电桥

电桥电路在生产实际和测量技术中应用十分广泛，本节只介绍直流电桥，其电路如图 2-31a 所示。其中 $R_1$、$R_2$、$R_3$、$R_4$ 是电桥的 4 个桥臂。电桥的一组对角顶点 a、b 之间接电阻 $R$；电桥的另一组对角顶点 c、d 之间接电源。如果所接电源为直流电源，则这种电桥称为直流电桥。

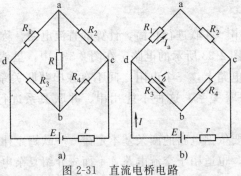

图 2-31　直流电桥电路

## 二、直流电桥的平衡条件

电桥电路的主要特点就是当 4 个桥臂电阻的阻值满足一定关系时，会使接在对角线 a、b 之间的电阻 $R$ 中没有电流通过，这种情况称为电桥的平衡状态。显然，要使 $R$ 中无电流，就必须满足 a、b 两点电位相同的条件。在平衡状态下，可以把 $R$ 从电路中拿掉而不影响电路的其他部分，这时电路就成为 2-41b 所示电路。设这时电路中的总电流是 $I$，流过 $R_1$ 及 $R_2$ 的电流为 $I_a$，流过 $R_3$ 及 $R_4$ 的电流为 $I_b$，而各电阻两端的电压分别为

$$U_{da} = I_a R_1 \qquad\qquad U_{ac} = I_a R_2$$
$$U_{db} = I_b R_3 \qquad\qquad U_{bc} = I_b R_4$$

因为 a 点和 b 点等电位，所以有

$$U_{da} = U_{db} \qquad\qquad U_{ac} = U_{bc}$$

即

$$R_1 I_a = R_3 I_b \qquad\qquad R_2 I_a = R_4 I_b$$

将以上两个式子相除后可得　　　$\dfrac{R_1}{R_2} = \dfrac{R_3}{R_4}$

即

$$R_1 R_4 = R_2 R_3$$

不难看出，$R_1$ 与 $R_4$ 在电桥电路中是两个相对的桥臂，$R_2$ 与 $R_3$ 是另外两个相对桥臂，因此直流电桥的平衡条件是：对臂电阻的乘积相等。

## 三、直流电桥电路应用举例

电桥电路有多种应用，现以直流电桥测量电阻为例，说明用电桥测量元器件参数的原理。

图 2-32 所示的直流电桥由 $R_1$、$R_2$、$R_3$、$R_x$ 组成 4 臂，桥路上接灵敏度较高的零中心检流计。

$R_x$ 为被测电阻，当电桥不平衡时，有电流通过检流计，表针偏离零点。调整 $R_1$、$R_2$、$R_3$，使检流计表针指零，电桥平衡。此时有：$R_1 R_3 = R_2 R_x$，即

$$R_x = \frac{R_1}{R_2} R_3$$

$R_1$、$R_2$ 称为比例臂，借此可调整各挡已知比例值。$R_3$ 称为比较臂，为直读的可变电阻。利用电桥原理能够方便、精确地计算出被测电阻 $R_x$ 的数值。

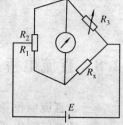

图2-32　直流电桥的应用

# 2.9　基尔霍夫定律

运用欧姆定律及电阻串、并联进行化简、计算的直流电路，称为简单直流电路。但在实际工作中，经常会遇到如图 2-33 所示的电路。在图 2-33a 中，虽然电阻元件只有 3 个，可是两个电源接在不同的一段电路上，三个电阻之间不存在串并联关系；同样，图 2-33b 中的 5 个电阻之间也不存在串并联关系。这种不能用串、并联关系进行化简的直流电路叫复杂电路。

分析复杂直流电路主要依据电路的两条基本定律——欧姆定律和基尔霍夫定律。基尔霍夫定律既适用于直流电路，也适用于交流电路。下面先介绍复杂电路的几个名词。

　　支路：由一个或几个元件首尾相接构成的一段无分支电路。在同一支路内，流过所有元件的电流相等。在图 2-33a 中有 3 条支路，即：$E_1$，$R_1$ 支路；$R_3$ 支路；$E_2$，$R_2$ 支路。在图 2-33b 中有 6 条支路。其中含有电源的支路叫有源支路，不含电源的支路叫无源支路。

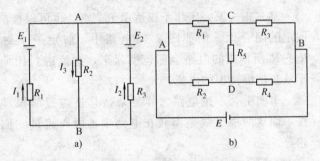

图 2-33　复杂直流电路

　　节点：电路中 3 条或 3 条以上支路的连接点叫做节点。图 2-33a 中有 2 个节点，即 A、B；图 2-33b 中有 4 个节点，即 A、B、C、D。

　　回路：电路中任一闭合的路径。一个回路可能只含一条支路，也可能包含几条支路。图 2-33a 中有 3 个回路，图 2-33b 中则有 7 个回路。

　　网孔：内部不含支路的回路称为网孔。图 2-33a 中有 2 个网孔，图 2-33b 中有 3 个网孔。

## 一、基尔霍夫第一定律

　　基尔霍夫第一定律也称节点电流定律（KCL）。此定律说明了连接在同一节点上的几条支路中电流的关系，其内容是：电路中任意一个节点上，在任一瞬间，流进节点的电流之和等于流出该节点的电流之和，即

$$\sum I_{\text{入}} = \sum I_{\text{出}}$$

如在图 2-33a 中，对于节点 A 有

$$I_1 + I_2 = I_3$$

可将上式改写成

$$I_1 + I_2 - I_3 = 0$$

因此得到

$$\sum I = 0$$

　　这样，基尔霍夫第一定律内容也可叙述为：电路中任意一节点上，电流的代数和恒等于零。

　　在分析未知电流时，可先任意假设支路电流的参考方向，列出节点电流方程。通常可将流进节点的电流取为正值，流出节点的电流取为负值，再根据计算值的正负来确定未知电流的实际方向。有些支路的电流可能是负值，这是由于所假设的电流方向与实际方向相反。

　　例 2-22　在图 2-34 中，已知：$I_1 = 2A$，$I_2 = -3A$，$I_3 = 3A$，$I_4 = 5A$。试求 $I_5$。

　　解：由基尔霍夫第一定律可知

$$I_1 + I_3 = I_2 + I_4 + I_5$$

$$I_5 = I_1 + I_3 - I_2 - I_4$$

$$I_5 = [2 + 3 - (-3) - 5]A$$

$$I_5 = 3A$$

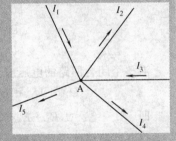

图 2-34　例 2-22 图

　　式中括号外正负号是由基尔霍夫第一定律根据电流的参考方向确定的，括号内数字前的正负号则是表示电流本身数值的正负。

基尔霍夫第一定律不仅适用于节点，也可以推广应用于任意假定的闭合面。例如图 2-35 电路中，假定一个封闭面把电阻 $R_2 \sim R_5$ 所构成的电路全部包围起来，则流进封闭面的电流应等于从封闭面流出的电流。

事实上，不论电路怎样复杂，总是通过两根导线与电源连接，而这两根导线是串联在电路中，所以流过它们的电流必然相等。

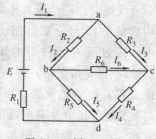

图 2-35　例 2-23 图

例 2-23　在图 2-35 中，已知：$I_1 = 5A$，$I_5 = 3A$，试求 $I_4$。

解：先任意假设未知电流 $I_4$ 的参考方向，如图 2-35 中所示。根据基尔霍夫第一定律，列出节点电流方程式

$$I_1 = I_4 + I_5$$

$$I_4 = I_1 - I_5 = (5 - 3) A = 2A$$

电流 $I_4$ 为正值，表示 $I_4$ 的实际方向与参考方向相同。所以电流 $I_4$ 的大小为 2A，实际方向应为流入 d 点。

在使用电流定律时，必须注意：

1）对于含有 $n$ 个节点的电路，只能列出 $(n-1)$ 个独立的电流方程。

2）列节点电流方程时，只需考虑电流的参考方向，然后再代入电流的数值。

### 二、基尔霍夫第二定律

基尔霍夫第二定律又称回路电压定律（KVL）。此定律说明了回路中各部分电压之间的相互关系。其内容是：对于电路中的任一闭合回路，沿回路绕行方向的各段电压的代数和等于零。用公式表示为

$$\sum U = 0$$

如图 2-36 所示，回路 abcdea 表示复杂电路中的其中一个回路（其余回路没有画出来）。

各支路电流的参考方向如图所示，当沿 a→b→c→d→e→a 绕行时，电位有时升高，有时降低，但无论怎样变化，从 a 点绕闭合回路一周回到 a 点时，a 点的电位数值不变。也就是说，从一点出发绕回路一周回到该点时，各部分电压的代数和等于零。在图 2-36 中，各部分电压分别是

$$U_{ab} = I_3 R_3$$

$$U_{bc} = E_2$$

$$U_{cd} = - I_2 R_2$$

$$U_{de} = I_1 R_1$$

$$U_{ea} = - E_1$$

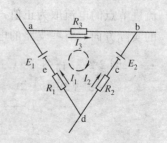

图 2-36　回路中各点电位

沿整个闭合回路的电压应为

$$U_{ab} + U_{bc} + U_{cd} + U_{de} + U_{ea} = 0$$

即　　　　　　$$I_3 R_3 + E_2 - I_2 R_2 + I_1 R_1 - E_1 = 0$$

将电动势移到等号右端得

$$I_1 R_1 - I_2 R_2 + I_3 R_3 = E_1 - E_2$$

这样，基尔霍夫第二定律的内容又可叙述为：在任一闭合回路中，各个电阻上电压的代数和等于各个电动势的代数和，即

$$\sum E = \sum IR$$

上式表明，在任一回路循环方向上，回路中电动势的代数和恒等于电阻上电压降的代数和。其中凡电动势的方向与所选回路循环方向一致者则通过电阻的电流取正值，反之则取负值；凡电流的参考方向与回路循环方向一致者，该电流在电阻上所产生的电压降取正值，反之则取负值。

**例 2-24**　图 2-37 所示为某电路中的一个回路，试列出其回路电压方程式。

**解：** 标出各支路电流 $I_1$、$I_2$ 参考方向和回路的绕行方向，如图 2-37 所示，则回路电压方程式为

$$I_1 R_1 - I_2 R_2 = E_1 - E_2$$

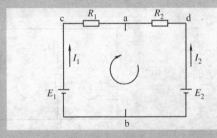

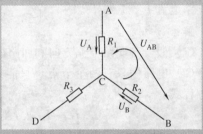

图 2-37　任一回路的各段电压降代数和为零　　　图 2-38　基尔霍夫第二定律推广应用

基尔霍夫第二定律不仅适用于闭合回路，也可以推广应用于不完全由实际元件构成的假想回路。如图 2-38 所示，图中 A、B 之间无支路直接相连，但可设想有一条虚拟回路 ABC，对此虚拟回路可列出回路电压方程为

$$\sum U = U_A - U_B - U_{AB} = 0$$

或

$$U_{AB} = U_A - U_B$$

**例 2-25**　求图 2-39 所示电路中的 $U_{ab}$。

**解：** 因为 cb 支路没有闭合回路，所以其电流为零，$5\Omega$ 的电阻上无电压。电路中只存在一个单一电流回路，该回路中电流参考方向如图所示。

$$I = \frac{3}{1+2} A = 1A$$

在 abca 假想回路中，回路电压方程为

$$U_{ab} - 8 - 2 \times 1 + 3 = 0$$

所以

$$U_{ab} = (8 + 2 \times 1 - 3) \ V = 7V$$

图 2-39　例 2-25 图

### 三、支路电流法

所谓支路电流法就是以各支路电流为未知量，根据基尔霍夫定律列出方程组，然后联立方程组求解，得出各支路电流。

支路电流法解题步骤如下：

1）先标出各支路的电流参考方向和独立回路的循环方向。支路电流参考方向和独立回路循环方向可以任意假设，一般假设与电动势方向一致；对于具有两个以上电动势的回路，一般取电动势大的方向为循环方向。

2）用基尔霍夫第一、第二定律列出节点电流方程式和回路电压方程式。对于一个具有 $n$ 条支路、$m$ 个节点（$n>m$）的复杂直流电路，需要列出 $n$ 个方程式来联立求解。由于 $m$ 个节点只能列出（$m-1$）个节点方程式，这样还缺 $n-(m-1)$ 个方程式。不足的方程式可由回路电压方程式补足。一般回路电压方程式可在独立回路中列出。

3）代入已知解联立方程式，求出各支路电流的大小，并确定各支路电流的实际方向。计算结果为正值时，实际方向与参考方向相同；计算结果为负值时，实际方向与参考方向相反。

例 2-26　在图 2-40 中，已知 $E_1=18\text{V}$，$E_2=9\text{V}$，$R_1=R_2=1\ \Omega$，$R_3=4\ \Omega$，试求：各支路电流 $I_1$、$I_2$ 和 $I_3$。

解：

（1）假设各支路电流方向和回路循环方向；

（2）电路中只有两个节点，只能列出一个独立的节点电流方程式。

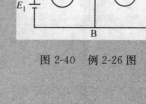

图 2-40　例 2-26 图

$$I_1+I_2=I_3$$

另外两个方程式由基尔霍夫第二定律列出。

对于回路 1 有

$$E_1=I_1R_1+I_3R_3$$

对于回路 2 有

$$E_2=I_2R_2+I_3R_3$$

（3）代入已知解联立方程式。

$$I_1+I_2-I_3=0$$
$$I_1+4I_3=18$$
$$I_2+4I_3=9$$

解得　$I_1=6\text{A}$（实际方向与假设方向相同）

　　　　$I_2=-3\text{A}$（实际方向与假设方向相反）

　　　　$I_3=3\text{A}$（实际方向与假设方向相同）

## 2.10　电压源与电流源

掌握电压源和电流源的概念以及它们之间的等效变换，能使某些复杂电路的分析计算大为简化。

### 一、电压源

用一个恒定电动势 $E$ 与内阻 $r$ 串联表示的电源称为电压源。电压源的符号如图 2-41 所示。大多数电源，如干电池、蓄电池等都可以这样表示。

当电压源向负载 $R$ 输出电压时，如图 2-41c 所示，因为电压源存在内阻，故电压源的端

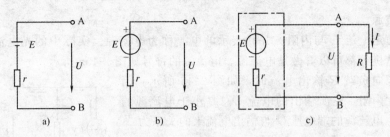

图 2-41　电压源的符号及输出

电压 $U$ 总是小于它的恒定电压 $E$。端电压 $U$ 与输出电流 $I$ 之间有如下关系

$$U = E - Ir$$

式中 $E$、$r$ 均为常数。所以，随着 $I$ 的增加，内阻 $r$ 上的电压降增大，输出电压就降低，因此要求电压源的内阻越小越好。

如果内阻 $r=0$，那么，不管负载变动时输出电流 $I$ 如何变化，电源始终输出恒定的电压 $E$，我们把内阻 $r=0$ 的电压源称为理想电压源，其符号如图 2-42 所示。在应用中，稳压电源、新电池或内阻 $r$ 远小于负载电阻 $R$ 的电源，都可以看做是理想电压源。理想电压源的输出电压不随负载 $R$ 变化，也不受输出电流的影响。实际上理想电压源是不存在的，因为电源总是存在着内阻。

当 $n$ 个电压源串联时，可以合并为一个等效电压源，如图 2-43 所示。等效电压源的 $E$ 等于各个电压源的代数和，即

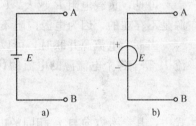

$$E = E_1 + E_2 + \cdots + E_n$$

在式中，凡方向与 $E$ 相同的取正号，反之取负号。等效电压源的内阻等于各串联电压源内阻之和，即

$$r = r_1 + r_2 + \cdots + r_n$$

图 2-42　理想电压源符号

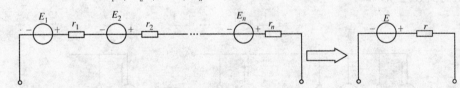

图 2-43　串联电压源合并

例 2-27　电路如图 2-44a 所示，求其等效电压源。

解：根据公式 $E = E_1 + E_2 + \cdots + E_n$ 得

　　$E = E_1 - E_2 = (15-6)\text{ V} = 9\text{V}$

根据公式 $r = r_1 + r_2 + \cdots + r_n$ 得

　　$r = r_1 + r_2 = (3+3)\ \Omega = 6\Omega$

等效电压源如图 2-44b 所示。

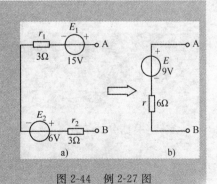

图 2-44　例 2-27 图

## 二、电流源

用一个恒定电流 $I_s$ 与内阻 $r$ 并联表示的电源称为电流源。实际中的光电池、串励（串激）直流发电机等都可以看做是电流源。电流源的符号如图 2-45a 所示。

当电流源向负载 $R$ 输出电流时，如图 2-46 所示。因为电流源存在内阻，它所输出的电流 $I$ 总是小于电流源的恒定电流 $I_s$。电流源的端电压 $U$ 与输出电流 $I$ 的关系为

$$I = I_s - \frac{U}{r}$$

由上式可知，电流源内阻 $r$ 越大，则负载变化而引起的电流变化就越小。也就是说，电流源输出越稳定，$I$ 越接近 $I_s$ 值。

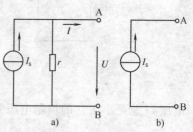

图 2-45　电流源符号

如果电流源内阻 $r$ 为无穷大，则不论由负载变化引起的端电压如何变化，它所输出的电流恒定不变，而且等于电流源的恒定电流 $I_s$，即 $I = I_s$。所以，内阻 $r \rightarrow \infty$ 的电流源称为理想电流源，其符号如图 2-45b 所示。

理想电流源的端电压与负载电阻 $R$ 的大小有关，即

$$U = IR = I_sR$$

可见，负载电阻 $R$ 越大，$U$ 也越大。实际上理想电流源是不存在的，因为电源内阻不可能为无穷大。

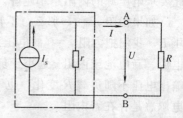

图 2-46　电流源的输出

当 $n$ 个电流源并联时，可以合并为一个等效电流源。如图 2-47 所示，等效电流源的电流 $I_s$ 等于各个电流源的电流的代数和，即

$$I_s = \sum_{k=1}^{n} I_{sk}$$

式中，凡参考方向与 $I_s$ 相同的电流取正号，反之取负号。等效内阻 $r$ 的倒数等于各并联电流源内阻的倒数之和，即：

$$\frac{1}{r} = \frac{1}{r_1} + \frac{1}{r_2} + \cdots + \frac{1}{r_n}$$

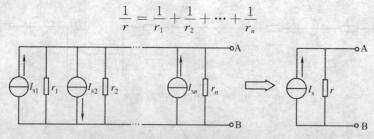

图 2-47　并联电流源的等效电流源

例 2-28　电路如图 2-48a 所示，求其等效电流源。

解：根据公式 $I_s = \sum_{k=1}^{n} I_{sk}$ 得

$$I_s = I_{s1} - I_{s2} = (15-10) \text{A} = 5\text{A}$$

根据公式 $\frac{1}{r} = \frac{1}{r_1} + \frac{1}{r_2} + \cdots + \frac{1}{r_n}$ 得

$$r = \frac{r_1 r_2}{r_1 + r_2} = \frac{3 \times 6}{3 + 6} \Omega = 2\Omega$$

等效电流源如图 2-48b 所示。

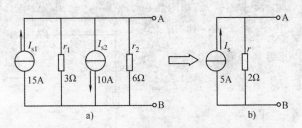

图 2-48　例 2-28 图

### 三、实际电压源与电流源的等效变换

当一个电压源与一个电流源的外特性相同时，对外电路来说，这两个电源是等效的。也就是说，在满足一定条件下，两种电源之间能够实现等效变换。

由于电压源的 $U$ 与 $I$ 的关系是

$$U = E - Ir$$

即

$$I = \frac{E}{r} - \frac{U}{r}$$

又由于电流源的 $U$ 与 $I$ 的关系式

$$I = I_s - \frac{U}{r'}$$

为了保证电源外特性完全相同（即输出的电流、电压一样），等式右侧的两项必须对应相等，那么，把电压源等效变换为电流源，则有

$$I_s = \frac{E}{r}$$

$$r' = r$$

如果把电流源等效变换为电压源，则有

$$E = I_s r'$$

$$r = r'$$

由此可见，电压源与电流源的等效变换条件是：电压源与电流源内阻相等，而且电流源的恒定电流 $I_s$ 等于电压源的短路电流 $\dfrac{E}{r}$，如图 2-49所示。

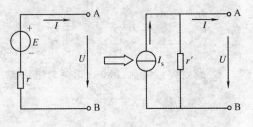

图 2-49　电压源与电流源的等效变换

两种电源等效变换时，应注意以下几点：

1) 等效变换仅仅是对外电路而言，对于电源内部并不等效。

2) 在变换过程中，电压源的电动势 $E$ 的方向和电流源的电流 $I_s$ 的方向必须保持一致，即电压源的正极与电流源输出电流的一端相对应。

3) 理想电压源与理想电流源之间不能进行等效变换。

例 2-29　图 2-50 所示电路中,已知电压源 $E=6\text{V}$,$r=0.2\Omega$,求与其等效的电流源。

解:根据已知的电压源数据,利用公式

$I_s = \dfrac{E}{r}$,$r'=r$,可求出与其等效的电流源,等

效电流源如图 2-50 所示。其中:

$$I_s = \frac{E}{r} = \frac{6}{0.2}\text{A} = 30\text{A}$$

$$r' = r = 0.2\Omega$$

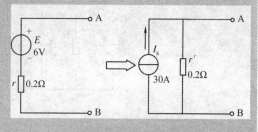

图 2-50　例 2-29 图

例 2-30　有两个电压源并联,已知它们的电动势 $E_1=6\text{V}$,$E_2=8\text{V}$,内阻 $r_1=r_2=1\Omega$。试求其等效电压源。

解:整个变换过程如图 2-51 所示,先把两个并联的电压源等效变换为两个对应的电流源:

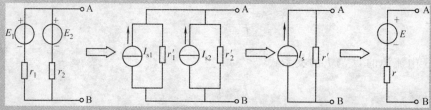

图 2-51　例 2-30 图

$$I_{s1} = \frac{E_1}{r_1} = \frac{6}{1}\text{A} = 6\text{A} \qquad\qquad r'_1 = r_1 = 1\Omega$$

$$I_{s2} = \frac{E_2}{r_2} = \frac{8}{1}\text{A} = 8\text{A} \qquad\qquad r'_2 = r_2 = 1\Omega$$

两个并联的电流源可以合并为一个电流源

$$I_s = I_{s1} + I_{s2} = (6+8)\text{A} = 14\text{A}$$

$$r' = \frac{r'_1 r'_2}{r'_1 + r'_2} = \frac{1\times1}{1+1}\Omega = \frac{1}{2}\Omega$$

最后再把电流源等效变换为电压源

$$E = I_s r = 14\times\frac{1}{2}\text{V} = 7\text{V}$$

$$r = \frac{1}{2}\Omega$$

## 2.11　戴维南定理

对于一个复杂电路,有时并不需要了解所有支路的情况,而只要求出其中某一支路的电流即可,这时采用戴维南定理计算较为简便。

在介绍戴维南定理之前,先介绍一下什么是二端网络。任何具有两个出线端的部分电路

都称为二端网络。含有电源的二端网络称为含源二端网络或有源二端网络，否则叫做无源二端网络。在图 2-52a 中，点画线框内的部分就是一个含源二端网络，经常可以把它画成图 2-52b 所示的一般形式。

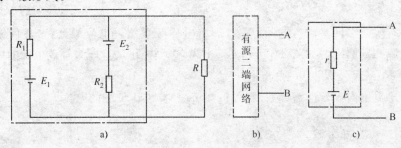

图 2-52　含源二端网络

戴维南定理指出：任何一个含源二端线性网络都可以用一个等效电源来代替，这个等效电源的电动势 $E$ 等于该网络的开路电压 $U_0$，内阻 $r$ 等于该网络内所有电源不作用，仅保留其内阻时，网络两端的输入电阻（等效电阻）$R_i$。

根据戴维南定理，图 2-52b 可画成图 2-52c。

如果图 2-52a 的 A、B 两端接有电阻 $R$，那么，用戴维南定理求 $R$ 支路电流的步骤如下：

1）把电路分为待求支路和含源二端网络两部分。

2）断开待求支路，求出含源二端网络开路电压 $U_0$，即为等效电源的电动势 $E$。

3）将网络内各电源置零（即将电压源短路，电流源开路），仅保留电源内阻，求出网络两端的输入电阻 $R_i$，即为等效电源的内阻 $r$。

4）画出含源二端网络的等效电路，然后接入待求支路，则待求支路的电流为

$$I = \frac{E}{r+R} = \frac{U_0}{R_i+R}$$

例 2-31　在图 2-53 所示电路中，已知 $E_1 = 7\text{V}$，$E_2 = 6.2\text{V}$，$R_1 = R_2 = 0.2\,\Omega$，$R = 3.2\,\Omega$，试应用戴维南定理求电阻 $R$ 中的电流 $I$。

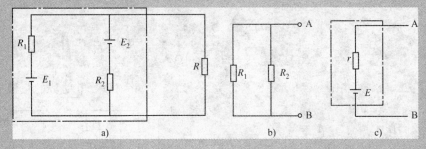

图 2-53　含源二端网络

解：（1）把电路分成两部分，如图 2-53a 所示。

（2）断开待求支路，如图 2-53b 所示，计算开路电压 $U_0$，即为等效电源的电动势 $E$。

$$E=U_0=E_2+I_1R_2=\left(6.2+\frac{7-6.2}{0.2+0.2}\times0.2\right)\text{V}=6.6\text{V}$$

或 $\quad E=U_0=E_1-I_1R_1=\left(7-\frac{7-6.2}{0.2+0.2}\times0.2\right)\text{V}=6.6\text{V}$

（3）将有源二端网络内各电源置零（即将电压源短路，电流源开路），仅保留电源内阻，成为无源二端网络，如图 2-53b 所示，计算输入电阻 $R_i$，即为等效电源的内阻 $r$。

$$r=R_{ab}=R_1 /\!/ R_2=0.1\Omega$$

（4）画出戴维南等效电路，如图 2-53c 所示，求电阻 $R$ 中的电流 $I$

$$I=\frac{E_0}{r+R}=\frac{6.6}{0.1+3.2}\text{A}=2\text{A}$$

例 2-32　在图 2-54a 所示的桥式电路中，已知 $R_1=R_2=R_4=R_5=5\Omega$，$R_3=10\Omega$，$E=6.5V$，求 $R_5$ 所在支路的电流。

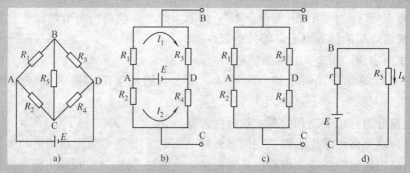

图 2-54　例 2-32 图

解：断开 $R_5$ 所在支路，求开路电压 $U_0$（如图 2-54b 所示）和输入端电阻 $R_i$（如图 2-54c 所示）。

$$U_{BD}=E\frac{R_3}{R_1+R_3}=6.5\times\frac{10}{5+10}\text{V}\approx4.33\text{V}$$

$$U_{CD}=E\frac{R_4}{R_2+R_4}=6.5\times\frac{5}{5+5}\text{V}=3.25\text{V}$$

$$U_0=U_{BC}=U_{BD}+U_{DC}=U_{BD}-U_{CD}=(4.33-3.25)\text{V}=1.08\text{V}$$

$$R_i=(R_1 /\!/ R_3)+(R_2 /\!/ R_4)=\left(\frac{5\times10}{5+10}+\frac{5}{2}\right)\Omega\approx5.83\Omega$$

画出等效电路，如图 2-54d 所示。要注意，若 $U_{BC}$ 为正，等效电动势的正极应画在 B 端；若 $U_{BC}$ 为负，等效电动势的正极应画在 C 端。画好等效电路后接入 $R_5$，求出电流 $I_5$

$$I_5=\frac{E}{r+R}=\frac{U_{BC}}{R_i+R_5}=\frac{1.08}{5.83+5}\text{A}\approx0.1\text{A}$$

含源二端网络的等效电动势和内阻，除了根据电路进行计算外，还可以用实验方法求得。如图 2-55a 所示，用高内阻的电压表来测量有源二端网络的开路

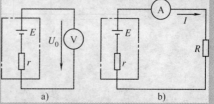

图 2-55　等效电动势和内阻的测量

电压 $U_0$，这就是等效电动势 $E$。再按图 2-55b 所示电路接线，用低内阻的电流表同一个已知电阻串联在含源网络的两个端点上，这时测得的电流应为

$$I = \frac{E}{r + R}$$

因而，等效内阻就为

$$r = \frac{E}{I} - R$$

## 2.12 叠加原理

电路的参数不随外加电压以及通过其中的电流变化而变化，即电压和电流成正比例的电路，叫做线性电路。叠加原理是反映线性电路基本性质的一个重要原理。其内容是：在线性电路中，任一支路中的电流（或电压）等于各个电源单独作用时，在此支路中所产生的电流（或电压）的代数和。

下面通过例题来介绍利用叠加原理解题的步骤。

例 2-33　图 2-56 所示电路中，已知直流发电机的电动势 $E_1 = 7V$，内阻 $r_1 = 0.2\Omega$，蓄电池组的电动势 $E_2 = 6.2V$，内阻 $r_2 = 0.2\Omega$。负载电阻 $R = 3.2\Omega$。用叠加原理求各支路电流和负载两端的电压。

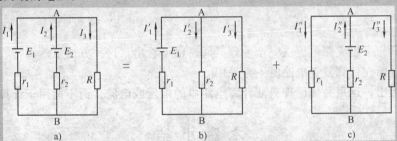

图 2-56　例 2-33 图

解：（1）假定待求各支路的电流的参考方向如图 2-56a 所示。图中 $I_1$、$I_2$、$I_3$ 为待求支路电流，$U_{AB}$ 为待求负载电压。

（2）求 $E_1$ 单独作用时的各支路电流 $I'_1$、$I'_2$、$I'_3$ 和负载电压 $U'_{AB}$，如图 2-56b 所示。由于这时只有一个电动势作用、各电流的实际方向是容易判定的，可以利用简单电路的计算方法来计算

$$R' = r_1 + \frac{r_2 R}{r_2 + R}\Omega \approx 0.3882\Omega$$

$$I'_1 = \frac{E_1}{R'} = \frac{7}{0.3882}A \approx 18.03A$$

$$U'_{AB} = I'_1 \frac{r_2 R}{r_2 + R} = 18.03 \times 0.1882V \approx 3.393V$$

$$I'_2 = \frac{U'_{AB}}{r_2} = \frac{3.393}{0.2}A \approx 16.97A$$

$$I'_3 = \frac{U'_{AB}}{R} = \frac{3.393}{3.2}A \approx 1.0603A$$

（3）求 $E_2$ 单独作用时的各支路电流 $I''_1$、$I''_2$、$I''_3$ 和负载电压 $U''_{AB}$。这时电路如图 2-56c所示，计算方法与上面的相同

$$R'' = r_2 + \frac{r_1 R}{r_1 + R}\Omega \approx 0.3882\Omega$$

$$I''_2 = \frac{E_2}{R''} = \frac{6.2}{0.3882}A \approx 15.97A$$

$$U''_{AB} = I''_2 \frac{r_1 R}{r_1 + R} = 15.97 \times 0.1882V \approx 3.006V$$

$$I''_1 = \frac{U''_{AB}}{r_1} = \frac{3.006}{0.2}A = 15.03A$$

$$I''_3 = \frac{U''_{AB}}{R} = \frac{3.006}{3.2}A \approx 0.9394A$$

（4）将每一支路的电流或电压分别进行叠加。凡是与原电路中假定的电流（或电压）方向相同的为正，反之为负。这样，待求的各支路电流和负载电压分别为

$$I_1 = I'_1 - I''_1 = (18.03 - 15.03)A = 3A$$
$$I_2 = -I'_2 + I''_2 = (-16.97 + 15.97)A = -1A$$
$$I_3 = I'_3 + I''_3 = (1.0603 + 0.9394)A = 2A$$
$$U_{AB} = U'_{AB} + U''_{AB} = (3.393 + 3.006)V \approx 6.4V$$

计算结果与采用支路电流法完全一致。同时也可看出，这一方法虽然可行，但计算过程比较繁琐，因而在计算复杂电路时不常采用。

还应该指出，运用叠加原理只能计算电路中的电压或电流，而不能用于计算功率。

# 本 章 小 结

1. 电流流经的路径叫电路。一般电路由电源、负载、开关和连接导线组成。

2. 电荷有规则的定向移动称为电流。电流的方向规定为正电荷移动的方向，即由高电位流向低电位。衡量电流强弱的物理量是电流用符号 $I$ 表示，$I = \frac{Q}{t}$，单位为 A。

3. 电流密度是指当电流在导体的截面上均匀分布时，该电流与导体横截面积的比值。用字母 $J$ 表示，其数学表达式为 $J = \frac{I}{S}$，电流密度的单位是 A/mm$^2$。

4. 电压又称电位差，是衡量电场力做功本领大小的物理量。其数学表达式为 $U_{AB} = \frac{W_{AB}}{Q}$。电压的单位为 V。

5. 电位是指电路中某点与参考点之间的电压。通常把参考点的电位规定为零，又称零电位。电位的文字符号用带单标的字母 $V$ 表示，如 $V_a$，即表示 A 点的电位。电位的单位也是 V。电路中任意两点（如 A 和 B 两点）之间的电位差（电压）与这两点电位的关系式为 $U_{AB} = V_A - V_B$

6. 电动势的定义：在电源内部外力将单位正电荷从电源的负极移动到电源正极所做的

功。用符号 $E$ 表示，其数学表达式为 $E=\dfrac{W}{Q}$。电动势的单位是 V。电动势的方向规定是在电源内部由负极指向正极。

7. 导体对电流的阻碍作用称为电阻，用符号 $R$ 表示。其单位为 $\Omega$。金属导体电阻的大小与其几何尺寸及材料性质有关，具体关系式为 $R=\dfrac{\rho L}{S}$。电阻的倒数叫电导。电导用符号 $G$ 表示，$G=\dfrac{1}{R}$，电导的单位名称是西门子，简称西，用符号 S 表示。

8. 部分电路欧姆定律：流过电阻的电流 $I$ 与加在电阻两端的电压 $U$ 成正比，与电阻 $R$ 成反比。用公式表示为 $I=\dfrac{U}{R}$。

全电路欧姆定律：在全电路中电流与电源的电动势成正比，与整个电路的内、外电阻之和成反比。其数学表达式为 $I=\dfrac{E}{R+r}$。

9. 串联和并联是电阻的两种基本连接方式。在电阻的串联和并联电路中，存在表 2-5 所列关系。

表 2-5 电阻的串联和并联

| | | 串 联 | 并 联 |
|---|---|---|---|
| 多个电阻 | 电压 $U$ | $U=U_1+U_2+U_3+\cdots+U_n$ | 各电阻上电压相同 |
| | 电流 $I$ | 各电阻中电流相同 | $I=I_1+I_2+\cdots+I_n$ |
| | 等效电阻 $R$ | $R=R_1+R_2+R_3+\cdots+R_n$ | $\dfrac{1}{R}=\dfrac{1}{R_1}+\dfrac{1}{R_2}+\cdots+\dfrac{1}{R_n}$ |
| | 功率 $P$ | $P=P_1+P_2+P_3+\cdots$ $=I^2R_1+I^2R_2+I^2R_3+\cdots$ | $P=P_1+P_2+P_3+\cdots$ $=\dfrac{U^2}{R_1}+\dfrac{U^2}{R_2}+\dfrac{U^2}{R_3}+\cdots$ |
| 两个电阻 | 等效电阻 $R$ | $R=R_1+R_2$ | $R=R_1//R_2=\dfrac{R_1R_2}{R_1+R_2}$ |
| | 分压、分流公式 | $U_1=\dfrac{R_1}{R_1+R_2}U$ $U_2=\dfrac{R_2}{R_1+R_2}U$ | $I_1=\dfrac{R_2}{R_1+R_2}I$ $I_2=\dfrac{R_1}{R_1+R_2}I$ |

10. 电阻混联电路是由电阻的串联与并联混合构成的，因此，计算混联电路时，首先要求出等效电阻，然后利用欧姆定律和串、并联电路的特点，求出各电阻上的电压、电流。

11. 焦耳定律：电流流过金属导体产生的热量与电流的平方、导体的电阻、通电时间成正比，$Q=I^2Rt$。

12. 电流流过负载时，电流要做功，简称电功。$W=UQ=IUt=I^2Rt=\dfrac{U^2t}{R}$，电功的单位为 J 和 $kW\cdot h$。

13. 电流在单位时间内所做的功，称为电功率。其数学表达式为 $P=\dfrac{W}{t}=IU=I^2R=\dfrac{U^2}{R}$。电功率的单位为 W。

14. 额定值就是保证电气设备和电路元器件能够长期、安全地正常工作的最大电流、最大电压和最大功率，分别叫做额定电流、额定电压和额定功率。

15. 负载获得最大功率的条件是负载电阻等于电源内阻。负载获得的最大功率为 $P = \dfrac{E^2}{4R}$。

16. 直流电桥平衡条件为对臂电阻的乘积相等。

17. 基尔霍夫第一定律也称节点电流定律。其内容是：电路中任意一个节点上，在任一瞬间，流进节点的电流之和等于流出该节点的电流之和，即 $\sum I_{入} = \sum I_{出}$。

18. 基尔霍夫第二定律又称回路电压定律。其内容是：对于电路中的任一闭合回路，沿回路绕行方向的各段电压的代数和等于零，即 $\sum U = 0$。

19. 支路电流法就是以各支路电流为未知量，根据基尔霍夫定律列出方程组，然后解联立方程组，求得各支路电流。对于一个具有 $n$ 条支路、$m$ 个节点（$n > m$）的复杂直流电路，即可列出（$m-1$）个节点方程式，$n-$（$m-1$）个回路电压方程式。

20. 当一个电压源与一个电流源的外特性相同时，对外电路来说，这两个电源是等效的。电压源等效变换为电流源，则有 $I_s = \dfrac{E}{r}$，内阻 $r$ 阻值不变，但要将其改为并联。电流源等效变换为电压源，则有 $E = I_s r'$，内阻 $r'$ 阻值不变，但要将其改为串联。

21. 戴维南定理：任何一个含源二端线性网络都可以用一个等效电源来代替，这个等效电源的电动势 $E$ 等于该网络的开路电压 $U_0$，内阻 $r$ 等于该网络内所有电源不作用，仅保留其内阻时，网络两端的输入电阻（等效电阻）$R_i$。

22. 叠加原理是反映线性电路基本性质的一个重要原理。其内容是：在线性电路中，任一支路中的电流（或电压）等于各个电源单独作用时，在此支路中所产生的电流（或电压）的代数和。

# 实训  电流、电压和电阻的测量

### 一、实训目的
掌握用万用表测量电压、电流和电阻的操作方法。

### 二、万用表的使用说明

1. 万用表在使用前先要机械调零。按照万用表的使用要求，垂直或水平放好万用表（表头上："±"符号表示垂直放置；"—"符号表示水平放置）。查看表针是否指在电压刻度的零点上，如果表针不指零，则调节机械调零螺钉，使指针指零。

2. 万用表的下方有两个表棒插孔，标有"+""—"标志。使用时，红表棒插入"+"插孔；黑表棒插入"—"插孔。

3. 使用指针式仪表测量时，被测量的大小应为指针满刻度值的 1/3 左右。

4. 读取被测量数值时，操作者的视线应与仪表的刻度盘平面及指针垂直。

### 三、实训器材

表 2-6  实训器材表

| 序　号 | 器材、仪器、工具名称 | 数　量 | 备　注 |
|---|---|---|---|
| 1 | 万用表（MF-30） | 1块 | |
| 2 | 干电池（1号电池或5号电池） | 1节 | |

（续）

| 序　号 | 器材、仪器、工具名称 | 数　量 | 备　注 |
|---|---|---|---|
| 3 | 直流（稳压）电源 | 1台 | |
| 4 | 电阻 $R$（20Ω） | 1只 | |
| 5 | 被测电阻（电位器）RP（0～300kΩ） | 1只 | |

## 四、实训内容与步骤

1. 直流电源（电池）开路电压的测量

（1）测量原理如图 2-57 所示。

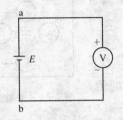
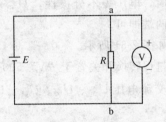

图 2-57　测量直流电源开路电压　　　　图 2-58　测量负载电压

（2）将万用表的量程转换开关置于"ⓥ"（直流电压测量）挡。注意选用合适的量程挡。

（3）测量直流电压时，将红表棒接电池的正极（高电位 a 端）；黑表棒接电池的负极（低电位 b 端）。如果两表棒接错，指针将反偏。

（4）记录所测电源开路电压的数值，$E=$_____ V。

2. 负载电压的测量

（1）测量原理如图 2-58 所示。

（2）接通稳压电源开关，调节稳压电源的输出旋钮，将输出电压调节到3V。

（3）用万用表合适的电压量程挡测量负载电阻 $R$ 两端的电压 $U_{ab}$，记录在表 2-7 中。

表 2-7　$R$ 两端电压

| $E/V$ | 3 | 4 | 10 | 15 | 20 |
|---|---|---|---|---|---|
| $U_{ab}/V$ | | | | | |

（4）将输出电压分别调节到：4、10、15、20V。重复步骤（3）的操作并记录。

3. 直流电流的测量

（1）测量原理如图 2-59 所示。

（2）将万用表量程转换开关置于"Ⓐ"（直流电流测量）挡。注意选用合适的量程挡。在不知被测电流大小时，应先选择最大电流量程挡。

（3）将万用表通过表棒串入被测电路中。

（4）将直流输出电压调到 4V。

（5）记录被测电路中的电流数值，$I=$_____ A。

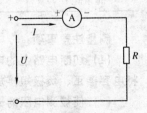

图 2-59　测量直流电流

4. 交流电流的测量

测量交流电流时，电流表不分极性，只要在测量量程范围内将它串入被测电路即可。

（1）测量原理如图 2-60 所示。

（2）将万用表量程转换开关置于"A"（交流电流测量）挡。
注意选用合适的量程挡。在不知被测电流大小时，应先选择最大
电流量程挡。

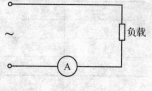

图 2-60　测量交流电流

（3）将万用表通过表棒串入被测电路中。

（4）将交流输出电压调到 10V。

（5）记录被测电路中的电流数值，$I=$ _____ A。

5. 交流电压的测量

测量交流电压时，电压表不分极性，只需在测量量程范围内直
接并联在被测电路两端即可。

（1）测量原理如图 2-61 所示。

（2）将万用表量程转换开关置于"V"500V 挡。

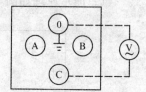

图 2-61　测量交流电压

（3）分别测量交流电压 $U_{A0}$、$U_{B0}$、$U_{C0}$、$U_{AB}$、$U_{AC}$、$U_{BC}$ 的值，
并记录在表 2-8 中。

表 2-8　交流电压测量

| 被测电压 | $U_{A0}$ | $U_{B0}$ | $U_{C0}$ | $U_{AB}$ | $U_{AC}$ | $U_{BC}$ |
|---|---|---|---|---|---|---|
| 实测电压/V | | | | | | |

6. 电阻的测量

导体电阻的大小可用电阻计（欧姆表）进行测量。

（1）测量原理如图 2-62 所示。

（2）将万用表量程转换开关置于"Ω"挡，并选用合适的电阻测
量挡。

（3）先将两表棒短接，调节表头下的"Ω"旋钮，将指针调整到电
阻值刻度的零点。

（以后测量电阻时，每转换一次电阻测量挡，都要先调零）。

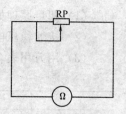

（4）调节被测电阻RP，分别测量 4 种不同阻值的电阻，并记录在表
2-9 中。

图 2-62　测量电阻

表 2-9　RP 测量

| 序号 | 1 | 2 | 3 | 4 |
|---|---|---|---|---|
| 电阻值/Ω | | | | |

**测量注意事项：**

（1）切断电路上的电源，如图 2-63a 所示。如果被测电路中有大容量电解电容器，应先
将电容器正、负极短接放电，避免积存在其中的电荷通过万用表泄放，导致表头损坏。

（2）使被测电阻的一端断开，如图 2-63b 所示。

（3）测电阻时直接将表笔跨接在被测电阻或电路的两端。避免把人体的电阻量入，如图
**2-64** 所示。

（4）测量前或每次更换倍率挡时，都应重新调整欧姆零点。即将两表笔短路，并同时转

动零欧姆旋钮，使表头指针准确地停留在欧姆标度尺的零点上。如果连续使用 $R\times1$ 挡时间较长（尤其是使用 1.5V 五号电池的万用表），也应重新校正欧姆零点，这是因为五号电池容量小，工作时间稍长，输出电压下降，内阻升高，会造成欧姆零点移动。

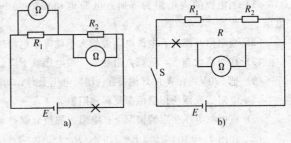

图 2-63　用欧姆表测量电阻

在测量间隙，应注意不要使表笔相接触，以免短路空耗表内电池。

（5）测量电阻时，应选择适当的倍率挡，使指针尽可能接近标度尺的几何中心，这样可提高测量数据的准确性。

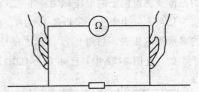

（6）在检测热敏电阻时，应注意由于电流的热效应，会改变热敏电阻的阻值，这种测量读数只供参考。

图 2-64　测量电阻时量入了人体电阻

# 习　题　2

1. 如果在 5s 内通过横截面为 4mm$^2$ 的导线的电量是 10C，试求导线中的电流和电流密度。

2. 在图 2-65 中，每个电池的电压是 1.5V。若分别以 C 点和 B 点为参考点，试求各点电位及 A、B 和 A、C 之间的电压。

3. 要绕制一个 3Ω 的电阻，要选用多长的截面积为 0.21mm$^2$ 的锰铜导线？

4. 已知某电池的电动势 $E=1.65$V，在电池两端接上一个 $R=5$Ω 的电阻，测得电路中的电流 $I=300$mA。试计算电池的端电压和内阻。

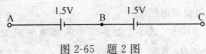

图 2-65　题 2 图

5. 如图 2-66 所示，已知电源电动势 $E=220$V，内电阻 $r=10$Ω，负载 $R=100$Ω，求：（1）电路电流；（2）电源端电压；（3）负载上的电压降；（4）电源内电阻上的电压降。

6. 如图 2-67 所示，分别求当开关 S 合上和打开时 A、B 两点的电位。

7. 如图 2-68 所示，已知 $R_1=R_2=R_3=6$Ω，$E_1=3$V，$E_2=12$V，求 A、B 两点的电压 $U_{AB}$。

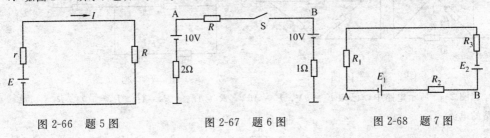

图 2-66　题 5 图　　　　　图 2-67　题 6 图　　　　　图 2-68　题 7 图

8. 一台抽水用的电动机的功率为 2.8kW，每天运行 6h，问一个月（按 30 天计算）消耗多少电能？

9. 一个蓄电池的电动势是 20V，内阻是 3Ω，外接负载的电阻为 7Ω。试求蓄电池发出的功率、负载消耗的功率。

10. 如图 2-69 所示电路，已知 $E=6$V，$r=0.5$Ω，$R=200$Ω。求开关分别在 1、2、3 位置时电压表和电流表的读数。

11. 下列说法对吗？为什么？

(1) 当电源的内电阻为零时，电源电动势的大小就等于电源端电压。

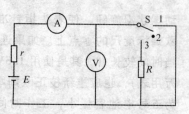

图 2-69　题 10 图

(2) 当电路开路时，电源电动势的大小就等于电源端电压。

(3) 在通路状态下，负载电阻变大，端电压就下降。

(4) 把 220V，40W 的灯泡接在 110V 电压上时，功率还是 40W。

(5) 电阻器表面所标阻值都是标称阻值。

(6) 在电源电压一定的情况下，电阻大的负载就是大负载。

12. 在图 2-70 中，已知 $E = 220V$，$R_1 = 25\Omega$，$R_2 = 55\Omega$，$R_3 = 30\Omega$。试求：（1）开关 S 打开时电路中的电流及各电阻上的电压；（2）开关 S 合上后，各电压是增大还是减小，为什么？

13. 有一个表头，量程是 $100\mu A$，内阻 $r_g$ 为 $1k\Omega$。如果把它改装成一个量程分别为 3V、30V、300V 的多量程电压表，如图 2-71 所示。试计算 $R_1$、$R_2$、$R_3$ 的阻值。

14. 在图 2-72 中，已知 $R_1 = 100\Omega$，$I = 3mA$，$I_1 = 2mA$。问 $I_2$ 及 $R_2$ 是多少？

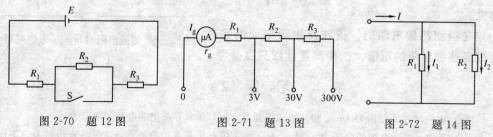

图 2-70　题 12 图　　　　　图 2-71　题 13 图　　　　　图 2-72　题 14 图

15. 有一个表头，量程为 $500\mu A$，内阻为 $4k\Omega$，如果将表头改为量程为 10A 的电流表，问应并联多大的分流电阻？

16. 试计算图 2-73 中的等效电阻 $R_{AB}$，已知 $R_1 = R_2 = R_3 = R_4 = 30\Omega$，$R_5 = 60\Omega$，$R_6 = 400\Omega$，$R_7 = 300\Omega$，$R_8 = 400\Omega$，$R_9 = 120\Omega$，$R_{10} = 240\Omega$。

17. 在图 2-74 所示电路中，已知 $E_1 = 10V$，$E_2 = 5V$，$R_1 = 5\Omega$，$R_2 = 1\Omega$，$R_3 = 10\Omega$，$R_4 = 5\Omega$。求各支路电流。

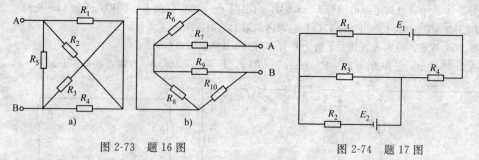

图 2-73　题 16 图　　　　　　　　　图 2-74　题 17 图

18. 在图 2-75 所示电路中，已知 $E_1 = 9V$，$E_2 = 16V$，$R_1 = 12\Omega$，$R_2 = 4\Omega$，$R_3 = 10\Omega$，$R_4 = 6\Omega$。求 $R_3$ 所在支路的电流。

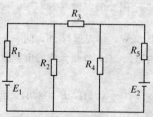

图 2-75　题 18 图

# 第 3 章　电容和电感

**教学目标:**

1. 认识电容器,了解电容的特性。
2. 了解直线电流、环形电流和通电螺线管的磁场。
3. 理解磁感应强度和磁场强度的概念,掌握磁场对电流作用力的判断方法。
4. 掌握电磁感应定律及楞次定律。
5. 了解自感现象、互感现象、磁路及磁路欧姆定律。

## 3.1　电容器

### 一、电容器

两金属导体中间以绝缘介质相隔,并引出两个电极,就形成了一个电容器。其结构如图 3-1a 所示。被介质隔开的金属板叫做极板,极板通过电极与电路连接。极板间的介质常用空气、云母、塑料薄膜和陶瓷等物质。电容器可以储存电荷,成为储存电能的容器,所以叫做电容器。图 3-1b 所示是电容器的一般表示符号。

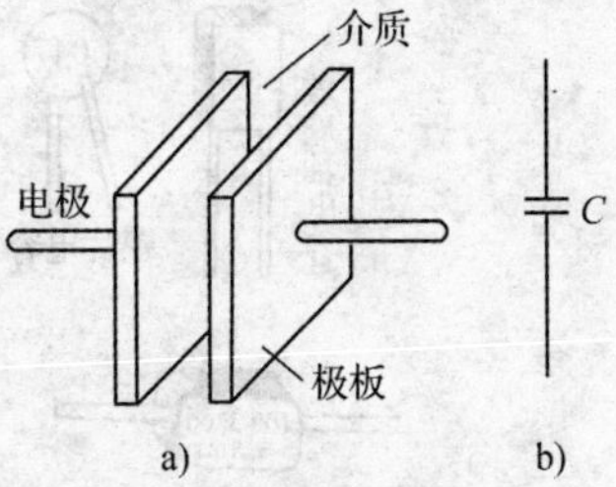

图 3-1　平板电容器结构及
电容器一般符号
a) 结构　b) 符号

### 二、电容量

如果将电容器的两个极板分别连接到直流电源正负极上,如图 3-2 所示,两极板间便有电压 $U$,这时,在电场力的作用下,自由电子定向运动,使与电源正极相连的 A 极板带正电荷,与电源负极相连的 B 极板带等量的负电荷。实验证明,对于某一电容器来说,当它的介质、几何尺寸确定之后,加在电容器两块极板上的电压越高,极板上储存的电荷就越多。可以证明,电容器任一极板上的带电量与两极板间的电压的比值是一个常数。这一比值称为电容量,简称电容,用 $C$ 表示电容的单位有法拉 (F)、微法 (μF)、皮法 (pF),其换算关系如下:

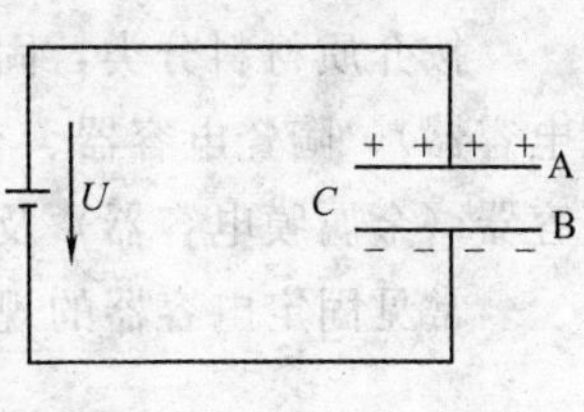

图 3-2　电容接入电源

$$1F = 10^6 \mu F = 10^{12} \text{ pF}$$

即　　　　　　　$C = \dfrac{Q}{U}$

式中　$Q$ ——任一极板上的电量,单位为 $C$;

　　　$U$ ——两极板间的电压,单位为 $V$;

　　　$C$ ——电容量,单位为 $F$。

电容量是衡量电容器储存电荷本领的物理量,它只与电容本身的性质有关,与电容器所带的电量及电容器两极板间的电压无关。当电容器两端所加电压为 1V 时,若在任一极板上储存 1C 的电荷量,电容量就是 1F。

　　电容器制造好以后,电容量就是一个定值,不因极板上积累电荷的多少而改变。实验表明,电容量的大小决定于电容器的介质种类与几何尺寸。介质的介电常数越大,极板相对面积越大,极板间的距离越小,电容量就越大。

　　应该注意的是,虽然电容器和电容量通常都被称为电容,但两者的意义不同。前者表示元件的名称,后者表示物理量的名称。同时还应认识到,并不只是成品电容器中才有电容,实际上任何两个相邻的导体间都存在着电容,这种电容叫做分布电容或寄生电容。虽然它们的数值比较小,但有时却可能对线路和设备造成有害的影响。

### 三、电容器的种类

　　电容器的种类繁多,按其结构,可分为固定电容器、可变电容器和微调电容器三类。

#### 1. 固定电容器

　　固定电容器的电容量是固定不变的,它的性能和用途与两极板间的介质有关。一般常用的介质有云母、陶瓷、金属氧化膜、纸介质、铝电解质等。常用固定电容器的外形、名称如图 3-3 所示,它们是电力工业和电子工业中不可缺少的元件。

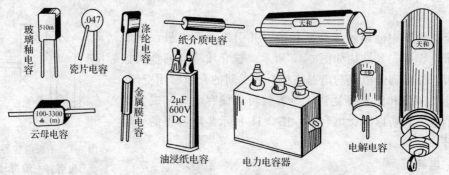

图 3-3　常用固定电容器

　　按介质材料分类,固定电容器包括纸介质电容器、云母电容器、油质电容器(油浸纸介电容器)、陶瓷电容器、有机薄膜电容器(聚苯乙烯薄膜或涤纶薄膜作介质)、金属化纸介电容器(金属膜电容器)及电解电容器等。

　　常见固定电容器的规格、特点见表 3-1。

表 3-1　常见固定电容器规格、特点

| 名　称 | 型号 | 电容量范围 | 额定工作电压/V | 主要特点 |
|---|---|---|---|---|
| 纸介质电容器 | CZG | 1000pF～0.1μF | 160～400 | 价格低,损耗大,体积也较大 |
| 云母电容器 | CY | 4.7～30000pF | 250～7000 | 耐高压、高温,性能稳定,体积小,漏电小,损耗小,但容量小 |
| 油质电容器 | CZM | 0.1～16μF | 250～1600 | 电容量大,体积小,性能稳定,漏电小,电容量小 |
| 陶瓷电容器 | CC | 2pF～0.047μF | 160～500 | 耐高温,体积小,性能稳定,漏电小,电容量小 |
| 涤纶电容器 | CLX | 1000pF～0.5μF | 63～630 | 体积小,漏电小,重量轻 |
| 聚苯乙烯电容器 | CBX | 3pF～1μF | 63～250 | 漏电小,损耗小,性能稳定,有较高的精密度 |
| 金属膜电容器 | CZJ | 0.01～100μF | 4～400 | 体积小,电容量较大,击穿后有自愈能力 |
| 铝电解电容器 | CD | 1～20000μF | 6.3～450 | 电容量大,有极性,漏电大,损耗大 |

### 2. 可变电容器

电容量在较大范围内能随意调节的电容器叫可变电容器。常用的有空气可变电容器和聚苯乙烯薄膜可变电容器，如图 3-4 所示。

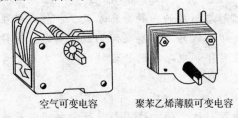

空气可变电容　　　　　　聚苯乙烯薄膜可变电容

图 3-4　可变电容器

### 3. 微调电容器

电容量在某一小范围内可以调整的电容器叫微调电容器。它分为陶瓷微调、云母微调和拉线微调几种，如图 3-5 所示。

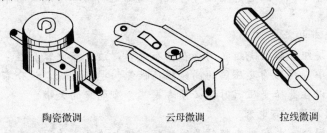

陶瓷微调　　　　　　　　云母微调　　　　　　　　拉线微调

图 3-5　微调电容器

### 四、电容器的主要参数

电容器的性能指标有标称容量、允许误差、额定工作电压、介质损耗和稳定性等。其中最主要的指标是标称容量、允许误差和额定工作电压，一般都直接标注在成品电容器的外壳上，称为电容器的标称值。它是人们合理选择使用电容器的基本依据。

### 1. 标称容量和允许误差

成品电容器上所标明的电容量称为标称容量。标称容量并不是一个准确值，它同该电容器的实际容量有一定的差额，这一差额是在国家标准规定的允许范围之内，因而称为允许误差。

电容器的允许误差，按其精度可分为 ±1%（00 级）、±2%（0 级）、±5%（Ⅰ级）、±10%（Ⅱ级）及 ±20%（Ⅲ级）5 个等级。应用时，有的用误差百分数表示，有的用误差等级表示。例如：5100pF±10% 或 5100pF Ⅱ。

### 2. 额定工作电压

电容器的额定工作电压习惯称为"耐压"，是指电容器长时间安全工作所能承受的最高直流电压。它一般都直接标注在电容器外壳上，如：160V DC、450V DC。电容器工作时，实际所加电压的最大值不得超过额定工作电压，如果超过了，介质的绝缘性能将受到不同程度的破坏，严重时电容器会被击穿，两极间发生短路，不能继续使用（金属膜电容和空气介质电容除外）。

如果电容器两端加上交流电压，那么，所加交流电压的最大值（峰值）不得超过额定工作电压。

课后阅读：

### 分布电容

分布电容是指由非电容形态形成的一种分布参数。一般是指在印制电路板或其他形态的电路形式，在线与线之间、印制板的上下层之间形成的电容。这种电容的容量很小，但可能对电路形成一定的影响。在对印制电路板进行设计时一定要充分考虑这种影响，尤其是在工作频率很高的时候。

1. 电感线圈的分布电容

线圈的匝和匝之间、线圈与地之间、线圈与屏蔽盒之间以及线圈的层与层之间都存在分布电容。分布电容的存在会使线圈的等效总损耗电阻增大，品质因数 $Q$ 降低。高频线圈常采用蜂房绕法，即让所绕制的线圈，其平面不与旋转面平行，而是相交成一定的角度，这种线圈称为蜂房式线圈。线圈旋转一周，导线来回弯折的次数，称为折点数。蜂房绕法的优点是体积小，分布电容小，而且电感量。蜂房式线圈都是利用蜂房绕线机来绕制的，折点数越多，分布电容越小。

2. 变压器的分布电容

变压器在一次绕组和二次绕组之间存在分布电容，该分布电容会经变压器进行耦合，因而该分布电容的大小直接影响变压器的高频隔离性能。也就是说，该分布电容为信号进入电网提供了通道。所以在选择变压器时，必须考虑其分布电容的大小。

3. 输出变压器层间分布电容

输出变压器层间分布电容对音频信号的高频有极大的衰减作用，直接导致音频信号在整个频带内不均匀传输，是音频信号失真增大的主要因数。为了削弱极少的分布电容就要采用一次绕组每层分段的特殊绕法，以降低分布电容对音频信号的衰减。

## 3.2 电容器的连接

在实际使用中，往往会遇到电容器的电容量不合适或者耐压不符合要求的情况，这时，可将若干个电容器连接起来使用，以满足实际电路的需要。

### 一、电容器的串联

将几只电容器首尾相接连成一个无分支的电路，称为电容器的串联，如图 3-6 所示。其特点如下：

特点 1：串联后的等效电容（总容量）$C$ 的倒数等于各电容量倒数之和，即

$$\frac{1}{C} = \frac{1}{C_1} + \frac{1}{C_2} + \cdots + \frac{1}{C_n}$$

当两个电容器串联时，其等效电容为

$$C = \frac{C_1 C_2}{C_1 + C_2}$$

当 $n$ 个电容量均为 $C_0$ 的电容器串联时，其等效电容为

$$C = \frac{C_0}{n}$$

特点 2：总电压 $U$ 等于各个电容器上的电压之和，即：

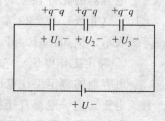

图 3-6 电容器的串联

$$U = U_1 + U_2 + \cdots + U_n$$

每个串联电容器上实际分配的电压与其电容量成反比，即：容量大的分配电压小，容量小的分配电压大。若每个串联电容都相等，则每个电容器上分配的电压也相等。若有两只电容 $C_1$ 与 $C_2$ 串联，则每只电容器上分配的电压，可用下式计算

$$U_1 = \frac{C_2}{C_1 + C_2} U$$

$$U_2 = \frac{C_1}{C_1 + C_2} U$$

式中　$U$——总电压，单位为 V；

　　　$U_1$——$C_1$ 上分配的电压，单位为 V；

　　　$U_2$——$C_2$ 上分配的电压，单位为 V。

　　例 3-1　如图 3-7 所示，有两只电容器，其中一只电容器的电容为 $C_1 = 2\mu F$，额定工作电压为 160V；另一只电容器的电容为 $C_2 = 10\mu F$，额定工作电压为 250V。若将这两个电容器串联起来，接在 300V 的直流电源上，求等效电容量和每只电容器上分配的电压是多少？分析这样使用是否安全？

　　解：两只电容器串联后的等效电容为

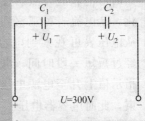

$$C = \frac{C_1 C_2}{C_1 + C_2} = \frac{2 \times 10}{2 + 10} \mu F \approx 1.67 \mu F$$

　　各电容器上的电压为

$$U_1 = \frac{q_1}{C_1} = \frac{5 \times 10^{-4}}{2 \times 10^{-6}} V = 250V$$

$$U_2 = \frac{q_2}{C_2} = \frac{5 \times 10^{-4}}{10 \times 10^{-6}} V = 50V$$

图 3-7　电容器的串联

　　由于电容器 $C_1$ 的额定电压是 160V，而实际加在它上面的电压是 250V，远大于它的额定电压，所以电容器 $C_1$ 可能会被击穿；当 $C_1$ 被击穿后，300V 的电压将全部加在 $C_2$ 上，这一电压也大于它的额定电压，因而也可能被击穿。由此可见，这样使用是不安全的。

　　通过例 3-1 可看出，串联时等效电容减小了，若串联电容器的个数越多，等效电容量则越小。电容器串联使用时，不但要满足容量要求，还应考虑每个电容器实际承受的电压是否超过其本身的耐压值，以防止击穿而损坏电容器。

**二、电容器的并联**

　　将几只电容器接在同一对节点的连接方式称为电容器的并联，如图 3-8 所示。其特点如下：

　　特点 1：并联后的等效电容量（总电容）$C$ 等于各个电容器的容量之和，即

$$C = C_1 + C_2 + \cdots + C_n$$

　　特点 2：每个电容器两端承受的电压相等并等于电源电压 $U$，即

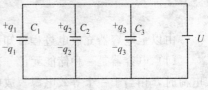

图 3-8　电容器的并联

$$U = U_1 = U_2 = \cdots = U_n$$

可见，电容器并联时总容量增大了，并联电容器的数目越多，其等效电容越大。应当注意，并联时每个电容器直接承受外加电压，因此，工程应用中每只电容器的耐压都必须大于外加电压。

## 3.3　电容器的充电和放电

电容器之所以在电工和电子技术中均得到广泛应用，是由于电容器具有充电和放电的功能。因此，了解电容器充放电的过程及其规律，对于认识和分析含电容器电路的原理具有重要意义。

【课堂实验一】　电容器的充电过程：图 3-9 所示为电容器充放电实验电路，图中 $E$ 为直流电源，$A_1$ 和 $A_2$ 为直流电流表，V 是直流电压表，S 为单刀双掷开关，EL 为灯泡。

实验前电容器上没有电荷，当开关 S 置于"1"时，构成充电电路，此时电源向电容器充电。充电开始时灯泡较亮，然后逐渐变暗，说明电路中电流在变化，从电流表可观察到充电电流由大到小的变化；而从电压表可观察到电容器上的电压由小到大的变化。经过短短一段时间，电流表指针回到零位，电压表的指示值上升至电源电压，充电电流为零，充电即告结束，此时电容器电压 $U_C \approx E$。

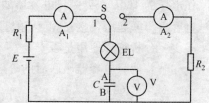

图 3-9　电容器的充放电实验电路

【课堂实验二】　电容器的放电过程：当电容器充电结束后，电容器上有电压 $U_C$，并且等于 $E$。此时，将开关 S 置于"2"时，构成放电电路。此时，电容器可看成一个等效电源，并通过电阻放电。

从电流表可观察到，电路中有电流流过，而且由大变小，灯泡逐渐由亮变暗，最后熄灭。由电压表观察到，电容器上的电压也逐渐下降，经过一段时间后下降为零，表示放电结束。

产生这种现象是因为放电时在电容器两极板间电场力的作用下，一个极板的负电荷不断移出并与另一极板的正电荷不断中和。因此，电容器上的电压随着放电而下降，直至两极板电荷完全中和，$U_C$ 为零。此时，电容器充电时储存的电荷完全消失。

由以上电容器充放电过程可知，电容器具有以下特点：

（1）电容器是一种储能元件　充电的过程就是极板上电荷不断积累的过程，电容器充满电荷时，相当于一个等效电源。放电时，原来储存的电场能量又全部释放出来。

（2）电容器能隔直流、通交流　电容器接通直流电源时，仅仅在刚接通的短暂时间内发生充电过程，即只有短暂的电流。充电结束后，$U_C \approx E$，电路电流为零，电路处于开路状态，这就是电容器具有的隔直流电作用，通常把这一作用简称"隔直"。

当电容器接通交流电源时，由于交流电的大小和方向不断交替变化，致使电容器反复进行充电和放电，其结果在电路中出现连续的交流电流，这就是电容器具有的通过交流电的作用，简称"通交"。但必须指出，这里所指的交流电流是电容器反复充电和放电而形成的，并非电荷能够直接通过电容器的介质。

## 3.4　磁场的基本知识

### 一、磁体与磁极

人们把物体能够吸引铁、镍、钴等金属及其合金的性质叫做磁性。具有磁性的物体称为磁体。天然存在的磁体（俗称吸铁石）叫做天然磁体，现在常见的各种磁体几乎都是人造的，称为人造磁体。常见的人造磁体有条形、蹄形和针形等几种，如图 3-10 所示。

磁体两端磁性最强的区域叫磁极。实验证明，任何磁体都具有两个磁极，而且无论把磁体怎样分割，它总是保有两个磁极。若将磁针转动，待静止时会发现它停止在南北方向上，指北的一端叫北极，用 N 表示；指南的一端叫南极，用 S 表示。

图 3-10　人造磁体

磁极间具有相互作用力，即同极性互相排斥，异极性互相吸引。磁极间的相互作用力叫做磁力。地球本身就是个大磁体，地磁的北极在地球南极附近，地磁的南极在地球北极附近。

### 二、磁场与磁力线

如果把磁针拿到一个磁体附近，它就会发生偏转，看上去在磁体周围存在着一种物质，能使磁针偏转。

磁体周围存在磁力作用的空间，称为磁场。互不接触的磁体之间具有的相互作用力，就是通过磁场这一特殊物质进行传递的。磁场和电场都是一种特殊物质，它们之所以被认为特殊，是因为它们不是由分子和原子所组成。

磁场和电场同样具有方向的。在磁场中某一点放一个能自由转动的小磁针，静止时 N 极所指的方向，规定为该点的磁场方向。

不同的磁铁吸引铁屑的能力不同，那是因为它们的磁场强度不同。为了形象地说明磁场的存在，并描绘出磁场的强弱和方向，人们通常用一根根假想的磁感应线来表示，如图 3-11 所示。磁感应线具有以下几个特点：

1）磁感应线是互不交叉的闭合曲线，在磁体外部由 N 极指向 S 极，在磁体内部由 S 极指向 N 极。

2）磁感应线上任意一点的切线方向，就是该点的磁场方向，即小磁针 N 极的指向。

3）磁感应线越密，磁场越强；磁感应线越疏，磁场越弱。磁感应线均匀分布而又相互平行的区域，称为均匀磁场，反之称为非均匀磁场。

条形磁铁和蹄形磁铁的磁感线如图 3-11 所示。

**说明：磁感应线是为研究问题方便，人为引入的假想曲线，实际上并不存在。**

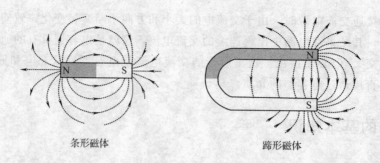

条形磁体　　　　　　　　蹄形磁体

图 3-11　条形磁铁和蹄形磁铁的磁感线

### 三、地磁场

能水平转动的磁针就是指南针。拿来几只小磁针放在桌面上，你可以发现，静止时它们都指向同一方向，即磁针的 N 极总是指向北方。这说明，地球周围存在着磁场——地磁场。在地球表面及空中的不同位置测量地磁场的方向，画出地磁场的磁感应线，如图 3-12 所示。我们发现地磁场的形状跟条形磁体的磁场很相似。

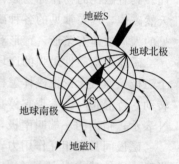

图 3-12　地磁场

不过，地理的两极和地磁场的两极并不重合，磁针所指的南北方向与地理的南北方向稍有偏离。世界上最早记述这一现象的人是我国宋代学者沈括，这个发现比西方早了 400 多年。

## 3.5　电流的磁场

1820 年，丹麦物理学家奥斯特从实验中发现，放在导线旁边的磁针，当导线通入电流时，磁针会受到力的作用而偏转，如图 3-13 所示。这表明通电导线的周围存在着磁场，这种现象叫做电流的磁效应。电与磁是有密切联系的。

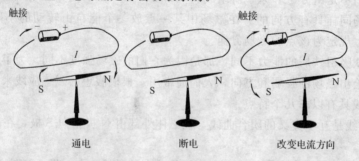

通电　　　　　　　断电　　　　　　改变电流方向

图 3-13　电流的磁效应

电流的周围存在磁场，磁场的方向跟电流的方向有关。这种现象称为电流的磁效应。电流的磁效应揭示了磁现象的电本质。

法国科学家安培确定了通电导线周围的磁场方向，并用磁力线进行了描述。

### 一、通电直导线周围的磁场

通电直导线周围磁场的磁力线是一些以导线上各点为圆心的同心圆，这些同心圆都在与导线垂直的平面上，如图 3-14 所示。

　　实验表明，改变电流的方向，各点的磁场方向都随之改变。

　　磁力线的方向与电流方向之间的关系可用安培定则（又称右手螺旋定则）来判断，如图 3-15 所示，用右手握住通电直导线，让拇指指向电流方向，则弯曲的四指环绕的方向就是磁力线的方向。

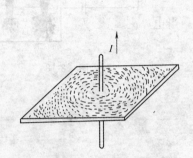

图 3-14　通电直导线周围的磁场

图 3-15　安培定则

### 二、通电螺线管的磁场

　　既然电能生磁，为什么手电筒在通电时连一根大头针都吸不动？这是因为它的磁场太弱了。如果把导线绕在圆筒上，做成螺线管的形式，各条导线产生的磁场叠加在一起，磁场就会强得多。

　　我们已经通过磁感应线的分布了解了条形磁体、蹄形磁体周围的磁场，那么，通电螺线管的磁场是什么样的？

**【课堂实验一】**

　　按图 3-16 所示布置器材。为使磁场加强，可以在螺线管中插入一根铁棒。把小磁针放到螺线管四周不同的位置，在图上记录磁针 N 极的方向，这个方向就是该点的磁场方向。

　　实验结果表明：通电螺线管表现出来的磁性类似条形磁铁，一端相当于 N 极，另一端相当于 S 极。如果改变电流方向，它的 N 极、S 极会随之改变。通电螺线管的磁力线，是一些穿过线圈横截面的闭合曲线，它的方向与电流方向之间的关系也可以用安培定则来判定。如图 3-17 所示，用右手握住通电螺线管，弯曲的四指指向线圈电流方向，则拇指方向就是螺线管内的磁场方向。

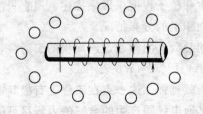

图 3-16　根据实验现象画出小磁针的方向

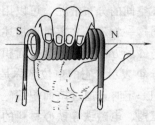

图 3-17　螺线管磁场

【课堂实验二】

把电源、开关、滑动变阻器、电流表和一定匝数的线圈串联起来（如图 3-18 所示），调整变阻器的滑片，使电路中的电流的大小改变。观察通入不同大小的电流时，电磁铁吸引曲别针的数目有什么变化。

实验现象表明：电流越大，电磁铁的磁性就越强。当电流一定时，电磁铁的线圈匝数越多，磁性越强。

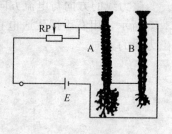

图　3-18

### 三、磁现象的电本质

通电导体周围存在着磁场，说明磁场是由电荷运动产生的，与此相同，磁铁的磁场也是由于磁铁内部电荷的运动产生的。

法国科学家安培提出了著名的分子环流假说：在原子、分子等物质微粒内部存在着一种环形电流，叫做分子环流。分子环流使每一个物质微粒都成为一个很小的磁体，如图 3-19 所示。通常由于物体内部分子环流的轴向杂乱无章导致磁场互相抵消，物体对外不呈现磁性如图 3-20a 所示。而如果分子环流的方向趋于一致，物质就会呈现磁性，如图 3-20b 所示。

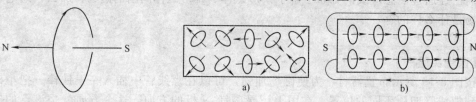

图 3-19　分子环流图　　　　　　　　图 3-20　物质内部分子环流排列

安培的分子环流假说，揭示了磁现象的电本质，即：磁铁的磁场和电流的磁场一样，都是由电荷运动产生的。

### 四、磁场的基本物理量

1. 磁通

磁场在空间的分布情况，可以用磁力线的多少和疏密程度来形象描述，但它只能定性分析。用磁通这一物理量来定量地描述磁场在一定面积上的分布情况。

通过与磁场方向垂直的某一面积上的磁力线的总数，叫做通过该面积的磁通量，简称磁通，用字母 $\Phi$ 表示。它的单位名称是韦伯，简称韦，用符号 Wb 表示。

当面积一定时，通过该面积的磁通越大，磁场就越强。**这一点在工程上有极其重要的意义。如变压器、电磁铁等铁心材料的选用，希望其通电线圈产生的全部磁力线尽可能多地通过铁心的截面，以提高效率。**

2. 磁感应强度

磁感应强度是描述磁场强弱和方向的物理量。

磁感应强度定义为：在磁场中垂直于磁场方向的通电导线，所受电磁力 $F$ 与电流 $I$ 和导线有效长度 $L$ 的乘积的比值即为该处的磁感应强度，用字母 $B$ 来表示。即

$$B = \frac{F}{IL}$$

当 $\Phi$ 的单位是 Wb（韦伯），$S$ 的单位是 $m^2$，磁感应强度 $B$ 的单位就是 T（特斯拉），即

$$1T = \frac{1Wb}{m^2}$$

工程中还常用到一个较小的单位 Gs（高斯）来表示磁感应强度。

$$1Gs = 10^{-4}T$$

一般永久磁铁的磁感应强度大约是 $0.4\sim0.7T$；在电动机和变压器的铁心中，磁感应强度可达 $0.8\sim1.4T$。

磁感应强度是个矢量，它的方向就是该点磁场的方向。实际中，磁感应强度的大小可以用特斯拉计进行测量。

若磁场中各点磁感应强度的大小相等，方向相同，则该磁场叫做均匀磁场。在均匀磁场中，磁力线是等距离的平行直线。以后若不加说明，均为在均匀磁场范围内讨论问题，并且用符号"⊗"和"⊙"分别表示磁感应线垂直穿进和穿出纸面的方向。

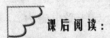 课后阅读：

### 磁悬浮列车

列车运行的阻力有一大部分来自车轮与轨道之间的摩擦力。如果能使列车在铁轨上"浮"起来，就可以避免这种摩擦力，从而大幅提高列车速度。

磁悬浮列车的车厢和铁轨上分别安有磁体，使它们的磁极相对。由于磁极相互作用，列车就能离开地面，在距铁轨上方几厘米的高度上飞驰。磁悬浮列车用的磁体大多是通有强大电流的电磁铁。

磁悬浮列车由于消除了车体与轨道之间的摩擦，所以突破了以往列车的速度极限，每小时可运行 500km 以上，这几乎达到了支线飞机的航速，并且噪声低、动力消耗少、稳定性高。目前许多国家都在进行磁悬浮列车的研制。人们盼望已久的"疾驶如飞"的日子就快到来。

## 3.6  磁场对通电导体的作用

我们知道，磁体在磁场中会受到力的作用。而通电导体有磁性，像一个磁体，有 N 极和 S 极。这就意味着，通电导体也会受到磁场的作用力。

### 一、磁场对通电直导体的作用

【课堂实验一】

如图 3-21 所示，在蹄形磁铁的两极中放置一根直导线并使导线与磁感应线垂直，接通电源让电流通过导线，观察导体的运动；把电源的正负极对调后接入电路，使通过导体的电流方向与原来相反，观察导体的运动；保持导体中电流方向不变，但把蹄形磁

铁上下磁极调换一下，使磁场方向与原来相反，观察导体的运动方向。

实验表明：通电的直导线周围存在磁场（电流的磁效应），即它成为一个磁体，把这个磁体放到另一个磁场中，它就会受到磁力的作用而运动。这就是通常所说的"电磁生力"。

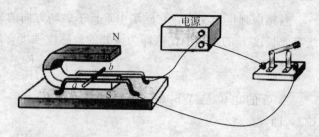

图 3-21　通电导体在磁场中受到电磁力作用

如果磁场越强，导体中的电流越大，导体在磁场内的有效部分越长，导体所受的力就越大。通常把通电导体在磁场中受到的作用力叫做电磁力。

电磁力的大小可用下式表示

$$F = BIL \sin \alpha$$

式中　$F$——通电导体受到的电磁力，单位为 N；

　　　$B$——磁感应强度，单位为 T；

　　　$I$——导体中的电流，单位为 A；

　　　$L$——导体在磁场中的长度，单位为 m；

　　　$\alpha$——电流方向与磁感应线的夹角。

从上面这个公式可以看出，当电流 $I$ 的方向与磁感应强度 $B$ 垂直时，导线受电磁力最大；当电流 $I$ 的方向与磁感应强度 $B$ 平行时，导线不受电磁力作用。

通电导体在磁场内的受力方向，可用左手定则判断。如图 3-22 所示，平伸左手，使拇指垂直其余四指，让磁感线穿入手心，四指指向电流方向，大拇指所指的方向就是通电直导线在磁场中所受安培力的方向。

通电直导体在磁场中受到电磁力的作用，那么相距较近且相互平行的通电直导体之间的情况又是如何呢？如图 3-23 所示，由于每根载流导线的周围都产生磁场，所以每根导线都处在另一根导线所产生的磁场中，即两根导线都受到电磁力的作用。我们可以先用安培定则来判断每根导线产生的磁场方向，再用左手定则来判断另一根导线所受的电磁力方向。得出结论是：通过反方向电流的平行导线是互相排斥的（图 3-23a），通过同方向电流的平行导线是互相吸引的（图 3-23b）。

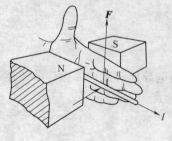

图 3-22　左手定则

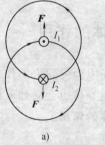

a)　　　　　　b)

图 3-23　通电平行直导体间的电磁力

## 二、磁场对通电线圈的作用

**【课堂实验二】**

如图 3-24 所示，把线圈放在磁场中，接通电源，让电流通过，观察它的运动。

实验表明：磁场对通电线圈也有作用力。这个力矩使线圈绕轴转动，转动过程中，随着线圈平面与磁感线之间夹角的改变，力臂在改变，磁力矩也在改变。

当线圈平面与磁感线平行时，力臂最大，线圈受磁力矩最大；

当线圈平面与磁感线垂直时，力臂为零，线圈受磁力矩也为零。

常用的电工仪表，如电流表、电压表、万用表等指针的偏转，就是根据这一原理制成的。

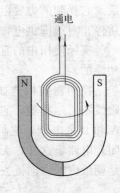

图 3-24　磁场对通电线圈的作用

## 三、电动机的基本构造

观察电动机，可以看到它主要由两部分组成：能够转动的线圈和固定不动的磁体。在电动机里，能够转动的部分叫做转子，固定不动的部分叫做定子。电动机工作时，转子在定子中飞快地转动。

**【课堂实验三】**

使线圈位于磁体两磁极间的磁场中，如图 3-25 所示。

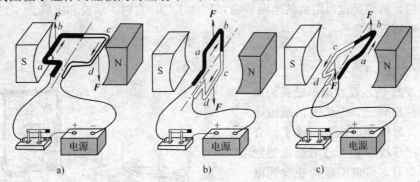

图 3-25　磁场对通电线圈的作用

1）使线圈静止在图 3-25b 位置上，闭合开关，发现线圈并没有运动。这是由于线圈上下两边受力大小一样，方向却相反的原因。这个位置是线圈的平衡位置。

2）使线圈静止在图 3-25a 位置上，闭合开关，线圈受力沿顺时针方向转动，能靠惯性越过平衡位置，但不能继续转下去。最后要返回平衡位置。

3）使线圈静止在图 3-25c 位置上，这是刚才线圈冲过平衡位置以后所到达的地方。

闭合开关，线圈向逆时针方向转动，说明线圈在这个位置所受力是阻碍它沿顺时针方向转动的。

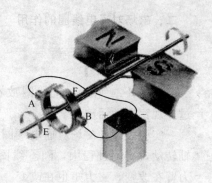

线圈不能连续转动，是因为线圈越过了平衡位置以后，它受到的力要阻碍它的转动。如果越过了平衡位置后停止对线圈供电，线圈就能连续转下去。

实际使用中的直流电动机是通过换向器来实现这项功能的。

换向器的构造如图 3-26 所示，两个铜半环 E 和 F 跟线圈两端相连，它们彼此绝缘，并随线圈一起转动。

图 3-26　换向器

A 和 B 是电刷，它们跟半环接触，使电源和线圈组成闭合电路。这样，无论线圈的哪个边，只要它处于靠近磁体 S 极的一侧，其中的电流都是朝纸内的方向流去，这时它的受力方向总是相同，线圈就可以不停地转动下去。

实际的直流电动机都有多个线圈，每个线圈都接在一对换向片上。有的直流电动机还用电磁铁来产生强磁场。

## 3.7　电磁感应

自从丹麦物理学家奥斯特发现了电流的磁效应后，人们自然想到：既然电能够产生磁，那么磁能否产生电呢？英国科学家法拉第终于在 1831 年发现了磁能够转换为电能的重要事实及其规律——电磁感应定律。根据这个发现，后来发明了发电机，使人类可以大规模用电，进入了电气化的时代。

今天，无论我们日常生活中使用的电还是工农业生产中使用的电，大多是由发电厂从发电机中产生的，再要经过远距离的电网传输，到达工厂、农村、学校和家庭。

### 一、电磁感应现象

【课堂实验一】

如图 3-27 所示，在蹄形磁铁的磁场中放置一根导线，导线的两端跟电流表连接。导线和电流表组成了闭合电路。当使导线垂直于磁力线做切割磁力线运动时，可以明显地观察到电流表指针偏转，这说明导体回路中有电流存在。另外，当使导线平行于磁力线方向运动时，电流表指针不偏转，这说明导体回路中不产生电流。

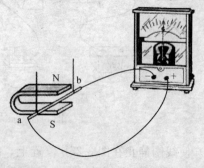

图 3-27　切割磁感应线时产生感应电动势和感应电流

**【课堂实验二】**

　　如图 3-28 所示，空心线圈两端连接一个灵敏检流计 P。当用一块条形磁铁快速插入线圈时，我们会观察到检流计向一个方向偏转；如果条形磁铁在线圈内静止不动时，检流计指针不偏转，再将条形磁铁由线圈中迅速拔出时，又会观察到检流计向另一个方向偏转。

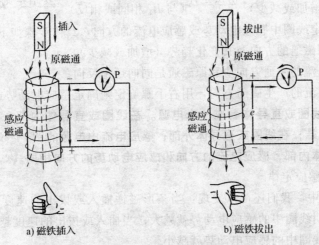

图 3-28　应用楞次定律判断感应电流方向

　　上述两个实验现象说明：当导线相对于磁场运动而切割磁力线或者线圈中的磁通发生变化时，在导体或线圈中都会产生感应电动势。若导体或线圈构成闭合回路，则导体或线圈中将有电流流过。上述两种实验现象只是表现形式不同，但它们的本质是相同的。如果把图 3-37 中的直导体回路看成是一个单匝线圈，那么导体中的电流也是由于磁通的变化而引起的。我们把由于磁通变化而在导体或线圈中产生感应电动势的现象称为电磁感应，也称"动磁生电"。由电磁感应产生的电动势称为感应电动势，由感应电动势产生的电流叫做感应电流。

　　由以上分析可以得出：产生电磁感应的条件是通过线圈回路的磁通必须发生变化。

**二、电磁感应定律**

**1. 楞次定律**

　　通过图 3-28 实验我们发现：当磁铁插入线圈时，原磁通在增加，线圈所产生的感应电流的磁场方向总是与原磁场方向相反，即感应电流的磁场总是阻碍原磁通的增加；当磁铁拔出线圈时，原磁通在减少，线圈所产生的感应电流的磁场方向总是与原磁场方向相同，即感应电流的磁场总是阻碍原磁通的减少。

　　因此，得出结论：当将磁铁插入或拔出线圈时，线圈中感应电流所产生的磁场方向总是阻碍原磁通的变化。这就是楞次定律。

　　用楞次定律可以判定线圈中感应电动势或感应电流的方向。

当穿过线圈的磁通（原有的磁通）变化时，感应电动势的方向总是力图使它的感应电流产生的磁通阻止原有磁通的变化。也就是说，当线圈原磁通增加时，感应电流就要产生与它方向相反的磁通去阻碍它的增加；当线圈中的磁通减少时，感应电流就要产生与它方向相同的磁通去阻碍它的减少。如果线圈中原来的磁通量不变，则感应电流为零。

判断步骤

原磁场 $B_1$ 方向　　　　　　　　　　感应电流磁场 $B_2$ 方向
　　　　　　　　　　　楞次定律　　　　　　　　　　安培定则
原磁通变化（增加或减少）　　　　　（与 $B_1$ 相同或相反）

用楞次定律判定线圈中感应电动势或感应电流的方向，具体步骤如下：

1）首先判断原磁通的方向及其变化趋势（增加或减少）。

2）确定感应电流的磁通方向应和原磁通是同向还是反向。

3）根据感应电流的产生磁通方向，用右手螺旋定则确定感应电动势或感应电流的方向。

**注意：必须把线圈或直导体看成一个电源。在线圈或直导体内部，感应电流从电源的"—"端流到"十"端；在线圈或直导体外部，感应电流由电源的"十"端经负载流回"—"端。在线圈或直导体内部，感应电流的方向和感应电动势的方向相同。**

2. 法拉第电磁感应定律

在图 3-28 实验中，我们还可以发现：当条形磁铁插入或拔出的速度越快时，检流计偏转角度就越大，说明线圈中的感应电动势就越大；当插入或拔出的速度越慢时，检流计偏转角度就越小，说明线圈中的感应电动势就越小。

上述实验现象可以总结为：线圈中感应电动势的大小与通过同一线圈的磁通变化率（即变化快慢）成正比。这一规律就叫着法拉第电磁感应定律。

3. 右手定则

当闭合回路中一部分导体作切割磁力线运动时，所产生的感应电流方向可用右手定则来判断。如图 3-29 所示，伸开右手，使拇指与四指垂直，并都跟手掌在一个平面内，让磁力线穿入手心，拇指指向导体运动方向，四指所指的即为感应电流的方向。

右手定则和楞次定律都可用来判断感应电流的方向，两种方法本质是相同的，所得的结果也是一致的。

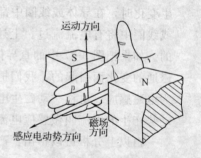

图 3-29　右手定则

# 3.8　自感与互感

**一、自感**

1. 自感现象

【课堂实验一】

通过如图 3-30 所示的实验来观察两种自感现象。

在图 3-30a 所示电路中，$EL_1$、$EL_2$ 是两只完全相同的小灯泡，$R$ 为电阻，$L$ 是一个电感较大的铁心线圈，并且选择线圈的电阻和 $EL_2$ 支路的串联电阻 $R$ 相等。当开关 $S$ 闭合时，灯泡 $EL_1$ 立即正常发光，此后灯的亮度不发生变化；但灯泡 $EL_2$ 的亮度却是

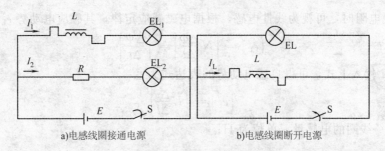

a)电感线圈接通电源          b)电感线圈断开电源

图 3-30    自感实验电路

由暗逐渐变亮，然后正常发光。其原因是开关 S 闭合瞬间，通过线圈的电流发生了由无到有的变化，线圈中磁通呈增加的趋势。根据楞次定律可知，线圈中的感应电动势要阻碍原电流的增加，因此灯泡 EL$_1$ 逐渐变亮。但 EL$_2$ 支路因串联的是一线性电阻而不会发生上述过程，因而灯泡 EL$_2$ 在接通电源后立即就亮。

在图 3-30b 所示电路中，线圈 L 和 EL 并联接在直流电源上。当开关 S 闭合后，灯亮。但当开关 S 突然断开时，会发现灯泡并不是立即熄灭，而是猛然更亮了一下，然后才熄灭。这是因为电源被切断瞬间，线圈产生一个很大的感应电动势，加在灯泡两端，在回路中形成很强的感应电流，使灯泡发出短暂的强光。

上述两种现象虽然不同，但本质却是相同的，都是由于线圈自身电流发生变化而引起的。我们把这种由于流过线圈本身的电流发生变化而产生电磁感应的现象称为自感现象，简称自感。在自感现象中产生的感应电动势，叫自感电动势，用 $e_L$ 表示。自感电流用 $i_L$ 表示。

2. 自感系数

线圈中通过每单位电流所产生的自感磁通数，称为自感系数，也称电感，用 L 表示。电感是衡量线圈产生自感磁通本领大小的物理量。如果一个线圈中通过 1A 电流，能产生 1Wb 的自感磁通，则该线圈的电感就叫 1 亨利，简称亨，用符号 H 表示。其数学表达式为

$$L = \frac{\Phi}{i}$$

式中    $\Phi$——流过 N 匝线圈的电流 $i$ 所产生的自感磁通，单位为 Wb；

$i$——流过线圈的电流，单位为 A；

$L$——电感，单位为 H。

常用的电感单位还有毫亨（mH），微亨（$\mu$H），其换算关系如下：

$$1mH = 10^{-3}H$$

$$1\mu H = 10^{-3}mH = 10^{-6}H$$

电感 L 的大小不但与线圈的匝数及几何形状有关（一般情况下，匝数越多，L 越大）而且与线圈中媒介质的磁导率有密切关系。有铁心的线圈，L 不是常数；空心线圈，当其结构一定时，L 是常数。我们把 L 为常数的线圈称为线性电感，把线圈称为电感线圈，也称电感器或电感。

3. 自感电动势

（1）自感电动势的大小    自感是电磁感应的形式之一。对于一个 N 匝的空心线圈而言，

当忽略其绕线电阻时，可视为线性电感，根据电磁感应定律，其感应电动势 $e_L$ 的大小为

$$|e_L| = \left| N \frac{\Delta \Phi}{\Delta t} \right| = \left| \frac{\Delta \Psi}{\Delta t} \right|$$

将 $\Psi = Li$ 代入上式，可得自感电动势的表达式为

$$|e_L| = \left| L \frac{\Delta i}{\Delta t} \right|$$

式中　$L$ ——线圈的电感量，单位为 H；

$\dfrac{\Delta i}{\Delta t}$ ——电流对时间的变化率，单位为 A/s。

上式就是线圈自感电动势与线圈中电流的关系式。它表明，线圈的自感电动势 $e_L$ 与线圈的电感 $L$ 和线圈中电流的变化率 $\dfrac{\Delta i}{\Delta t}$ 的乘积成正比。当线圈的电感量一定时，线圈的电流变化越快，自感电动势越大；线圈的电流变化越慢，自感电动势越小；线圈的电流不变，就没有自感电动势。反之，在电流变化率一定的情况下，若线圈的电感量 $L$ 越大，自感电动势就越大；若线圈的电感量 $L$ 越小，自感电动势就越小。所以电感量 $L$ 也反映了线圈产生自感电动势的能力。

（2）自感电动势的方向　自感电动势的方向仍可以根据楞次定律来判断。自感电动势的方向总是和原电流变化的趋势（增大或减小）相反。

**应该注意的是，在判断时要把产生自感电动势的线圈看成感应电源。**

4. 自感现象的应用

自感现象在各种电器设备和无线电技术中有着广泛的应用。荧光灯的镇流器就是利用线圈自感的一个例子。图 3-31 所示是荧光灯的电路图。

荧光灯采用普通的照明电源（交流 220V），但它的工作电压低于电源电压，而点亮电压又高于电源电压。为此，将镇流器（一个带铁心的线圈）与荧光灯串联，如图 3-31所示，在辉光启动器断电的瞬间，镇流器产生一个很高的自感电动势，与电源电压一起加在荧光灯的两端，使灯管内气体导通而发光。荧光灯点亮后正常工作时，镇流器又起到分压的作用，使灯管的工作电压低于电源电压。

当然，自感现象也有不利的一面。在自感系数很大而电流又很强的电路中，在切断电源瞬间，由于电流在很短的时间内发生了很大变化，会产生很高的自感电动势，在断开处形成电弧，这不仅会烧坏开关，甚至会危及工作人员的人身安全。因此，切断这类电源必须采用特制的安全开关。

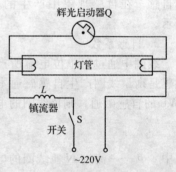

图 3-31　荧光灯电路图

二、互感

1. 互感现象

**【课堂实验二】**

互感现象也是电磁感应的一种形式，为说明这一现象，我们先观察下面这个实验。

在图 3-32 所示的实验电路中，当电阻的阻值发生变化时，检流计的指针会发生偏

转。这是由于线圈 1 中电流发生了变化，从而引起磁通的变化，该磁通的变化又影响线圈 2，使线圈 2 中产生了感应电动势和感应电流。如果线圈 1 中的电流不改变，则线圈 2 中不会产生感应电动势和感应电流。

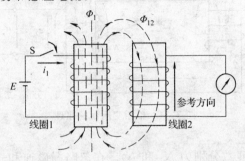

图 3-32　互感现象

我们把这种由于一个线圈的电流变化，导致另一个线圈产生感应电动势的现象，称为互感现象，简称互感。在互感现象中产生的感应电动势，叫做互感电动势。

互感电动势的大小正比于穿过本线圈磁通的变化率，或正比于另一线圈中电流的变化率。当两个线圈相互平行且第一个线圈的磁通变化全部影响到第二个线圈时，互感电动势最大；当两个线圈互相垂直时，互感电动势最小。

互感现象在电工和电子技术中应用非常广泛，如电源变压器、电流互感器、电压互感器和中周变压器等都是根据互感原理工作的。

2. 互感线圈的同名端

互感电动势的方向，可用楞次定律来判断，但比较复杂。尤其是对于已经制造好的互感器，从外观上无法知道线圈的绕向，判断互感电动势的方向就更加困难。

**根据同名端利用电流方向和电流变化趋势，很容易判断互感电动势的方向。我们把由于绕向一致而产生感应电动势的极性始终保持一致的端子叫线圈的同名端，用"·"或"＊"表示。如图 3-33 所示，图中 1、4、5 是一组同名端。**

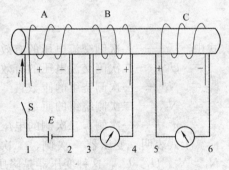

图 3-33　互感线圈的同名端

三、变压器的工作原理

变压器是一种静止的电气设备。它利用电磁感应原理，把输入的交流电压升高或降低为同频率的交流输出电压，以满足高压输电、低压供电及其他用途的需要。

图 3-34 所示是单相变压器原理图。为分析问题方便，规定与一次侧有关的各量，在其符号的右下角均标注 1，如 $u_1$，$i_1$，$N_1$，$P_1$ 等；与二次侧有关的各量，在其符号的右下角均标注 2，如 $u_2$，$i_2$，$N_2$，$P_2$ 等。

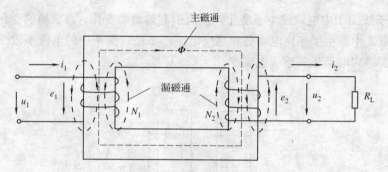

图 3-34　单相变压器的原理

1. 变压原理

设一次侧、二次侧的匝数分别为 $N_1$ 和 $N_2$。在忽略漏磁通和一次侧、二次侧绕组的直流电阻时，由于一次侧、二次侧绕组同受主磁通作用，所以在两个绕组中产生的感应电动势 $e_1$ 和 $e_2$ 的频率与电源频率相同。若主磁通随时间的变化率为 $\dfrac{\Delta\varphi}{\Delta t}$，则由电磁感应定律可得

$$e_1 = -N_1 \frac{\Delta\varphi}{\Delta t}$$

$$e_2 = -N_2 \frac{\Delta\varphi}{\Delta t}$$

又因为感应电动势与感应电压反相，所以

$$u_1 = -e_1 = N_1 \frac{\Delta\varphi}{\Delta t}$$

$$u_2 = -e_2 = N_2 \frac{\Delta\varphi}{\Delta t}$$

如不考虑相位，只考虑它们的大小，则有效值之间有如下关系

$$\frac{U_1}{U_2} = \frac{N_1}{N_2} = n$$

式中　$U_1$ ——一次侧交流电压的有效值，单位为 V；

　　　$U_2$ ——二次侧交流电压的有效值，单位为 V；

　　　$N_1$ ——一次侧绕组的匝数；

　　　$N_2$ ——二次侧绕组的匝数；

　　　$n$ ——一次侧、二次侧的电压比，或匝数比，简称变比。

上式表明，变压器一次侧、二次侧绕组的电压比等于它们的匝数比 $n$，当 $n>1$ 时，$N_1>N_2$，$U_1>U_2$，这种变压器是降压变压器；当 $n<1$ 时，$N_1<N_2$，$U_1<U_2$，为升压变压器。可见，只要选择合适的一次侧、二次侧绕组的匝数比，就可实现升压或降压的目的。

　　例 3-2　一变压器的一次侧绕组接在 380V 的输电线上，要求二次侧绕组输出 36V 电压，设一次侧绕组的匝数为 1652 匝。求变压器的电压比和二次侧绕组匝数。

　　解：

$$n = \frac{U_1}{U_2} = \frac{380}{36} = 10.6$$

而

$$N_2 = \frac{N_1}{n} = \frac{1652}{10.6} = 156 \text{ 匝}$$

实际工作中，二次侧匝数应加 5%～10%（有损耗），所以二次侧绕组匝数实际可取 168 匝。

2. 变流原理

变压器在变压过程中只起能量传递的作用，无论变换后的电压是升高还是降低，电能都不会增加。根据能量守恒定律，在忽略损耗时，变压器的输出功率 $P_2$ 应与变压器从电源中获得的功率 $P_1$ 相等，即 $P_1 = P_2$。于是当变压器只有一个二次侧时，应有以下关系

$$I_1 U_1 = I_2 U_2$$

或

$$\frac{I_1}{I_2} = \frac{U_2}{U_1} = \frac{N_2}{N_1} = \frac{1}{n}$$

上式说明，变压器工作时其一次侧、二次侧电流比与一次侧、二次侧的电压比或匝数比成反比，而且一次侧的电流随着二次侧电流的变化而变化。

例 3-3　已知某变压器的匝数比 $n = 5$，其二次侧电流 $I_2 = 60\text{A}$。试计算一次侧电流。

解：

根据式 $\dfrac{I_1}{I_2} = \dfrac{U_2}{U_1} = \dfrac{N_2}{N_1} = \dfrac{1}{n}$ 可得

$$I_1 = \frac{I_2}{n} = \frac{60}{5}\text{A} = 12\text{A}$$

3. 阻抗变换原理

如图 3-35 所示，若把带负载的变压器（图中点画线框部分）看成是一个新的负载并以 $R'_L$ 表示，而对于无损耗变压器来说，只起功率传递作用，所以有

$$I_1^2 R'_L = I_2^2 R_L$$

将式 $\dfrac{I_1}{I_2} = \dfrac{U_2}{U_1} = \dfrac{N_2}{N_1} = \dfrac{1}{n}$ 代入上式可得

$$R'_L = n^2 R_L$$

上式表明，负载 $R_L$ 接在变压器的二次侧上，从电源中获取的功率和负载 $R'_L = n^2 R_L$ 直接接在电源上所获取的功率是完全相同的。也就是说，$R'_L$ 是 $R_L$ 在变压器一次侧中的交流等效电阻。

变压器的阻抗变换作用在电子技术中是经常用到的，例如在扩音机设备中的线间变压器，为了获得最大的功率输出，要求负载

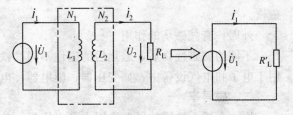

图 3-35　变压器的阻抗变换作用

阻抗和输出级的内阻抗相等，而作为负载的扬声器的阻抗很小，直接接入时会使大部分功率消耗在输出级的内阻抗上，扬声器获得的功率很小而声音微弱；如果接入适当的线间变压器，使扬声器的阻抗变换成要求的阻抗，则可达到输出功率最大的要求。

4. 变压器的损耗与效率

变压器在传送功率时，存在着两种基本损耗。一种是铜损耗，它是一次、二次绕组中的电流流过相应的电阻形成的，其值与电流的平方成正比。另一种是铁损耗，它包括涡流损耗和磁滞损耗两部分。

此外，还有很少的其他损耗，统称为附加损耗，计算变压器的效率时往往忽略不计。

变压器的效率 $\eta$ 是它的输出功率 $P_2$ 与输入功率 $P_1$ 的比值，计算公式为

$$\eta = \frac{P_2}{P_1}$$

## 3.9 铁磁性材料及其磁性能

### 一、铁磁性材料的磁化

用一根软铁棒靠近铁屑，铁屑并不能被吸引。如果把软铁棒插入载流空心线圈中时，便会发现铁屑被吸引了，这是由于软铁棒被磁化的缘故。像这种本来不具备磁性的物质，由于受磁场的作用而具有了磁性的现象称为磁化。只有铁磁性物质才能被磁化，而非铁磁物质是不能被磁化的。

如图 3-36 所示，铁磁物质之所以能被磁化，是因为铁磁物质是由许多被称为磁畴的磁性小区域所组成。所谓磁畴就是在没有外磁场的条件下，铁磁物质中分子环流可以在小范围内"自发地"排列起来，形成一个个小的"自发磁化区"，使每一个磁畴相当于一个小磁体。当无外磁场作用时，磁畴排列杂乱无章，如图 3-36a 所示，这些小磁畴本身所具有的磁性相互抵消，对外不显磁性。只有在外磁场作用时，磁畴将沿着磁场方向作取向排列，形成附加磁场，使磁场显著加强，如图 3-36b 所示。有些铁磁性物质在撤去磁场后，磁畴的一部分或大部分仍然保持取向一致，对外仍显磁性，即成为永久磁铁。

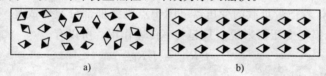

a)　　　　　　　　　　　　b)

图 3-36　磁化

物质被磁化的原因有内因和外因两方面。

内因：铁磁性物质是由许多被称为磁畴的磁性小区域组成的，每一个磁畴相当于一个小磁铁。

外因：有外磁场的作用。

不同的铁磁性物质，磁化后的磁性不同。铁磁性物质能被磁化的这一性能，被广泛地应用于电子和电气设备中，如变压器、继电器、电动机等。

### 二、磁导率

用一个插入铁棒的通电线圈去吸引铁屑，然后把通电线圈中的铁棒换成铜棒再去吸引铁屑，会发现两种情况下的吸力大小明显不同，前者比后者大得多。这表明磁感应强度的大小不仅与电流的大小和导体的形状有关，而且与磁场内媒介质的性质有关。

磁导率就是一个用来表示媒介质导磁性能的物理量，用 $\mu$ 表示，单位为亨/米（H/m）。不同的媒介质有不同的磁导率，由实验测得真空中的磁导率是一个常数，用 $\mu_0$ 表示，$\mu_0 = 4\pi \times 10^{-7}$（H/m）。

世界上大多数物质对磁场的影响甚微，只有少数物质对磁场有着明显的影响。为了比较物质的导磁性能，我们把媒介质的磁导率与真空中磁导率的比值称作相对磁导率，用 $\mu_r$ 表示，即

$$\mu_r = \frac{\mu}{\mu_0}$$

式中 $\mu_r$ —— 相对磁导率；

  $\mu$ —— 任一媒介质的磁导率，单位为 H/m；

  $\mu_0$ —— 真空磁导率，单位为 H/m。

相对磁导率只是一个比值，它表示在其他条件相同的情况下，媒介质中的磁导率相对真空中的磁导率的倍数。

**三、铁磁材料**

根据物质相对磁导率的不同，可把物质分成三类：

1）$\mu \leqslant 1$ 的物质叫做反磁物质，如铜、银等。

2）$\mu > 1$ 的物质叫做顺磁物质，如空气、锡、铝等。

3）$\mu \gg 1$ 的物质叫做铁磁物质，如铁、镍、钴及其合金等。由于它们的相对磁导率 $\mu_r$ 远大于 1，其产生的磁场往往比真空中的磁场要强几千甚至几万倍。例如，硅钢片的相对磁导率 $\mu_r$ 为 7500 左右，而坡莫合金的相对磁导率 $\mu_r$ 则高达几万到几十万。

铁磁物质基本分为三大类：

（1）软磁材料　其特点是容易磁化，也容易退磁。

（2）硬磁物质　其特点是不易磁化，也不易退磁。

（3）矩磁物质　它的磁滞回线的形状如矩形。在很小的外磁场作用下就能磁化，一经磁化便达到饱和值，去掉外磁，磁性仍能保持在饱和值。矩磁材料主要用来做记忆元件，如电子计算机中存储器的磁心。

几种常用物质的相对磁导率 $\mu_r$ 见表 3-2。

**表 3-2　铁磁物质的相对磁导率 $\mu_r$**

| 钴 | 174 | 经退火的铁 | 7000 |
|---|---|---|---|
| 未经退火的铸铁 | 240 | 硅钢片 | 7500 |
| 经退火的铸铁 | 620 | 真空中熔化的电解铁 | 12950 |
| 镍 | 1120 | 镍铁合金 | 60000 |
| 软钢 | 2180 | C 型坡莫合金 | 115000 |

# 本 章 小 结

1. 电容器是储存电荷的器件。两金属导体中间以绝缘介质相隔，并引出两个电极，就形成了一个电容器。

2. 电容器任一极板上的带电量 $Q$ 与两极板间的电压 $U$ 的比值称为电容量，简称电容，用 $C$ 表示。即

$$C = \frac{Q}{U}$$

3. 电容器的性能指标有电容量、允许误差、额定工作电压、介质损耗和稳定性等。

4. 电容器是一种储能元件。充电的过程就是极板上电荷不断积累的过程，电容器充满电荷时，相当于一个等效电源。随着放电的进行，原来储存的电场能量有全部释放出来。

5. 电容器能隔直流、通交流。

6. 人们把物体能够吸引铁、镍、钴等金属及其合金的性质叫做磁性。具有磁性的物体叫磁体。磁体两端磁性最强的区域叫磁极。

7. 磁体周围存在磁力作用的空间，称为磁场。

8. 磁感应线的特点

(1) 磁感应线是互不交叉的闭合曲线：在磁体外部由 N 极指向 S 极，在磁体内部由 S 极指向 N 极。

(2) 磁感应线上任意一点的切线方向，就是该点的磁场方向，即小磁针 N 极的指向。

(3) 磁感应线越密，磁场越强；磁感应线越疏，磁场越弱。磁感应线均匀分布而又相互平行的区域，称为均匀磁场；反之称为非均匀磁场。

9. 电流的周围存在磁场，磁场的方向跟电流的方向有关。这种现象称为电流的磁效应。

10. 安培定则（又称右手螺旋定则）：用右手握住通电直导线，让拇指指向电流方向，则弯曲的四指环绕方向就是磁力线的方向。

11. 安培定则：用右手握住通电螺线管，弯曲的四指指向线圈电流方向，则拇指方向就是螺线管内的磁场方向。

12. 通电导体在磁场内的受力方向，可用左手定则判断。左手定则：平伸左手，使拇指垂直其余四指，让磁感线穿入手心，四指指向电流方向，大拇指所指的方向就是通电直导线在磁场中所受安培力的方向。

13. 由于磁通变化而在导体或线圈中产生感应电动势的现象称为电磁感应，也称"动磁生电"。由电磁感应产生的电动势称为感应电动势，由感应电动势产生的电流叫感应电流。

14. 右手定则：伸开右手，使拇指与四指垂直，并都跟手掌在一个平面内，让磁力线穿入手心，拇指指向导体运动方向，四指所指的即为感应电流的方向。

15. 由于流过线圈本身的电流发生变化而产生电磁感应的现象叫自感现象，简称自感。在自感现象中产生的感应电动势，叫自感电动势，用 $e_L$ 表示。自感电流用 $i_L$ 表示。

16. 由于一个线圈的电流变化，导致另一个线圈产生感应电动势的现象，称为互感现象，简称互感。在互感现象中产生的感应电动势，叫做互感电动势。

# 实训一　电容器充放电路安装与检测

## 一、实训目的

1. 掌握用万用表检测电容器。

2. 加深对电容器充放电特征的理解

## 二、实训器材

表 3-3　实训器材表

| 序　号 | 器材、仪器、工具名称 | 数　量 | 备　注 |
| --- | --- | --- | --- |
| 1 | 信号发生器 | 1台 | |
| 2 | 双踪示波器 | 1台 | |
| 3 | 万用表 MF-50 型 | 1块 | |
| 4 | 电阻箱 ZX36 型 | 2只 | |

（续）

| 序　号 | 器材、仪器、工具名称 | 数　量 | 备　注 |
|---|---|---|---|
| 5 | 电容器 0.22μF | 1只 | |
| 6 | 电容器 0.1μF | 1只 | |
| 7 | 电容器 0.33μF | 1只 | |

**三、实训内容**

1. 电容器的检测

（1）固定电容器的检测

1）检测 10pF 以下的小电容：因 10pF 以下的固定电容器容量太小，若用万用表进行测量，只能定性地检查其是否有漏电、内部短路或击穿等现象。测量时，可选用万用表 R×10k 挡，用两表笔分别任意接电容的两个引脚，读数为无穷大，则说明正常。若测出阻值（指针向右摆动）为零，则说明电容漏电或内部击穿。

2）检测 10pF～0.01μF 固定电容器：万用表选用 R×1k 挡。选用 β 值均为 100 以上且穿透电流小的两只晶体管（可选用 3DG6 等型号硅晶体管）组成复合管。将万用表的红和黑表笔分别与复合管的发射极 e 和集电极 c 相接。由于复合管的放大作用，把被测电容器的充放电过程予以放大，使万用表指针摆幅加大，从而便于观察。应注意的是：**在操作时，特别是在测较小容量的电容器时，要反复调换被测电容器引脚接触点，才能明显地看到万用表指针的摆动。**

3）检测 0.01μF 以上的固定电容：通过万用表的 R×10k 挡直接测试电容器有无充电过程以及有无内部短路或漏电来判断电容器的好坏，并根据指针向右摆动的幅度大小估计出电容器的容量。

（2）电解电容器的检测

1）电解电容器的容量较一般固定电容器大得多，所以测量时，应针对不同容量选用万用表合适的量程。根据经验，一般情况下，1～47μF 间的电容，可用 R×1k 挡测量；大于 47μF 的电容可用 R×100 挡测量。

2）将万用表红表笔接电解电容器的负极、黑表笔接正极，在刚接触的瞬间，万用表指针即向右偏转较大幅度（对于同一电阻挡，容量越大，摆幅越大），接着逐渐向左回转，直到停在某一位置。此时的阻值便是电解电容的正向漏电阻，应略大于反向漏电阻。电解电容器的漏电阻一般应在几百千欧以上，否则，将不能正常工作。在测试中，若正向、反向均无充电现象，即表针不动，则说明电容量消失或内部断路；如果所测阻值很小或为零，说明电容器漏电大或已击穿损坏，不能再使用。

3）对于正、负极标志不明的电解电容器，可利用上述测量漏电阻的方法加以判别。即先任意测一下漏电阻，记住其大小，然后交换表笔再测出一个阻值。两次测量中阻值大的那一次便是正向接法，即黑表笔接的是正极，红表笔接的是负极。

4）使用万用表电阻挡，采用给电解电容器进行正、反向充电的方法，根据指针向右摆动幅度的大小，可估测出电解电容器的容量。

（3）可变电容器的检测

1）用手轻轻旋动转轴，应感觉平滑，不应感觉时松时紧或卡滞现象。将载轴向前、后、上、下、左、右等各个方向推动时，转轴不应有松动的现象。

2）用一只手旋动转轴，另一只手轻摸动片组的外缘，不应感觉有任何松脱现象。转轴与动片之间接触不良的可变电容器，是不能再继续使用的。

3）将万用表置于 R×10k 挡，一只手将两个表笔分别接可变电容器的动片和定片的引出端，另一只手将转轴缓缓旋动几个来回，万用表指针都应在无穷大位置不动。在旋动转轴的过程中，如果指针有时指向零，说明动片和定片之间存在短路点；如果碰到某一角度，万用表读数不为无穷大而是出现一定阻值，说明可变电容器动片与定片之间存在漏电现象。

（4）容量的测量　电容器的容量通常都是通过数字式万用表或者数字电容测试仪测量出来，假如没有数字式万用表或数字电容测试仪，可以使用指针式万用表进行简单估计。对于容量在 1μF 以上的电容器，可以采用以下方法：用万用表 R×1k 挡检测，检测时用万用表两表笔分别接触电容器的两引脚，观察指针的偏转角度，然后与几个好的且已知容量的电容器进行对比，可以大致估计其容量。注意，**常用的电容器实际容量与标称容量误差 20 ％是正常的。对于容量在 1μF 以下的电容器，必须借助仪器才可以较准确地测量出容量。**

2. 电容器的充、放电实验

1）按图 3-37 所示电路示意图进行接线（可将示波器另一输入端接方波输出信号），经检查无误后，接通电源，使示波器、信号发生器处于正常工作状态。信号发生器输出为方波。

2）信号发生器（方波）输出频率为 4Hz（参考值），幅值最大，电阻值为 9999 × 2Ω，电容值分别为 0.22μF、0.1μF、0.33μF；调节示波器有关旋钮，观察电容器两端充放电波形并计算充放电时间。

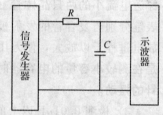

图 3-37　电容器的充放电实训电路示意图

3）取电容 C=0.1μF，电阻器分别为 1kΩ 和 2kΩ 时，调节示波器有关旋钮，观察电容器充放电波形并计算充放电时间。

# 实训二　小型变压器检测

## 一、实训目的

1. 会使用仪表检测变压器的同名端。

2. 加深对同名端的理解

## 二、实训器材

表 3-4　实训器材表

| 序号 | 器材、仪器、工具名称 | 数量 | 备注 |
| --- | --- | --- | --- |
| 1 | 单相变压器 | 1台 | |
| 2 | 万用表 MF-50 型 | 1块 | |
| 3 | 单相调压器 | 1台 | |
| 4 | 干电池 | 2节 | |

## 三、实训内容

在任一瞬间，两绕组中电动势极性相同的两个端钮，叫做同极性端或同名端。判定没有标记、又看不出绕向的两个绕组的同名端，可用下列方法。

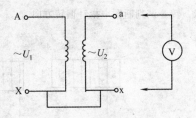

图 3-38　用电压表法判别单相
变压器同名端

### 1. 电压表法

图 3-38 所示为单相变压器，在其一次侧加上适当的交流电压，用电压表分别测出一次电压 $u_1$、二次电压 $u_2$ 和 A-a 两端的电压 $u_3$。因为 X-x 两端事先已经连接起来，故 $u_3$ 与 $u_1$、$u_2$ 有关。若 $u_3 = u_1 + u_2$，则 X-x 为异名端相接，A 和 a 互为异名端，A 和 x 互为同名端；若 $u_3 = u_1 - u_2$ 或 $u_3 = u_2 - u_1$，则 X-x 为同名端相接，A 和 a 互为同名端。

**注意：采用这种方法时，应使电压表的量程大于 $U_1 + U_2$。**

### 2. 检流计法

如图 3-39 所示接线，当接通开关 S 的瞬间，原边的自感电势是 A 端为正，若检流计的指针向右偏转，表示二次侧的感应电势是 a 端为正，则 A 和 a 互为同名端。如果开关接通的瞬间，指针向左偏转，表示二次侧的感应电势是 a 端为负，则 A 和 a 互为异名端。

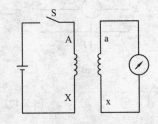

图 3-39　用检流计法判别同名端

断开开关 S 的瞬间，若检流计的指针向右偏转，则 A 和 a 互为异名端；若指针向左偏转，则 A 和 a 互为同名端。

**注意：采用这种方法时，宜将高压绕组接电池，以减少电能的消耗，而将低压绕组接检流计，以减少对检流计的冲击。**

# 习　题　3

1. 一个电容器 $C = 1.5 \times 10^{-4} \mu F$ 接在电压 $U = 90V$ 的电源两端，问电容器所带的电量是多少？

2. 在一个电容器的两端加上 220V 电压时，极板上的电量为 $1.1 \times 10^{-5} C$，求电容器的电容量。如果把电压降到 110V，问电容器极板上的电量又是多少？

3. 图 3-40 所示电路中，$C_1 = 5 \mu F$，$C_2 = 10 \mu F$，$C_3 = 30 \mu F$，$C_4 = 15 \mu F$，求 A、B 间的等效电容量。

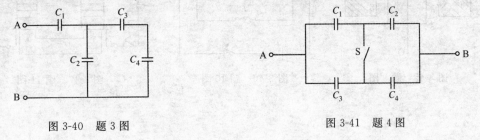

图 3-40　题 3 图　　　　　　　　　　图 3-41　题 4 图

4. 图 3-41 所示电路中，4 个电容器的电容量分别为 $C_1 = C_4 = 0.2 \mu F$，$C_2 = C_3 = 0.6 \mu F$。试分别求开关 S 打开时、开关 S 闭合时 A、B 两点间的等效电容。

5. 有两个电容器，一个电容量为 $10 \mu F$、450V，另一为 $50 \mu F$、300V。现将它们串联后接到 600V 直流电路中，问这样使用是否安全？为什么？

6. 在图 3-42 中标出电流产生的磁场方向或电源的正负极性。

7. 在图 3-43 中，已分别标出电流 $I$，磁感应强度 $B$ 和电磁力 $F$ 三个物理量中的两个物理量，试标出第三个物理量的方向。

8. 图 3-44 所示为磁电式仪表原理图，当测量直流电压或电流时，线圈受到电磁力作用并带动指针偏转。试判断图中指针偏转方向。

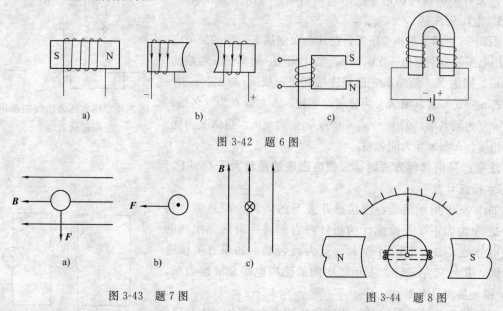

图 3-42　题 6 图

图 3-43　题 7 图

图 3-44　题 8 图

9. 在图 3-45 所示的蹄形磁铁两极间，放入一个 abcd 线圈，当蹄形磁铁绕 OO′轴逆时针旋转时，线圈将出现什么情况？为什么？

10. 图 3-46 所示电路中，开关 S 在断开瞬间，灯泡 EL 会出现什么情况？为什么？

11. 如图 3-47 所示，绕在同一铁心上的一对互感线圈，不知其同名端，现按图连接电路并测试，当开关突然接通时，发现电压表反向偏转。试确定两线圈的同名端。

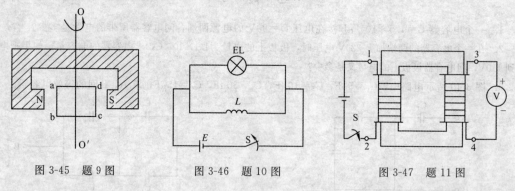

图 3-45　题 9 图　　　　图 3-46　题 10 图　　　　图 3-47　题 11 图

# 第4章　单相正弦交流电路

## 4.1　单相正弦交流电的产生

### 一、正弦交流电的基本知识

1. 正弦交流电

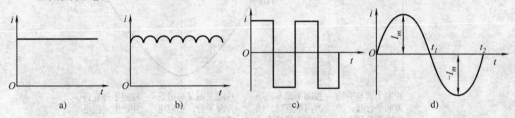

图 4-1　电流的波形图

a) 稳恒直流电　b) 脉动电流　c) 非正弦交流电　d) 正弦交流电

稳恒直流电的电压和电流的大小和方向(或极性)是不随时间而变化的,如图 4-1a 所示。大小随时间作周期变化,而方向不变的电流称为脉动直流电流,如图 4-1b 所示。电路中电流的大小和方向不按正弦规律变化的称为非正弦交流电,如图 4-1c 所示。电路中电流的大小和方向按正弦规律变化的称为正弦交流电,如图 4-1d 所示。

一般在没有特殊说明的情况下,交流电即指正弦交流电。

2. 交流电的产生

交流发电机如图 4-2a 所示。当线圈在匀强磁场中以角速度 $\omega$ 逆时针匀速转动时,由于导线切割磁力线,线圈将产生感应电动势,如图 4-3 所示。当线圈平面垂直于磁感线时,各边都不切割,没有感应电动势,称此平面为中性面,如图 4-2b 中 $OO'$ 所示。

设磁感应强度为 $B$,磁场中线圈一边的长度为 $l$,平面从中性面开始转动($t=0$),经过时间 $t$,线圈转过的角度为 $\omega t$,这时,其单侧线圈切割磁感线的线速度 $v$ 与磁感线的夹角也为 $\omega t$,所产生的感应电动势 $e' = Blv\sin\omega t$。所以整个线圈所产生的感应电动势为

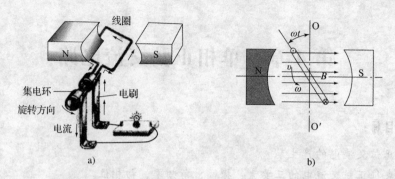

图 4-2　交流发电机

a）交流发电机示意图　b）交流发电机原理图

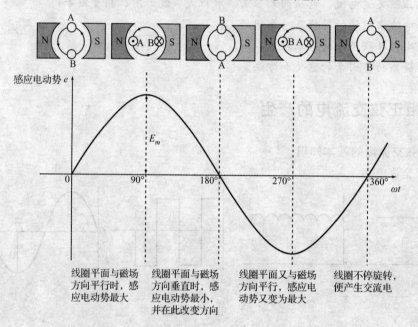

线圈平面与磁场
方向平行时，感
应电动势最大

线圈平面与磁场
方向垂直时，感
应电动势最小，
并在此改变方向

线圈平面又与磁场
方向平行，感应电
动势又变为最大

线圈不停旋转，
便产生交流电

图 4-3　正弦交流电的产生

$$e = 2Blv\sin\omega t$$

由图 4-3 中可看出，线圈平面垂直于面 OO′时，感应电动势最大，此时感应电动势的最大值为 2Blv，设感应电动势的最大值为 $E_m$，则

$$e = E_m\sin\omega t$$

上述各式都是从线圈平面与中性面重合的时刻开始计时的，如果不是这样，而是从线圈平面与中性面成一夹角时开始计时（如图 4-4 所示），那么经过时间 $t$，线圈平面与中性面间的角度是 $\omega t + \varphi$，感应电动势的公式就变成

$$e = E_m\sin(\omega t + \varphi)$$

上式为正弦交流电动势的瞬时值表达式，也称为解析式。正弦交流电压、电流等表达式与此相似。

实际应用中的发电机构造比较复杂，线圈匝数很多，磁极一般也不止一对，一般多采用旋转磁极式，即电枢不动，磁极转动，如图 4-5 所示。发电机采用磁极旋转后，电枢绕组的绝缘问题、机械强度问题以及将较高的电压和大电流引到外部电路等问题都比较容易处理。所以，现代的大型发电机几乎都是旋转磁极式的。

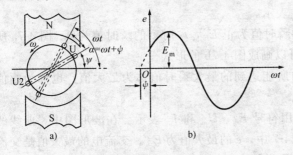
图 4-4 有夹角开始计时

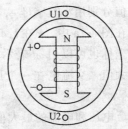
图 4-5 旋转磁极
式发电机示意图

交流电之所以得到广泛应用是因为它易于生产、传送和使用，它可以通过变压器很方便地变换电压。如交流电既可以利用变压器把电压升高，以减少输电线路的损耗，获得最经济的输电效益。又可通过变压器将电压降低，保证用电安全，降低设备的绝缘要求，减少设备造价。

**二、正弦交流电的三要素**

正弦交流电的三要素是频率、有效值、初相。

1. 周期与频率

（1）周期 交流电完成一次循环变化所用的时间叫做周期，用字母 $T$ 表示，单位为秒（s）。图 4-6 中交流电的周期为 0.02s。

（2）频率 交流电在 1s 内重复变化的次数称为频率，用符号 $f$ 表示，单位是赫兹（Hz）。根据定义可知，周期和频率互为倒数，即

$$f = \frac{1}{T}$$

我国的电力标准频率为 50Hz（习惯上称为工频），其周期为 0.02s。美国、日本等国采用 60Hz 的频率。

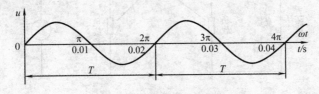
图 4-6 正弦交流电的波形

（3）角频率 由于交流发电机每旋转一周，正弦交流电重复变化一次，因此，正弦交流电变化一周可用 2π 弧度或 360° 来计量。正弦交流电每秒内变化的电角度称为角频率，用符号 $\omega$ 表示，单位是弧度/秒（rad/s）。根据角频率的定义可得

$$\omega = 2\pi f = \frac{2\pi}{T}$$

因我国用的交流电频率为 50Hz，周期为 0.02s，所以角频率是 100πrad/s，即 314rad/s。

2. 最大值与有效值

（1）瞬时值　交流电在某一时刻的值称为在这一时刻交流电的瞬时值。电动势、电压和电流的瞬时值分别用小写字母 $e$、$u$ 和 $i$ 表示。

例如，在图 4-7a 中，$e$ 在 $t_1$ 时刻的瞬时值为正 $E_m$，$t_2$ 时刻的瞬时值为 0。图 4-7a 所示波形图的横坐标也可以用 $\omega t$ 表示，即可以画成图 4-7b 的形式。

（2）最大值　交流电在一个周期内所能达到的最大瞬时值称为最大值，也称为幅值或峰值。

电动势、电压和电流的最大值分别用符号 $E_m$、$U_m$ 和 $I_m$ 表示。在波形图中，曲线的最高点对应的值即为最大值。例如，在图 4-7 中，$e$ 的最大值为 $E_m$。交流电的最大值是交流电在一个周期内所能达到的最大数值，可用来表示交流电的电流强弱或电压高低，在实际中很有意义。如电容器用于交流电路中时所承受的耐压值，就是指的最大值，如果交流电最大值超过电容器所能承受的耐压值，那么电容器就有可能被击穿。

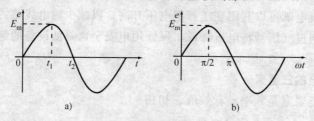

图 4-7　电动势的波形图

（3）有效值　交流电的大小是随时间变化的，所以在研究交流电的功率时，采用最大值就不够方便，通常用有效值来表示。

交流电的有效值是根据电流的热效应来规定的，让一个交流电流和一个直流电流分别通过阻值相同的电阻，如果在相同时间内产生的热量相等，那么就把这一直流电的数值叫做这一交流电的有效值，如图 4-8 所示。

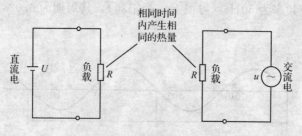

图 4-8　交流电的有效值

交流电动势、电压和电流的有效值分别用大写字母 $E$、$U$ 和 $I$ 表示。电工仪表测出的交流电数值及通常所说的交流电数值都是指有效值。正弦交流电的有效值和最大值之间有如下关系

$$有效值 = \frac{1}{\sqrt{2}} \times 最大值 \approx 0.707 \times 最大值$$

即正弦交流电流的有效值为

$$I = \frac{I_m}{\sqrt{2}} = 0.707 I_m$$

正弦交流电压的有效值为

$$U = \frac{U_m}{\sqrt{2}} = 0.707 U_m$$

正弦交流电动势的有效值为

$$E = \frac{E_m}{\sqrt{2}} = 0.707 E_m$$

3. 相位和相位差

（1）相位　正弦量在任意时刻的电角度称为相位角，也称相位或相角，用（$\omega t + \psi_0$）表示，它反映了交流电变化的进程。式中 $\psi_0$ 为正弦量在 $t = 0$ 时的相位，称为初相位 $\psi$，也称初相位或初相。

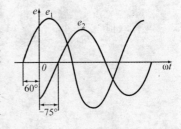

交流电的初相可以是正，也可以为负。若 $t = 0$ 时正弦量的瞬时值为正，则初相为正，如图 4-9 中 $e_1$ 所示。若 $t = 0$ 时正弦量的瞬时值为负，则初相为负，如图 4-9 中 $e_2$ 所示。

图 4-9　相位和相位差

初相一般用弧度表示，也可以用角度表示。这个角度通常用不大于 180°的角度来表示。图 4-9 中 $e_1$、$e_2$ 的初相 $\psi_1$、$\psi_2$ 分别为 60°、−75°。

（2）相位差　两个同频率交流电的相位之差叫做相位差，用符号 $\varphi$ 表示即

$$\varphi = (\omega t + \psi_1) - (\omega t + \psi_2) = \psi_1 - \psi_2$$

在讨论两个正弦量 $e_1$、$e_2$ 的相位关系时：

1）当 $\psi_1 - \psi_2 > 0$ 时，称 $e_1$ 超前 $e_2$，或 $e_2$ 滞后 $e_1$。在图 4-10 中，$e_1$ 超前 $e_2$ 135°或 $e_2$ 滞后 $e_1$ 135°；

2）当 $\psi_1 - \psi_2 = 0$ 时，称 $e_1$ 与 $e_2$ 同相，如图 4-10a 所示；

3）当 $\psi_1 - \psi_2 = \pm\pi$ 或 ±180°时，称 $e_1$ 与 $e_2$ 反相，如图 4-10b 所示；

有效值（或最大值）、频率（或周期、角频率）和初相是表征正弦交流电的三个重要物理量，通常把它们称为正弦交流电的三要素。

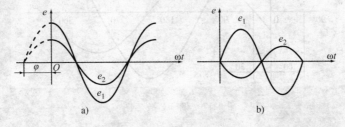

图 4-10　相位差的同相与反相的波形

例 4-1　电容器耐压为 220V，问能否用在 220V 的正弦交流电路上？

解：正弦交流电的最大值为

$$U_m = \sqrt{2}U = \sqrt{2} \times 220 \approx 311V$$

可见电压值一旦超过电容器的耐压值，电容器将被击穿，所以不能用在 220V 正弦交流电路上。

例 4-2　　已知两正弦交流电的电动势分别是：$e_1 = 100\sqrt{2}\sin(100\pi t + 60°)$ V，$e_2 = 65\sqrt{2}\sin(100\pi t - 30°)$ V，求：（1）各电动势的最大值和有效值；（2）频率、周期；（3）相位、初相位、相位差；（4）画出波形图。

解：

（1）最大值
$$E_{m1} = 100\sqrt{2} \text{ V}$$
$$E_{m2} = 65\sqrt{2} \text{ V}$$

有效值
$$E_1 = \frac{100\sqrt{2}}{\sqrt{2}} \text{V} = 100 \text{V}$$
$$E_2 = \frac{65\sqrt{2}}{\sqrt{2}} \text{V} = 65 \text{V}$$

（2）频率
$$f_1 = f_2 = \frac{\omega}{2\pi} = \frac{100\pi}{2\pi} \text{Hz} = 50 \text{Hz}$$

周期
$$T_1 = T_2 = \frac{1}{f} = \frac{1}{50} \text{s} = 0.02 \text{s}$$

（3）相位
$$\alpha_1 = (100\pi t + 60°)$$
$$\alpha_2 = (65\pi t - 30°)$$

初相位
$$\psi_1 = 60°$$
$$\psi_2 = -30°$$

相位差
$$\varphi = \psi_1 - \psi_2 = 60° - (-30°) = 90°$$

（4）波形图　如图 4-11 所示。

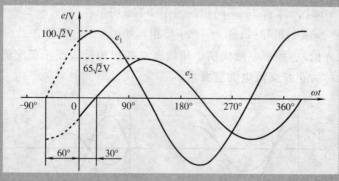

图 4-11　例 4-2 波形图

### 三、正弦交流电的表示方法

1. 解析式表示法

用三角函数式表示正弦交流电的方法称为解析式表示法。正弦交流电的电动势、电压和电流的解析式分别为：

$$i = I_m\sin(\omega t + \psi_i)$$
$$u = U_m\sin(\omega t + \psi_u)$$
$$e = E_m\sin(\omega t + \psi_e)$$

**例 4-3**　已知某正弦交流电流的最大值是 2A，频率为 100Hz，设初相位为 60°，试写出该电流的瞬时表达式。

　　**解：**

$$i = I_m \sin(\omega t + \psi_i) = 2\sin(2\pi f t + 60°) = 2\sin(628t + 60°)\,\text{A}$$

**2. 波形图表示法**

　　在平面直角坐标系中，以横坐标表示电角度 $\omega t$ 或时间 $t$，纵坐标表示正弦量的瞬时值，作出 $e$、$u$、$i$ 的波形图，这样可以很直观地看出交流电的变化规律。这种方法称为波形图表示法。

　　图 4-12 给出了不同初相角的正弦交流电的波形图。

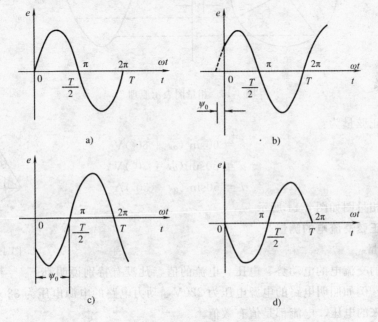

图 4-12　正弦交流电的波形图举例

**3. 相量图表示法**

　　在分析和计算正弦交流电路时，常会遇到对同频率正弦量进行加、减运算，采用上述两种方法都很麻烦。为此，引入正弦交流电的相量图表示法。

　　所谓相量图表示法，就是用一个在直角坐标系中绕原点旋转的矢量来表示正弦交流电的方法。现以正弦电动势 $e = E_m \sin(\omega t + \psi)$ 为例说明如下。

　　如图 4-13 所示，从坐标原点做一矢量，使其长度为正弦交流电动势的最大值 $E_m$，矢量与 $x$ 轴正方向的夹角为正弦交流电动势的初相 $\psi$，矢量以正弦交流电动势的角频率 $\omega$ 为角速度，绕原点逆时针旋转，这样，在任一瞬间，旋转矢量在纵轴上的投影就是该正弦交流电动势的瞬时值。例如，当 $t=0$ 时，旋转矢量在纵轴上的投影为 $e_0$（图 4-13a 中 A 点），相当于图 4-13b 中电动势波形的 a 点；当 $t=t_1$ 时，矢量与横轴的夹角为 $\omega t + \psi$，此时矢量在纵轴上的投影为 $e_1$（图 4-13a 中 B 点），相当于图 4-13b 中电动势波形的 b 点。

　　从以上分析我们可以看出，正弦量可以用一个旋转矢量来表示，但实际上交流电本身并不是矢量，因为它们是时间的正弦函数，所以能用旋转矢量的形式来描述它们。为了与电场强度、力等一般的空间矢量相区别，我们把表示正弦交流电的这一矢量称为相量，用 $\dot{E}_m$、$\dot{U}_m$、$\dot{I}_m$ 表示。

实际应用中也常采用有效值相量图，这样，相量图中每一个相量的长度不再是最大值，而是有效值，有效值相量用 $\dot{E}$、$\dot{U}$、$\dot{I}$ 表示。

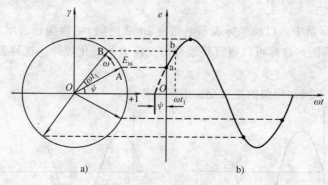

图 4-13 相量图表示原理

假设三个正弦量为：

$$e = 60\sin(\omega t + 60°)\text{V}$$
$$u = 30\sin(\omega t + 30°)\text{V}$$
$$i = 50\sin(\omega t - 30°)\text{A}$$

则它们的相量图如图 4-14 所示。

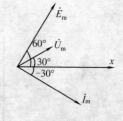

图 4-14 正弦量的相量表示

### 四、单相正弦交流电的测量

1. 电流测量

通常所说的交流电的电动势、电压、电流的值，凡没有特别说明都指的是有效值。例如照明电路的电源电压为 220V，动力电路的电源电压为 380V。用交流电工仪表测量出来的电压、电流都是值有效值。

**测量交流电流时用交流电流表，电流表的接线是不分极性的**，如图 4-15a 所示。只要在测量量程范围内将它串入被测电路中即可。

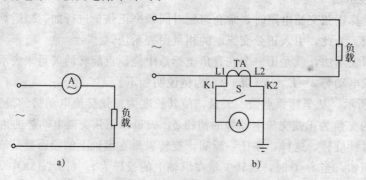

图 4-15 交流电流测量法

a）交流电流表直接接入法 b）带有电流互感器的接入法

TA—电流互感器 L1——次绕组首端 L2——次绕组尾端

K1—二次绕组首端 K2—二次绕组尾端 S—开关

交流电流表线圈的线径和游丝截面很小，不能测量较大电流，如需扩大量程，无论是电磁式、磁电式或电动式电流表，均需加接电流互感器，其接线原理如图 4-15b 所示。

2. 电压测量

测量交流电路中的电压，用交流电压表。用交流电压表测量交流电压时，交流电压表也不分极性，只需在测量范围内直接并联到被测电路即可，如图 4-16 所示。

如需扩大交流电压表的量程，无论是电磁式、磁电式或电动式仪表，均需加接电压互感器，其接线原理如图 4-16 所示。

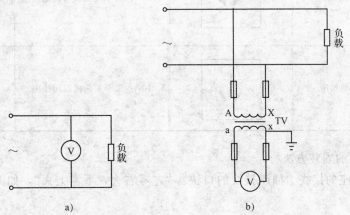

图 4-16　交流电压测量法
a）交流电压表直接接入法　b）加接电压互感器测量交流电压

# 实训一　单相插座的安装与检测

## 一、实训目的

1. 熟悉插座电气原理图和安装示意图。
2. 掌握简单单相插座电路的安装方法。
3. 培养重视质量、安全文明的劳动态度和行为习惯。
4. 掌握各种电工实训室的交流用仪器、仪表的使用方法。

## 二、实训器材

表 4-1　实训器材表

| 类别 | 名称 | 数量 | 单位 | 备注 |
|---|---|---|---|---|
| 工具 | 尖嘴钳 | 1 | 把 | |
| | 电工刀 | 1 | 把 | |
| | 各种旋具 | 1 | 套 | |
| 量具 | MF-47 型万用表 | 1 | 只 | |
| 器材 | 低压断路器 | 1 | 只 | |
| | 各种单相插座 | 1 | 台 | |
| | 导线 | 若干 | 米 | |
| | 电工实训台 | 若干 | 台 | |

### 三、实训步骤

1. 熟悉插座的种类及构造，见表 4-2。

表 4-2　插座的种类

| 常用种类 | 外形 | 常用种类 | 外形 |
|---|---|---|---|
| 10A　两极双用插座 | | 10A　两极双用两极带接地插座 | |
| 10A　两极带接地插座 | | 10A　带开关两极双用插座 | |

2. 各种插座的安装方法

（1）各种插座的接线　插座接线的口诀："左零右火，下零上火"，如图 4-17 所示，火即指相线。

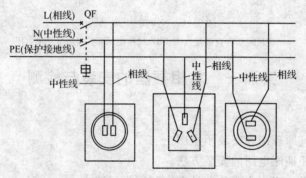

图 4-17　插座及其接线原理图

（2）插座的安装步骤

1）从外观上检查插座的质量，并按要求配备插座。

2）不同种类的插座接线原理如图 4-17 所示。

3）明座插座接线实际操作

① 电源导线安装到插座安装确定位置，用冲击钻在插座的固定墙面钻孔，然后塞上木隼，如图 4-18 所示；

② 固定插座的木台上钻孔，如图 4-19 所示；

③ 将木台安装固定，如图 4-20 所示；

④ 插座的底座安装，如图 4-21 所示；

⑤ 插座接线端子接线，如图 4-22 所示；

⑥ 安装插座上盖，如图 4-23 所示。

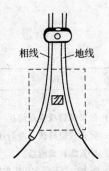

图 4-18　插座固定位置塞上木隼

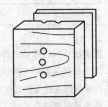

图 4-19　固定插座的木台上钻孔

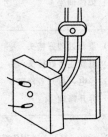

图 4-20　木台安装

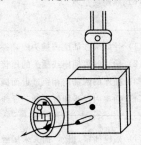

图 4-21　装上插座底座

图 4-22　插座接线

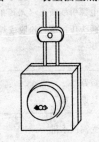

图 4-23　安装上插座上盖

3. 插座安装时注意事项

1）插座的额定电压必须与受电电压相符，其额定电流不应小于所控电器的额定电流。

2）插座型号应根据所控电器的防触电类别来选用。从接线孔形状分为圆孔插座和扁孔插座。由于圆孔插座不具备必要的安全性，已停止生产已出厂产品也禁止使用。

3）两孔插座应水平并列安装，不许垂直安装。

4）单相两孔插座安装时，面对插座，右侧孔眼接线柱接相线，左侧孔眼接线柱接中性线（零线）。

5）单相三孔插座安装时，面对插座，上方孔眼（有接地标志）在 TT 系统中接接地线，在 TN-C 系统中接保护中性线；右侧孔眼接相线；左侧孔眼接中性线。

6）一般居室、幼儿所和学校，明装插座不应低于 1.8m；同一场所安装的插座高度应尽量一致，高度相差不应大于 2mm。

7）车间和试验室的明、暗插座距地面不应低于 0.3m，特殊场所暗装的插座不应低于 0.15m。

8）儿童活动场所的暗装插座，如果距地面为 0.3m，则必须采用安全型插座。

4. 插座的检修

插座的故障及处理方法见表 4-3。

表 4-3　插座的故障及处理方法

| 故障现象 | 产　生　原　因 | 检　修　方　法 |
|---|---|---|
| 接触不良 | （1）插头压按螺钉松动或焊点虚焊<br>（2）插头根部电源线内部折断（但有时又接触）<br>（3）插座导线连接处螺钉松动或导线腐蚀（铝导线更易发生）<br>（4）插头插口过松<br>（5）插座质量差 | （1）拧紧螺钉或重新焊接<br>（2）剪去这段导线，重新连接<br>（3）拧紧螺钉或清洁<br>（4）断电，打开盖，用尖嘴钳将铜片钳拢些<br>（5）更换插座 |
| 短路 | （1）导线头在插座或插头内，裸露过长或有毛刺<br>（2）导线脱离插座或插头的压接螺钉<br>（3）插座的两插门相距过近而碰连<br>（4）插头内接线螺钉松动，导线碰线 | （1）重新处理好接头<br>（2）重新连接好接头<br>（3）停电，打开盖修理<br>（4）拆开修理 |
| 电路不通 | （1）插座插口过松，插头未接触到<br>（2）插座导线连接处螺钉掉落<br>（3）电源引线断路（尤其在端头处）<br>（4）插头压接螺钉松脱或焊点脱开，导线受力使线头脱落 | （1）断电，打开盖，用尖嘴钳将铜片钳拢些<br>（2）拧上螺钉<br>（3）剪去这段导线，重新连接<br>（4）接好线头，压紧螺钉或重新焊接，压紧压板 |
| 胶木烧焦 | （1）短路<br>（2）长期过载 | （1）更换并消除短路点<br>（2）控制负载或换成容量大的插头、插座 |
| 漏电 | （1）受潮或水淋<br>（2）插头端部导线裸露<br>（3）破损<br>（4）保护接地（接零）接线错误 | （1）应安装在干燥、避雨处，经常清洁<br>（2）重新连接<br>（3）更换<br>（4）按正确方法接线 |
| 破损 | （1）受外力冲击而损坏胶盖<br>（2）因短路烧损插口铜片或接线柱<br>（3）插头、插座使用日久老化或长期过载 | （1）更换胶盖<br>（2）更换插口铜片、接线柱，或整个更换<br>（3）更换插头、插座 |

# 4.2　纯电阻、纯电感和纯电容电路

## 一、纯电阻电路

交流电路中如果只有线性电阻，这种电路就叫纯电阻电路，如图 4-28a 所示。负载如为白炽灯、电炉、电烙铁等的交流电路都可以近似看成是纯电阻电路。在这些电路中，当外电压一定时，影响电流大小的主要因素是电阻 $R$。

1. 电流与电压的相位关系

设加在电阻两端的正弦电压为

$$u_R = U_{Rm}\sin\omega t$$

实验表明，交流电流与电压的瞬时值，仍然符合欧姆定律，即

$$i = \frac{u_R}{R} = \frac{U_{Rm}}{R}\sin\omega t = I_m\sin\omega t$$

可见在纯电阻电路中，电流 $i$ 与电压 $u_R$ 是同频率、同相位的正弦量。它们的相量图如图 4-24b 所示。

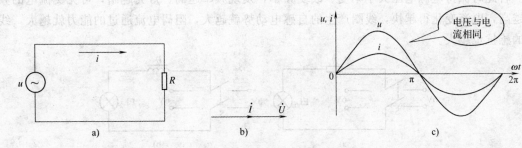

图 4-24　纯电阻电路

a）电路图　b）相量图　c）波形图

**2. 电流与电压的数量关系**

由上式可知，通过电阻的最大电流

$$I_m = \frac{U_m}{R}$$

如在等式两边同除以 $\sqrt{2}$，则得

$$I = \frac{U}{R}$$

这说明在纯电阻正弦交流电路中，电流、电压的瞬时值、最大值及有效值与电阻之间的关系均符合欧姆定律。

---

例 4-4　已知某白炽灯的额定参数为 220V/100W，其两端所加电压为 $u = 220\sqrt{2}\sin(314t)$ V。求：（1）交流电的频率；（2）白炽灯的工作电阻。

解：

（1）交流电的频率

$$f = \frac{\omega}{2\pi} = \frac{314}{2\times3.14}\text{Hz} = 50\text{Hz}$$

（2）白炽灯的工作电阻

$$R = \frac{U^2}{P} = \frac{220^2}{100}\Omega = 484\Omega$$

---

**二、纯电感电路**

**1. 感抗**

如图 4-25 所示，$EL_1$ 和 $EL_2$ 是两只相同的灯泡，电感线圈（有铁心）$L$ 的直流电阻等于 $R$。按图接好电路，先接通 6V 直流电源，可以看到 $EL_1$ 和 $EL_2$ 亮度相同。再改接 6V 交流电

源，发现灯泡 $EL_2$ 明显变暗，这表明电感线圈对直流电和交流电的阻碍作用是不同的。对于直流电，起阻碍作用的只是线圈的电阻；对于交流电，除了线圈的电阻外电感也起了阻碍作用。电感对交流电的阻碍作用称为感抗，用 $X_L$ 表示，感抗的单位也是欧姆（Ω）。

当把铁心从线圈中取出（线圈的自感系数减小）时，灯泡就变亮；重新把铁心插入线圈（线圈的自感系数增大），灯泡就变暗。可见线圈的自感系数越大，线圈产生的自感电动势就越大，阻碍电流通过的能力就越大，感抗就越大。

若此时保持电源电压大小不变、改变频率，发现频率越高、灯光越暗，可见交流电的频率越高，电流变化得越快，线圈产生的自感电动势就越大，阻碍电流通过的能力就越大，线圈的感抗也越大。

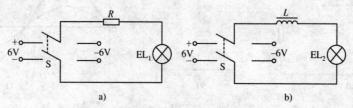

图 4-25　电感对交流电的阻碍作用
a) 纯电阻电路　b) 带电感元件电路

感抗的计算式为

$$X_L = \omega L = 2\pi f L$$

2. 电流与电压的关系

由电阻很小的电感线圈组成的交流电路，可以近似地看作是纯电感电路，如图 4-26a 所示，交流电压 $u_L$ 加在线圈两端，线圈中必定要产生交流电流 $i$。由于这一电流是时刻变化的，因而线圈内将产生感应电动势，其大小为

$$e_L = -L\frac{\Delta i}{\Delta t}$$

则线圈两端的电压为

$$u_L = -e_L = L\frac{\Delta i}{\Delta t}$$

设通过线圈的电流为：

$$i = I_m \sin\omega t$$

电流波形如图 4-26c 所示，在 $i$ 由零增加的瞬间，电流变化率 $\dfrac{\Delta i}{\Delta t}$ 最大，电压 $u_L$ 的值也最大，随着电流的增加，电流变化率逐渐减小，电压 $u$ 的值也逐渐减小。当 $i$ 达到最大值时，电流变化率 $\dfrac{\Delta i}{\Delta t}$ 为零，其余可类推。结果表明，电压比电流超前 90°，即电流比电压滞后 90°。电压和电流的相量图如图 4-26b 所示。

设流过电感的正弦电流的初相为零，则电流、电压的瞬时值表达式为

$$i = I_m \sin\omega t$$

$$u_L = U_{Lm} \sin\left(\omega t + \frac{\pi}{2}\right)$$

电流与电压最大值的关系为

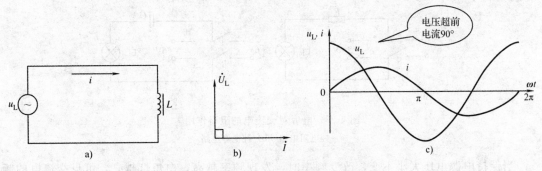

图 4-26 纯电感电路

a) 电路图 b) 相量图 c) 波形图

$$U_{Lm} = \omega L I_m$$

故在纯电感电路中，电流与电压成正比，与感抗成反比，即

$$I = \frac{U}{X_L}$$

这就是纯电感电路欧姆定律的表达式。

例 4-5 把一个 $L = 0.5H$ 的电感接到 50Hz、220V 的交流电源上，求：（1）电感的感抗；（2）流过线圈的电流；（3）若外加电压的数值不变，频率变为 5000Hz 时，以上各值如何变化。

解：（1）电感的感抗

$$X_L = \omega L = 2\pi f L = 2 \times 3.14 \times 50 \times 0.5\,\Omega = 157\,\Omega$$

（2）流过线圈的电流

$$I = \frac{U}{X_L} = \frac{220}{157}A \approx 1.4A$$

（3）当频率为 5000Hz 时，重复上述计算得

$$X_L = \omega L = 2\pi f L = 2 \times 3.14 \times 5000 \times 0.5\,\Omega = 15700\,\Omega，感抗增大 100 倍；$$

$$I = \frac{U}{X_L} = \frac{220}{15700}A \approx 0.014A，电流缩小 100 倍。$$

由此可见，同一电感对不同频率的电流具有不同的感抗。频率越高，感抗越大，则电流越小。

### 三、纯电容电路

**1. 容抗**

如图 4-27 所示，$EL_1$ 和 $EL_2$ 是两只相同的白炽灯，按图接好电路，先接通 6V 直流电源，可以看到 $EL_1$ 正常发光，$EL_2$ 只在接通电源的瞬间微亮，随即熄灭，说明直流电不能通过电容器。再改接 6V 交流电源，发现两只白炽灯都亮，只不过 $EL_2$ 比 $EL_1$ 明显变暗，这表明交流电能通过电容器，但电容器对交流电有阻碍作用。电容对交流电的阻碍作用称为容抗，用 $X_C$ 表示，容抗的单位也是欧姆（Ω）。

当换用更大的电容器来接交流电时，发现电容量越大，白炽灯越亮。可见电容器的电容量越大，容抗越小。

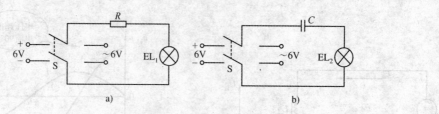

图 4-27　电容对交流电的阻碍作用
a) 纯电阻电路　b) 纯电容电路

当保持电源电压大小不变，改变频率时，发现频率越高，白炽灯越亮，可见交流电的频率越高，电容器的容抗越小。

由上可知：在直流电路中的电容器（简称电容）处于断开状态；在交流电路中，电容将周期性地充电和放电，使电路中不断地有电流通过，所以电容具有隔直、通交的作用，在电路中可用来滤波、隔直、交流旁路、选频；在电力系统中可用来提高功率因数等。

容抗的计算式为

$$X_C = \frac{1}{\omega C} = \frac{1}{2\pi f C}$$

2. 电流与电压的关系

把电容器接到交流电源上，如果电容器的电阻和分布电感可以忽略不计，可以把这种电路近似地看成是纯电容电路，如图 4-28a 所示。

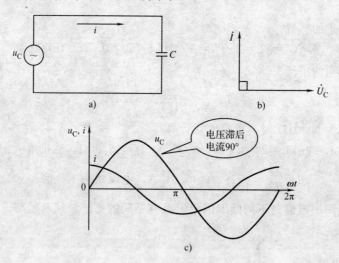

图 4-28　纯电容电路
a) 电路图　b) 相量图　c) 波形图

电容器两端的电压随电荷的积累（即充电）而升高，随电荷的释放（即放电）而降低。由于电荷的积累和释放需要一定的时间，因此电容器两端的电压变化总是滞后于电流的变化。

设在 $\Delta t$ 时间内电容器极板上的电荷变化量是 $\Delta Q$，则有

$$i = \frac{\Delta Q}{\Delta t} = C \frac{\Delta u_C}{\Delta t}$$

上式表明电容器中的电流与电容器两端的电压变化率成正比。纯电容电路中电压与电流

的波形图如图 4-28c 所示，对照波形图可见，在 $u_C$ 从零增加的瞬间，电压变化率 $\frac{\Delta u_C}{\Delta t}$ 最大，电流 $i$ 的值也最大，随着电压的增加，电压变化率逐渐减小。当 $u_C$ 达到最大值时，电压变化率 $\frac{\Delta u_C}{\Delta t}$ 为零，电流 $i$ 也变为零。其余可类推。

因此纯电容电路中，电流超前电压 90°，这与纯电感电路中的电流、电压相位关系正好相反。电流、电压的相量图如图 4-28b 所示。设加在电容器两端的交流电压的初相为零，则电流、电压的瞬时表达式为

$$u_C = U_{Cm}\sin\omega t$$

$$i = I_m\sin\left(\omega t + \frac{\pi}{2}\right)$$

可得电流与电压最大值的关系为

$$I_m = \omega C U_{Cm} = \frac{U_{Cm}}{\frac{1}{\omega C}}$$

若把等式两边同除 $\sqrt{2}$，可得到电流与电压有效值之间的关系为

$$I = \omega C U_C = \frac{U_C}{\frac{1}{\omega C}} \text{ 或 } U_C = \frac{I}{\omega C}$$

故在纯电容电路中，电流与电压成正比，与感抗成反比，即

$$I = \frac{U_C}{X_C}$$

这就是纯电容电路欧姆定律的表达式。

例 4-6　把一个 $C = 38.5\mu F$ 的电容接到 50Hz、220V 的交流电源上，求：（1）电容的容抗；（2）电路中的电流 $I$；（3）若外加电压的数值不变，频率变为 5000Hz 时，以上各值如何变化。

解：

（1）容抗

$$X_C = \frac{1}{2\pi f C} = \frac{1}{2 \times 3.14 \times 50 \times 38.5 \times 10^{-6}}\Omega \approx 80\Omega$$

（2）电流 $I$

$$I = \frac{U_C}{X_C} = \frac{220}{80}A = 2.75A$$

（3）当电源频率变为 5000Hz 时，重复上述计算得

$$X_C = 0.8\Omega，容抗减小 100 倍；$$

$$I = 275A，电流增大 100 倍。$$

由此可见，同一电容对不同频率的电流具有不同的容抗。频率越高，容抗越小，电流越大。

## 实训二　示波器测量交流参量

### 一、实训目的

1. 了解示波器的面板上各主要开关、旋钮的作用。

2. 熟悉用示波器测量波形、周期、频率和相位等。

3. 学会使用示波器、信号发生器和交流毫伏表测量交流参数。

### 二、实训器材

表 4-4　实训器材表

| 类别 | 名称 | 数量 | 单位 | 备注 |
|---|---|---|---|---|
| 工具 | 电烙铁 | 1 | 只 | |
| | 尖嘴钳 | 1 | 把 | |
| | 各种旋具 | 1 | 套 | |
| 仪表量具 | 双踪示波器 | 1 | 台 | |
| | 低频信号发生器 | 1 | 台 | |
| | 晶体管毫伏表 | 1 | 块 | |
| | 数字式或指针式万用表 | 1 | 块 | |
| 器材 | 电阻箱 | 1 | 箱 | |
| | 电容器 | 若干 | 只 | |
| | 电工实训台 | 若干 | 台 | |
| | 焊锡丝 | 若干 | | |

### 三、实训步骤

1. 认识示波器面板

V-252T 型双踪示波器的面板如图 4-29 所示，面板各旋钮功能简介如下。

1）荧光屏：荧光屏是示波器的显示部分。

2）电源（POWER）：当此开关按下时，电源指示灯亮，表示电源接通。

3）辉度旋钮（INTENSITY）：用于改变光点和扫描线的亮度。顺时针旋转，亮度增大。观察低频信号时可小些，高频信号时大些。以适合自己的亮度为准，一般不应太亮，以保护荧光屏。

4）聚焦旋钮（FOCUS）：用于调节电子束截面大小，将扫描线聚焦成最清晰状态。

5）辉线旋转旋钮（TRACE ROTATION）：用于使辉线旋转，进行校准。

6）通道 1（CH1）的垂直放大器信号输入插座（CH1 INPUT）：通道 1 垂直放大器信号输入 BNC 插座。当示波器工作于 X-Y 模式时作为 X 信号的输入端。

7）通道 2（CH2）的垂直放大器信号输入插座（CH2 INPUT）：通道 2 垂直放大器信号输入 BNC 插座。当示波器工作于 X-Y 模式时作为 Y 信号的输入端。

8）垂直轴工作方式选择开关（MODE）

CH1：选择通道 1，示波器仅显示通道 1 的信号。

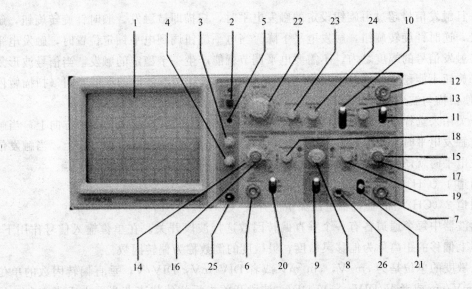

图 4-29 V-252T 型双踪示波器的面板图

CH2：选择通道 2，示波器仅显示通道 2 的信号。

ALT：选择双通道交替显示方式，示波器同时显示通道 1 信号和通道 2 的信号。

CHOP：选择双通道断续显示方式，用于慢扫描的观察。

ADD：选择双通道叠加方式，示波器显示两通道波形叠加后的波形。

9）内部触发信号源选择开关（INT TRIG）

CH1：以 CH1 的输入信号作为触发信号源。

CH2：以 CH2 的输入信号作为触发信号源。

VERT MODE：交替地以 CH1 和 CH2 两路信号作为触发信号源。

10）扫描方式选择开关（MODE）

自动（AUTO）：自动方式，任何情况下都有扫描线。有触发信号时，正常进行同步扫描，波形静止。当无触发信号输入或者触发信号频率低于 50Hz 时，扫描为自激方式。

常态（NORM）：仅在有触发信号时进行扫描。当无触发信号输入时，扫描处于准备状态，没有扫描线。触发信号到来后，触发扫描。

视频-行（TV-H）：用于观测视频-行信号。

视频-场（TV-V）：用于观测视频-场信号。

视频-行（TV-H）和视频-场（TV-V）两种触发方式仅在视频信号的同步极性为负时才起作用。

11）触发信号源选择开关（SOURCE）

内触发（INT）：内触发使用被测信号作为触发信号，是经常使用的一种触发方式。

电源触发（LINE）：电源触发使用交流电源频率信号作为触发信号。

外触发（EXT）：TRIG INPUT 的输入信号作为触发信号源。外加信号从外触发输入端输入。

12）外触发信号输入端子（TRIG INPUT）：外触发信号的输入端子。

13）触发电平/和触发极性选择开关（LEVEL）：触发电平调节旋钮调节触发信号的触

发电平。一旦触发信号超过由旋钮设定的触发电平时，扫描即被触发。顺时针旋转旋钮，触发电平上升；逆时针旋转旋钮，触发电平下降。当电平旋钮调到电平锁定位置时，触发电平自动保持在触发信号的幅度之内，不需要电平调节就能产生一个稳定的触发。当信号波形复杂，用电平旋钮不能稳定触发时，用释抑（Hold Off）旋钮调节波形的释抑时间（扫描暂停时间），能使扫描与波形稳定同步。

极性开关用来选择触发信号的极性。拨在"＋"位置上时，在信号增加的方向上，当触发信号超过触发电平时就产生触发。拨在"－"位置上时，在信号减少的方向上，当触发信号超过触发电平时就产生触发。触发电平和触发极性共同决定触发信号的触发点。

14）通道 1（CH1）的垂直轴电压灵敏度开关（VOLTS/DIV）。

15）通道 2（CH2）的垂直轴电压灵敏度开关（VOLTS/DIV）。

双踪示波器中每个通道各有一个垂直偏转因数选择波段开关。在单位输入信号作用下，光点在屏幕上偏移的距离称为偏移灵敏度，灵敏度的倒数称为偏转因数。

垂直灵敏度的单位是为 cm/V，cm/mV 或者 DIV/mV，DIV/V，垂直偏转因数的单位是 V/cm，mV/cm 或者 V/DIV，mV/DIV。波段开关指示的值代表荧光屏上垂直方向一格（1cm）的电压值。

16）通道 1（CH1）的可变衰减旋钮/增益×5 开关（VAR，PULL×5GAIN）。

17）通道 2（CH2）的可变衰减旋钮/增益×5 开关（VAR，PULL×5GAIN）。

每一个电压灵敏度开关上方还有一个小旋钮，微调每档垂直偏转因数。将它沿顺时针方向旋到底，处于"校准"位置，此时垂直偏转因数值与波段开关所指示的值一致。逆时针旋转此旋钮，能够微调垂直偏转因数。垂直偏转因数微调后，会造成与波段开关的指示值不一致，这点应引起注意。许多示波器具有垂直扩展功能，当微调旋钮被拉出时，垂直灵敏度扩大 5 倍（偏转因数缩小 5 倍）。

18）通道 1（CH1）的垂直位置调整旋钮/直流偏移开关（POSITION）：顺时针旋转辉线上升，逆时针旋转辉线下降。观测大振幅的信号时，拉出此旋钮可对被放大的波形进行观测。通常情况下，应将次旋钮按入。

19）通道 2（CH2）的垂直位置调整旋钮/反相开关（POSITION）：顺时针旋转辉线上升，逆时针旋转辉线下降。拉出此旋钮时，CH2 的信号将被反相。便于比较两个极性相反的信号和利用 ADD 叠加功能观测 CH1 与 CH2 的差信号。通常情况下，应将次旋钮按入。

20）、21）通道 1（CH1）垂直放大器输入耦合方式切换开关（AC-GND-DC）

AC：经电容器耦合，输入信号的直流分量被抑制，只显示其交流分量。

GND：垂直放大器的输入端被接地。

DC：直接耦合，输入信号的直流分量和交流分量同时显示。

22）扫描速度切换开关（TIME/DIV）：通过一个波段开关实现，按 1、2、5 方式把时基分为若干档。波段开关的指示值代表光点在水平方向移动一个格（1cm）的时间值。

23）扫描速度可变旋钮（SWP VAR）：用来微调扫描速度，顺时针方向旋到底处于校准位置时，屏幕上显示的时基值与波段开关所示的标称值一致。逆时针旋转旋钮，则对时基微调。旋钮拔出后处于扫描扩展状态。通常为×10 扩展，即水平灵敏度扩大 10 倍，时基缩小到 1/10。

24）水平位置旋钮/扫描扩展开关（POSITION）：调节信号波形在荧光屏上的位置。旋转水平位移旋钮（标有水平双向箭头）左右移动信号波形，旋转垂直位移旋钮（标有垂直双向箭头）上下移动信号波形。

25）探头校正信号的输出端子（CAL）：示波器内部标准信号，输出 0.5V/1Hz 的方波信号。

26）接地端子（GND）：示波器接地端。

2. 使用前需检查与校准：

先将面板各键置于如下位置，通道选择开关置于 CH1（或 CH2），"极性"和"内触发"开关置于常态，"DC、⊥、AC"开关置于"AC"，高频、常态、自动开关置于"自动"位置，"V/div"开关置于 0.5V/div 挡，"微调"置于"校准"位置，t/div 开关置于 1ms/div，然后用同轴电缆将标准信号输出端与 CH1 通道的输入端相连接，开启电源、示波器应显示幅度为 1V、$f=1kHz$ 稳定的方波，调节"辉度"、"聚焦"各旋钮使屏幕上观察到的波形细而清晰，调节亮度"旋钮"于适中位置，调"上下"、"左右"位置旋钮，使波形在屏幕的中间位置。

3. 测量信号幅值、周期或频率

按图 4-30 所示接线，观察信号发生器输出的正弦波并用示波器测量其电压幅值、周期和频率，记录测量数据。

（1）交流信号电压幅度值的测量　使低频信号发生器发生频率为 1kHz，毫伏表测得为 5V 信号，适当选择"V/div"开关位置，使示波器屏幕上能观察到完整、稳定的正弦波，则此时"V/div"开关的刻度值为屏幕上纵向坐标每格的电压伏特数，根据被测波形在纵向高度所占格数便可读出电压数值，将信号发生器的分贝衰减器置于表 4-5 中要求的位置并测出其结果记入表 4-5 中。**注意：若使用 10：1 探头时，应将本身的衰减量考虑进去。**

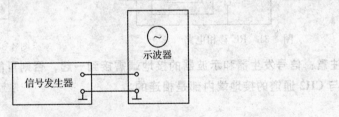

图 4-30　示波器与信号发生器的连接

**表 4-5　结果记录表**

| 信号发生器输入衰减/dB | 0 | 10 | 20 | 30 | 40 |
|---|---|---|---|---|---|
| 电压表测得信号发生器的输出电压 | | | | | |
| 示波器（V/div）开关位置 | | | | | |
| 峰—峰波形高度 H/div | | | | | |
| 峰—峰电压 $U_{pp}$/V | | | | | |
| 电压有效值/V | | | | | |

（2）交流信号频率的测量　将示波器扫描速率中的"微调"旋钮置于校准位置，在预先校正好的条件下，此时，"t/div"开关的刻度值表示屏幕横向坐标每格所示的时间值。根据

被测信号波形在横向所占的格数直接读出信号的周期。若要测频率只需将被测的周期求出即可。按表 4-6 所示频率由信号发生器显示，用示波器测出其周期计算频率，并将所测结果记录后与已知频率进行比较。

**表 4-6　结果记录表**

| 输入信号的频率/kHz | 1 | 5 | 10 | 25 | 50 |
|---|---|---|---|---|---|
| 扫描速率开关位置（t/div） | | | | | |
| 一个周期占有水平格数 | | | | | |
| 被测信号的周期 | | | | | |

（3）**相位测量**　按图 4-31 所示接线，将两被测信号送入 CH1 和 CH2 通道，读出信号一个周期所占的格数为 $A$，两信号相应点所占的格数为 $B$，则相位差为 $\varphi = \dfrac{B}{A} \times 360°$。如图 4-32 所示，波形一个周期占 6 格，两信号相应点所占的格数为 1 格，则相位差 $\varphi = \dfrac{1}{6} \times 360° = 60°$。

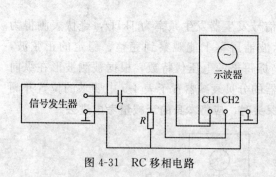

图 4-31　RC 移相电路

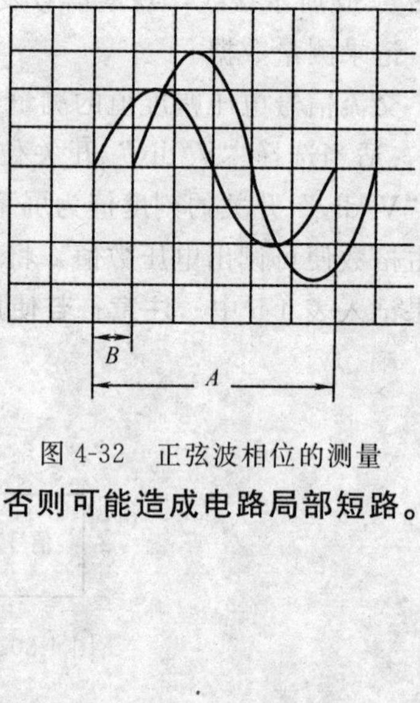

图 4-32　正弦波相位的测量

**注意：信号发生器和示波器的接地端需接到一起，否则可能造成电路局部短路。示波器 CH1 与 CH2 通道的接地端内部是相连的。**

## 4.3　串联电路

### 一、RL 串联电路

RL 串联电路就是在含有电感的交流电路中，当电感的电阻不能被忽略时，就构成了由电阻 $R$ 和电感 $L$ 串联的交流电路。工厂里常见的电动机、变压器及日常生活中的荧光灯等都可看成是 RL 串联电路。

1. 电流与电压的关系

RL 串联电路如图 4-33a 所示。由于是串联电路，通过各元件的电流相同，故以电流为参考量。设电路中的电流为 $i = I\sqrt{2}\sin\omega t$，则电阻两端的电压为

$$u_R = U_R\sqrt{2}\sin\omega t$$

则电感线圈两端的电压为

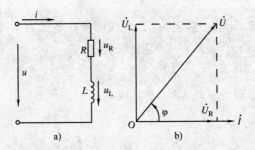

图 4-33　RL 串联电路及矢量图

$$u_L = U_L \sqrt{2} \sin\left(\omega t + \frac{\pi}{2}\right)$$

基尔霍夫电压定律在交流电路中也适用，即交流电路中沿任何闭合回路的电压瞬时值的代数和恒等于零。即

$$u = u_R + u_L = U_R \sqrt{2}\sin\omega t + U_L \sqrt{2}\sin\left(\omega t + \frac{\pi}{2}\right)$$

可得 $U_R$ 与 $I$ 同相、$U_L$ 超前 $I90°$，作出矢量图如图 4-33b 所示。由图可知，总电压超前总电流一个角度 $\varphi$，且 $90° > \varphi > 0°$。通常把总电压超前电流的电路叫感性电路，或者说负载是感性负载，有时也说电路呈感性。

由相量图得，总电压和各分电压的有效值关系为

$$U = \sqrt{U_R^2 + U_L^2}$$

因 $U_R = IR$，$U_L = IX_L$，可得

$$U = \sqrt{(IR)^2 + (IX_L)^2} = I\sqrt{R^2 + X_L^2} = I\,|Z|$$

### 2. 阻抗

根据欧姆定律 $\dot{U} = \dot{I}Z$ 及上式可得

$$|Z| = \frac{U}{I} = \sqrt{R^2 + X_L^2}$$

式中，$Z$ 在电路中起着阻碍电流通过的作用，称为电路的阻抗，单位为 $\Omega$。

把矢量图中的电压三角形的各边同时缩小 $I$ 倍（$I$ 是电流的有效值），就得到一个与电压三角形相似的三角形，如图 4-34b 所示。它的三条边分别为 $R$、$X_L$、$Z$，这个三角形称为阻抗三角形。它形象地体现了电阻 $R$、感抗 $X_L$ 和阻抗 $Z$ 之间的关系，即 $|Z| = \sqrt{R^2 + X_L^2}$。当电路参数 $R$、$L$、$f$ 及 $U$ 一定时，往往从阻抗三角形出发先求

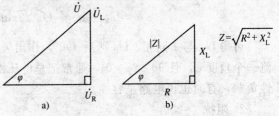

图 4-34　RL 串联电路的电压、阻抗三角形
a) 电压三角形　b) 阻抗三角形

阻抗 $Z$，再求出电流 $I$ 及电流和电压之间的相位关系，$\varphi = \arctan\dfrac{U_l}{U_R}$ 或 $\varphi = \arccos\dfrac{R}{Z}$。

例 4-7　将自感为 25.5mH、电阻为 6Ω 的线圈接在电压为 $u = 220\sqrt{2}\sin 314t\,\text{V}$ 的电源上。求：（1）线圈的阻抗；（2）电路中的电流。

解：（1）$X_{\text{L}} = \omega L = 314 \times 25.5 \times 10^{-3} \approx 8$

$$Z = \sqrt{R^2 + X_{\text{L}}^2} = \sqrt{6^2 + 8^2}\,\Omega = 10\,\Omega$$

（2）$I = \dfrac{U}{Z} = \dfrac{220}{10}\,\text{A} = 22\,\text{A}$

## 二、RC 串联电路

在电子技术中，经常遇到电阻和电容串联电路，如阻容耦合放大器、RC 振荡器等。

### 1. 电流与电压的关系

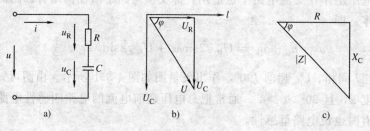

图 4-35　RC 串联电路

a) 电路图　b) 相量图及电压三角形　c) 阻抗三角形

RC 串联电路如图 4-35a 所示。当电路两端加上交流电压时，电路中便有交流电流通过。设电路中的电流为 $i = I\sqrt{2}\sin\omega t$，则电阻两端的电压为

$$u_{\text{R}} = U_{\text{R}}\sqrt{2}\sin\omega t$$

则电感线圈两端的电压为

$$u_{\text{C}} = U_{\text{C}}\sqrt{2}\sin\left(\omega t - \frac{\pi}{2}\right)$$

交流电路中沿任何闭合回路的电压瞬时值的代数和恒等于零。即

$$u = u_{\text{R}} + u_{\text{C}} = U_{\text{R}}\sqrt{2}\sin\omega t + U_{\text{C}}\sqrt{2}\sin\left(\omega t - \frac{\pi}{2}\right)$$

可得 $U_{\text{R}}$ 与 $I$ 同相、$U_{\text{C}}$ 滞后 $I$ 90°，作出矢量图如图 4-35b。由图可知，总电压滞后总电流一个角度 $\varphi$，且 $90° > \varphi > 0°$。通常把总电压滞后电流的电路叫容性电路，或者说负载是容性负载，有时也说电路呈容性。

### 2. 阻抗

由图 4-35b 可得，总电压和各分电压有效值的关系为

$$U = \sqrt{U_{\text{R}}^2 + U_{\text{C}}^2} = \sqrt{(IR)^2 + (IX_{\text{C}})^2} = I\sqrt{R^2 + X_{\text{C}}^2}$$

可见 $|Z| = \sqrt{R^2 + X_{\text{C}}^2}$，阻抗三角形如图 4-35c 所示。

总电压在相位上比电流滞后，比电容电压超前。相位角 $\varphi$ 为

$$\varphi = \arctan\frac{U_{\text{C}}}{U_{\text{R}}} = \arctan\frac{IX_{\text{C}}}{IR} = \arctan\frac{X_{\text{C}}}{R}$$

例 4-8　如图 4-36a 所示电路中，已知 $C=10\mu F$，$R=100\Omega$，电源频率 $f=50Hz$，$U=$ 220V。试求：(1) 电路中电流、电阻和电容上的电压；(2) 以端电压为参考量作相量图。

解：(1) $X_C=\dfrac{1}{2\pi fC}=\dfrac{1}{2\pi\times50\times10\times10^{-6}}\Omega=318\Omega$

$|Z|=\sqrt{R^2+X_C^2}=\sqrt{100^2+318^2}\Omega=333\Omega$

$I=\dfrac{U}{|Z|}=\dfrac{220}{333}A=0.66A$

$U_R=IR=0.66\times100V=66V$

$U_C=IX_C=0.66\times318V=210V$

(2) 电流超前电压的相位角

$\varphi=\arctan\dfrac{X_C}{R}=\arctan\dfrac{318}{100}=72.5°$

电路的相量图如图 4-36b 所示。

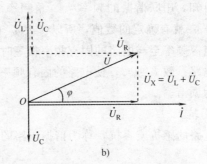

图 4-36　例 4-8 图

### 三、RLC 串联电路

图 4-37 所示是典型的由电阻、电感和电容的串联组成的电路，简称 RLC 串联电路。

**1. 电流与电压的关系**

设在此电路中通过的交流电流为 $i=I\sqrt{2}\sin\omega t$，则电阻、电感和电容它们两端的电压为

$$u_R=I\sqrt{2}\sin\omega t$$

$$u_L=I\sqrt{2}\sin\left(\omega t+\dfrac{\pi}{2}\right)$$

$$u_C=I\sqrt{2}\sin\left(\omega t-\dfrac{\pi}{2}\right)$$

RLC 串联电路的总电压瞬时值为

$$u=u_R+u_L+u_C$$

对应的相量关系为

$$\dot{U}=\dot{U}_R+\dot{U}_L+\dot{U}_C$$

相量图如图 4-37b 所示。

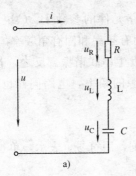

图 4-37　RLC 串联电路

2. 阻抗

由图 4-37 可得总电压的有效值为

$$U = \sqrt{U_R^2 + (U_L - U_C)^2} = \sqrt{(IR)^2 + (IX_L - IX_C)^2} = I\sqrt{R^2 + (X_L - X_C)^2}$$

式中 $|Z| = \sqrt{R^2 + (X_L - X_C)^2} = \sqrt{R^2 + X^2}$ 是 RLC 串联电路的阻抗，其中 $X = X_L - X_C$ 称为电抗，单位是 $\Omega$。

电压与电流的相位关系为

$$\varphi = \varphi_u - \varphi_i = \arctan\frac{U_L - U_C}{U_R} = \arctan\frac{IX_L - IX_C}{IR} = \arctan\frac{X_L - X_C}{R}$$

上式说明，总电压与电流的相位差 $\varphi$ 的大小取决于 $X_L$ 和 $X_C$ 的大小。当 $X_L > X_C$ 时，$U_L > U_C$ 即 $\varphi > 0$，总电压超前电流 $\varphi$ 角，我们称电路为感性电路；当 $X_L < X_C$ 时，$U_L < U_C$ 即 $\varphi < 0$，总电压滞后电流 $\varphi$ 角，我们称电路为容性电路；当 $X_L = X_C$ 时，$U_L = U_C$ 即 $\varphi = 0$，总电压和电流同相位，这时电路发生谐振。

# 4.4 谐振

## 一、RLC 串联电路的谐振

在 RLC 串联电路中，当电路总电压与电流同相时，电路呈纯阻性，这种状态的电路叫串联谐振。

1. 谐振条件

发生串联谐振的条件是

$$X = X_L - X_C = 0$$

即 $X_L = X_C$ 或 $\quad 2\pi fL = \dfrac{1}{2\pi fC}$

可得谐振频率

$$f = f_0 = \frac{1}{2\pi\sqrt{LC}}$$

谐振角频率

$$\omega_0 = 2\pi f = \frac{1}{\sqrt{LC}}$$

由上式可知，串联谐振的频率 $f_0$、角频率 $\omega_0$ 由电路元件的参数 $L$、$C$ 决定。当 $L$、$C$ 一定时，$f_0$、$\omega_0$ 就有确定的数值，所以 $f_0$、$\omega_0$ 也称为固有频率和固有角频率。

当改变电源频率至与电路的固有频率相等时，电路发生串联谐振。反之，若电源频率一定时，调整电路参数 $L$ 或 $C$，使电路的固有频率等于电源的频率，电路同样也会发生谐振，这个过程称为调谐。

2. 特性阻抗

谐振时电路的感抗或容抗，称为谐振电路的特性阻抗，用符号 $\rho$ 表示，单位为 $\Omega$，即

$$\rho = \omega_0 L = \frac{1}{\omega_0 C} = \sqrt{\frac{L}{C}}$$

谐振电路的特性阻抗 $\rho$ 与电路中电阻 $R$ 的比值称为谐振电路的品质因数，用符号 $Q$ 表示，即

$$Q = \frac{\rho}{R} = \frac{\omega_0 L}{R} = \frac{1}{\omega_0 CR} = \frac{1}{R}\sqrt{\frac{L}{C}}$$

品质因数 $Q$ 是一个无单位的物理量，其大小由电路中的 $R$、$L$、$C$ 决定，它表明谐振电路中电感 $L$ 与电容 $C$ 在进行能量交换时，在电阻 $R$ 上所消耗能量的多少：$Q$ 值越大，能量消耗越少。

3. 串联谐振的特点

（1）阻抗　串联谐振时，电路阻抗最小，呈纯电阻性。

$$Z = \sqrt{R^2 + (X_L - X_C)^2} = R$$

（2）电流　电路中电流最大，并与电压同相，$\varphi = 0$。谐振电流为

$$I_0 = \frac{U}{Z} = \frac{U}{R}$$

（3）电压　电感与电容两端的电压大小相等，相位相反，且为总电压的 $Q$ 倍。

$$U_L = U_C = I_0 X_L = \frac{U}{R} X_L = \frac{X_L}{R} U = QU$$

4. 串联谐振电路的应用

图 4-38a 所示为收音机的输入谐振回路，线圈 $L$ 绕在磁棒上，两端与可调电容器 $C$ 相连接。

诸多不同频率的无线电广播信号都将在线圈 $L$ 中产生感应电动势 $e_1$、$e_2$、$e_3$ 等，如图 4-38b 所示。如果调节电路中的可调电容器 $C$，使电路对 $e_1$ 的频率 $f_1$ 谐振，即 $f_1 = f_0$，那么电路对 $e_1$ 呈现的阻抗最小，$e_1$ 在电路中产生的电流最大，在电容器 $C$ 两端将有一个较高的电压输出。但对 $e_2$、$e_3$ 等来讲，由于电路对这些电动势的频率未发生谐振，电路对它们呈现很大的阻抗，因此在电路中形成的电流很小，使电容器 $C$ 两端产生的输出电压也很小。可见，利用串联谐振的特性，可以从许多不同频率的信号中，选择出所需要的信号，从而达到选择电台的目的。

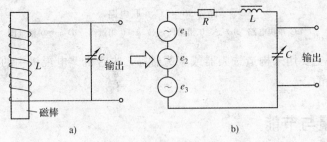

图 4-38　收音机的输入回路

在供电系统中，由于电源本身的电压很高，所以不允许电路发生串联谐振，以免在线圈或电容器两端产生高电压，引起电气设备损坏或造成人身伤亡事故等。例如，把 $L = 338\text{mH}$、$R = 2\Omega$ 的线圈与 $C = 30\mu\text{F}$ 的电容器串联接到 $U = 220\text{V}$、$f = 50\text{Hz}$ 的交流电源上，因这时电路的谐振频率 $f_0 = \dfrac{1}{2\pi\sqrt{LC}} \approx 50\text{Hz}$，正好等于电源频率，所以电路发生串联谐振。此时，电感线圈和电容器两端的电压为

$$U_L = U_c = \frac{2\pi fLU}{R} = \frac{2 \times 3.14 \times 50 \times 0.338 \times 220}{2}V = 11675V$$

显然，高达一万多伏的电压很可能击穿线圈的绝缘和电容器的介质而造成事故。

例 4-9　某晶体管收音机输入回路的自感为 $310\mu H$，欲收听频率为 $540kHz$ 的电台信号，问此时电容器的电容量 C 为何值？

解：为了能收听到 $540kHz$ 的电台信号，应使输入回路谐振于 $540kHz$ 的频率上，故有

$$C = \frac{1}{(2\pi f_0)^2 L} = \frac{1}{(2 \times 3.14 \times 540 \times 10^3)^2 \times 310 \times 10^{-6}}F = 280pF$$

### 二、LC 并联电路的谐振

串联谐振电路主要应用于信号源内阻较小的情况，因为信号源内阻是和谐振电路相串联的，当信号源内阻较大时，就会使串联谐振电路的品质因数大为降低从而影响谐振电路的选择性。所以，在遇到高内阻信号源的情况时，就应当采用并联谐振电路。

由电感线圈与电容器并联发生的谐振，叫做并联谐振。并联谐振电路，如图 4-39 所示，图中 R 为线圈本身的损耗电阻。

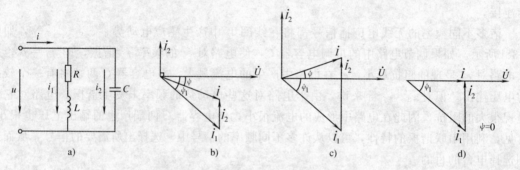

图 4-39　LC 并联电路
a) LC 并联电路　b) $\varphi > 0$ 相量图　c) $\varphi < 0$ 相量图　d) $\varphi = 0$ 相量图

并联谐振电路主要用来构造选频器或振荡器等，收音机、电视机中的中周变压器就是由并联谐振电路构成的。

## 4.5　电能测量与节能

### 一、交流电路的功率

#### 1. 瞬时功率

由于交流电路的电压、电流的瞬时值是随时间变化的，两者间有相位差，所以功率也是随时间变化的。任一时刻交流电路的电压与电流瞬时值的乘积就叫做瞬时功率，用 $p$ 表示。若 $u$ 与 $i$ 的正方向相同，则有

$$p = ui$$

设正弦交流电的电压、电流分别为

$$u = \sqrt{2}U\sin \omega t$$

$$i = \sqrt{2}I\sin(\omega t - \psi)$$

则瞬时功率为

$$p = ui = \sqrt{2}U\sin\omega t \times \sqrt{2}I\sin(\omega t - \psi)$$
$$= UI\cos\psi - UI\cos(2\omega t - \psi)$$

由上式可知，瞬时功率包含两个功率成分，一个是不变的恒定分量 $UI\cos\psi$，另一个是以 $2\omega$ 角频率变化的交流分量 $UI\cos(2\omega t - \psi)$。可见，瞬时功率是随时间不断交变的，时正时负。当 $p > 0$ 时，负载吸收能量；当 $p < 0$ 时，负载释放能量。

2. 有功功率

由于瞬时功率时刻变动，不便计算，通常用电阻在交流电一个周期内消耗的功率的平均值来表示功率的大小，叫做平均功率。平均功率又称有功功率，用 $P$ 表示，单位为瓦〔特〕（W）。

$$P = UI\cos\psi$$

式中，$\cos\psi$ 称为功率因数，$\psi$ 称为功率因数角。由此可见，交流电流的功率等于电压、电流的有效值和功率因数的乘积。

（1）纯电阻电路　由于纯电阻电路的 $\psi = 0$，故 $\cos\psi = 1$，所以有功功率

$$P = UI = I^2 R = \frac{U^2}{R}$$

说明**电阻总是要消耗功率，因此，电阻是一种耗能元件**。

（2）纯电感电路　由于纯电感电路的 $\psi = \frac{\pi}{2}$，故 $\cos\psi = 0$，所以有功功率

$$P = 0$$

说明电源供给的能量在电路没有被消耗，只在电源和电感之间来回交换。**故纯电感电路不消耗能量，它是一种储能元件**。

（3）纯电容电路　由于纯电容电路的 $\psi = -\frac{\pi}{2}$，故 $\cos\psi = 0$，所以有功功率

$$P = 0$$

表明电源供给的能量在电路没有被消耗，只在电源和电容器之间来回交换。**故纯电容电路不消耗能量，它是一种储能元件**。

3. 无功功率

对于电感性和电容性电路，虽然电路中没有能量损耗，但在储能、放能过程中与电源之间不间断地进行能量交换。通常用瞬时功率的最大值来反映电感或电容与电源之间转换能量的规模，称为无功功率，用 $Q$ 表示，单位是乏（Var）。

$$Q = UI\sin\psi$$

（1）纯电阻电路　由于纯电阻电路的 $\psi = 0$，故 $\sin\psi = 0$，所以 $Q = 0$。

（2）纯电感电路　由于纯电感电路的 $\psi = \frac{\pi}{2}$，故 $\sin\psi = 1$，所以

$$Q = U_L I = I^2 X_L = \frac{U^2}{X_L}$$

说明纯电感电路吸收无功功率。

（3）纯电容电路　由于纯电容电路的 $\psi=-\dfrac{\pi}{2}$，故 $\sin\psi=-1$，所以

$$Q_\text{C}=-UI=-I^2X_\text{C}=-\dfrac{U^2}{X_\text{C}}$$

说明纯电容电路是放出无功功率。

但要注意，不要把"无功"误解为"无用"，无功功率不是无用功率。许多应用电磁感应原理的设备，如变压器、异步电动机等都要依靠磁场来传输或转换能量，没有磁场，这些设备就不能工作。而无功功率正是用来说明储能元件与外界交换能量的规模。

4. 视在功率

电路两端的电压与电流有效值的乘积叫视在功率，即为电源提供的总功率，表示交流电源的容量大小，用 $S$ 表示，单位为伏安（V·A）。

$$S=UI$$

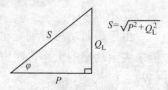

图 4-40　功率三角形

有功功率 $P$、无功功率 $Q$、视在功率 $S$ 三者间的关系如图 4-40 所示。

故

$$S=\sqrt{P^2+Q^2}$$
$$P=S\cos\varphi$$
$$Q=S\sin\varphi$$

5. 功率因数

电源提供的功率不能被感性负载完全吸收。这样就存在电源功率的利用问题。为了反映这种利用率，我们把有功功率与视在功率的比值称做功率因数，用 $\cos\varphi$ 或 $\lambda$ 表示即

$$\lambda=\dfrac{\text{有功功率}}{\text{视在功率}}=\dfrac{P}{S}=\cos\varphi$$

　　例 4-10　有一荧光灯电路，额定电压为 220V，电阻 $R$ 为 200Ω，电感 $L$ 为 1.66H，电源频率为 50Hz。试求：（1）视在功率 $S$、有功功率 $P$、无功功率 $Q$；（2）功率因数 $\cos\varphi$。

　　解：电路的感抗：$X_\text{L}=\omega L=2\pi fL=2\times3.14\times50\times1.66\,\Omega=521\,\Omega$

　　　　电路的阻抗：$Z=\sqrt{R^2+X_\text{L}^2}=\sqrt{200^2+521^2}\,\Omega=558\,\Omega$

　　　　电路的电流：$I=\dfrac{U}{Z}=\dfrac{220}{558}\text{A}=0.39\text{A}$

（1）$S=UI=220\times0.39\text{V}\cdot\text{A}=85.8\text{V}\cdot\text{A}$

　　　$P=U_\text{R}I=I^2R=0.39^2\times200\text{W}=30.4\text{W}$

　　　$Q_\text{L}=U_\text{L}I=I^2X_\text{L}=0.39^2\times521\text{Var}=79.2\text{Var}$

（2）$\cos\varphi=\dfrac{P}{S}=\dfrac{30.4}{85.8}=0.35$

**二、功率因数的提高**

1. 提高功率因数的意义

功率因数是用电设备的一个重要技术指标。电路的功率因数是由负载中包含的电阻与电抗的相对大小所决定的，或者说是由电路中有功功率与无功功率的相对大小所决定的。纯电

阻负载的功率因数为 1，感性负载的功率因数介于 0 与 1 之间。实际生产中使用的电气设备多属于感性负载，如变压器、异步电动机及带镇流器的荧光灯和高压汞灯等，它们的功率因数都比较低，有的低至 0.35（如电焊变压器）。因为有功功率 $P = S\cos\varphi$，因此，功率因数 $\cos\varphi$ 越大，发电机输出的有功功率就越大，无功功率就越小；反之，输出的有功功率就越小，而无功功率就越大。所以，提高用户的功率因数，对于提高电网运行的经济效益以及节约电能都具有重要意义。

（1）充分利用电源设备的容量　提高用户的功率因数，可以使同等容量的供电设备向用户提供更多的有功功率，提高供电能力。或者说在用户所需有功功率一定的情况下，发电机、变压器输配电线等容量都可以相应减小，从而降低电网的投资。

例如某用户所需的有功功率是 100kW，功率因数为 0.5 时，需配置 220kV·A 的变压器。如果将功率因数提高到 0.9，则在同样的有功功率的条件下，变压器的容量只要稍大于 111kV·A 就可以了。

（2）减小输电线路上的能量损失　在一定的电源电压下，向用户输送一定的有功功率时，由

$$I = \frac{P}{U\cos\varphi}$$

可知，电流和功率因数成反比。功率因数越低，流过输电线路的电流就越大，由于输电线路本身具有一定的阻抗，因此，线路上的电压降也就越大，这不仅使电能白白消耗在线路上，而且使用户端的电压也随之降低。特别是在电网的末端（远离发电机），将会长期处于低电压运行状态，影响负载的正常工作。为了减少电能损耗，改善供电质量，就必须提高功率因数。

2. 提高功率因数的方法

（1）提高用电设备本身的功率因数（自然功率因数）　合理选择和使用电气设备，避免"大马拉小车"的现象。异步电动机和变压器是电网中占用无功功率最多的电气设备，当电动机实际负荷比其额定容量低许多时，功率因数将急剧下降。这时电动机做功不大，耗用的无功功率和有功功率却很多，造成电能的浪费。要提高功率因数，就必须合理选择电动机，使电动机的容量与被拖动的机械负载配套。电力变压器的选择同样也要配套，容量过大而负荷较小的变压器，也会增大无功功率和铁心的损耗。

除上述措施外，还可以实行交流接触器无声运行。对负载有变化但经常处在轻载运行状态的电动机，采用 △-Y 接线的自动切换等，这些措施都可以提高设备自身的自然功率因数，从而使电路功率因数提高。

（2）在感性负载上并接电容器，提高功率因数　常采用在感性负载两端并联电容器的方法来提高功率因数，如图 4-41a 所示。

感性负载和电容器并联后，线路上的总电流比未补偿时要小，总电流和电源电压之间的相位角 $\varphi$ 也减小了，这就提高了线路的功率因数。

采用并联电容器的方法以提高功率因数，有两个概念必须注意：

1）并联电容器后，对原感性负载的工作情况没有任何影响，即流过感性负载的电流和它的功率因数均未改变。这里所谓功率因数提高了，是指包括电容在内的整个电路的功率因数比单独的感性负载的功率因数提高了。因为电路中感性负载和电容器之间就地进行能量交

换，感性负载所需用的无功功率一部分或大部分可以由并联的电容器供给。

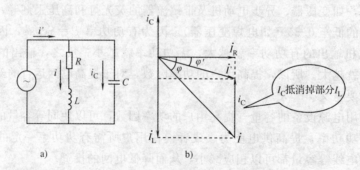

图 4-41　电容器与感性负载并联
a) 电容器与感性负载并联电路图　b) 相量图

2）线路电流的减小是电流的无功分量减小的结果，而电流的有功分量并未改变。并接电容器的容量越大，功率因数提高越多。但并不要求把功率因数补偿到 1，一般达到 0.9 以上即可。如果用容量过大的电容器，造成"过补偿"，致使电路成为电容性，功率因数反而会降低了。目前，已有采用微机控制，可根据无功功率的变化情况，自动控制投入的电容器数量，以实现最佳控制。

**三、常见电光源与新型电光源**

凡可以将其他形式的能量转换成光能，从而提供光通量的设备、器具统称为光源；其中，可以将电能转换为光能，从而提供光通量的设备、器具称为电光源。

1. 电光源发展

人类对电光源的研究始于 18 世纪末，英国的 H·戴维发明碳弧灯。1879 年，美国的 T·A·爱迪生发明了具有实用价值的碳丝白炽灯，使人类从漫长的火光照明进入电气照明时代，1907 年爱迪生采用拉制的钨丝作为灯丝，提高了灯丝质量。1912 年，美国的 I·朗缪尔等人对充气白炽灯进行进一步改进，提高了白炽灯的发光效率并延长了寿命，扩大了白炽灯应用范围。20 世纪 30 年代初，低压钠灯研制成功。1938 年，欧洲和美国研制出荧光灯，发光效率和寿命均为白炽灯的 3 倍以上，这是电光源技术的一大突破。20 世纪 40 年代高压汞灯进入实用阶段。20 世纪 50 年代末，体积和光衰极小的卤钨灯问世，改变了热辐射光源技术进展滞缓的状态，这是电光源技术的又一重大突破。20 世纪 60 年代出现的金属卤化物灯和高压钠灯，其发光效率远高于高压汞灯。20 世纪 80 年代出现了细管径紧凑型节能荧光灯、小功率高压钠灯和小功率金属卤化物灯，使电光源进入了小型化、节能化和电子化的新时期。

2. 电光源分类

（1）电光源按工作原理分类　分为固体发光电光源、气体放电光源和热辐射光源三大类。

固体发光光源又分为热辐射光源和电致发光光源，我们平常所用的白炽灯和卤钨灯都属于热辐射光源，场致发光灯（EL 发光板）和半导体发光灯（LED）属于电致发光光源。

气体放电发光光源可分为辉光放电灯（例如：氖灯、霓虹灯）和弧光放电灯（例如：荧光灯、低压汞灯、高压汞灯、低压钠灯、高压钠灯）。

热辐射光源主要是利用电流的热效应，把具有耐高温、低挥发性的灯丝加热到白炽程度而产生可见光，如白炽灯、卤钨灯等。气体放电光源主要是利用电流通过气体（蒸汽）时，激发气体（或蒸汽）电离和放电而产生可见光。气体放电光源按其发光物质可分为：金属、惰性气体和金属卤化物三种。

（2）按实际需要分类　　通常照明可分为以下几类：

1）一般照明。无特殊要求、照度基本是均匀分布的照明称为一般照明。如走廊、教室、办公室的荧光灯等均属于一般照明。

2）局部照明。一般局限于某一部位、对光线有方向要求的照明称为局部照明。如机床上的工作灯、写字台上的台灯等属于局部照明。

3）混合照明。由一般照明和局部照明共同组成的照明称为混合照明。如工厂里的车间，除了需要对车间大面积均匀布光外，还需要对生产机械进行局部照明，两种方式同时使用，即混合照明。

此外，按照明的性质来分，还可以分为正常照明、事故照明、值班照明、警卫照明、障碍照明等类型。具体照明灯的特点见表 4-7。

3. 光通量

光通量是指光源在单位时间内向周围空间辐射并引起视觉的能量，常用符号 $\Phi$ 表示，单位是流明（1m）。照度是单位面积 $S$ 上的光通量，用符号 $E$ 表示，单位是勒克司（1x）。

$$E = \frac{\Phi}{S}$$

4. 常用电光源的选择

（1）常用电光源的使用场所　　根据使用的场所分见表 4-7。

表 4-7　常用照明灯的特点及使用场所

| 种　类 | 特　点 | 使 用 场 所 |
|---|---|---|
| 白炽灯 | 1. 构造简单，使用可靠，装修方便<br>2. 光效低，寿命短 | 各种普通生产、生活场所 |
| 荧光灯 | 1. 光效较高，寿命较长<br>2. 附件较多，价格较高 | 办公室、会议室、住宅 |
| 碘钨灯 | 1. 光效高，构造简单，安装方便<br>2. 灯管表面温度较高 | 广场、工地、田间作业、土建工程 |
| 节能灯 | 1. 光效高，节能节电，安装方便<br>2. 价格较高 | 宾馆、展览馆及住宅 |
| 高压汞灯 | 1. 光效高，耐振、耐热<br>2. 功率因数低 | 街道、大型车站、港口、仓库、广场 |
| 高压钠灯 | 1. 光效高，省电<br>2. 透雾能力强 | 街道、港口、码头及机场 |
| 钠铊铟金属卤化物灯 | 1. 光效高，发光体小<br>2. 电压波动不大于±5% | 车站、码头、广场 |
| 彩色金属卤化物灯 | 1. 光效高，发光体小<br>2. 电压波动不大于±5% | 宾馆、商店、建筑物外墙以及需彩色立体照明的场所 |

（2）不同场所的照度要求　不同场所的照度标准见表 4-8。

**表 4-8　不同场所的照度标准**

| 工作名称或工作场所 | $E/\text{lx}$ |
|---|---|
| 细小精致的工作（修理仪表、刻板、制图等） | 100 |
| 使用有危险性的小型带刃切削工具的工作 | 100 |
| 在工作台上作细小精确的工作，如书写工作 | 75 |
| 阅读、观看各种仪器示值 | 50 |
| 更衣室 | 25 |
| 走廊 | 10 |
| 楼梯 | 8 |
| 庭院、通路 | 2 |

（3）电光源的光通量　常见电光源的光通量参照表 4-9。

**表 4-9　常用电光源的光通量**

| | | | | | | | | | | | | |
|---|---|---|---|---|---|---|---|---|---|---|---|---|
| 白炽灯 | | 功率/W | 15 | 25 | 40 | 60 | 100 | 150 | 200 | 300 | 500 | 1000 |
| | | $\Phi/\text{lm}$ | 110 | 198 | 340 | 540 | 1050 | 1845 | 2660 | 4350 | 7700 | 17000 |
| 荧光灯管 | 日光色 | 功率/W | 6 | 8 | 10 | 15 | 15（细） | 20 | 30 | 30（细） | 40 | |
| | | $\Phi/\text{lm}$ | 210 | 325 | 410 | 580 | 665 | 930 | 1550 | 1700 | 2400 | |
| | 冷白色 | 功率/W | 6 | 8 | 10 | 15 | 15（细） | 20 | 30 | 30（细） | 40 | |
| | | $\Phi/\text{lm}$ | 230 | 360 | 450 | 635 | 730 | 1000 | 1700 | 1900 | 2640 | |
| 碘钨灯 | | 功率/W | 300 | 500 | 1000 | 2000 | | | | | | |
| | | $\Phi/\text{lm}$ | 5700 | 9750 | 21000 | 42000 | | | | | | |
| 高压汞灯 | | 功率/W | 50 | 80 | 125 | 175 | 250 | 400 | 700 | 1000 | | |
| | | $\Phi/\text{lm}$ | 1500 | 2800 | 4750 | 7000 | 10500 | 20000 | 35000 | 50000 | | |
| | | 功率/W | 50 | 70 | 100 | 110 | 150 | 215 | 250 | 360 | 400 | |
| | | $\Phi/\text{lm}$ | 3600 | 6000 | 8500 | 10000 | 16000 | 23000 | 28000 | 40000 | 48000 | |

**5. 常用电光源**

（1）白炽灯　白炽灯是利用电流流过高熔点钨丝，使其发热到白炽程度而发光的电光源。白炽灯泡有卡口式和螺口式两种，其结构如图 4-42 所示。其规格以功率标称，由 15W 到 1000W 不等。白炽灯泡发光效率较低，寿命约为 1000h。

白炽灯照明电路比较简单，只要将白炽灯与开关串联后并接到电源上即可。电源一般都是来自供电系统的低压配电线路上的一根相线和一根中性线，为 220V，50Hz 的正弦交流电。图 4-43b 所示是白炽灯照明电路。

安装白炽灯的关键是灯泡、开关要串联，相线进开

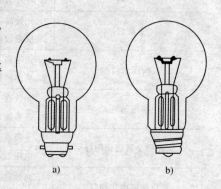

a)　　　　　b)

图 4-42　白炽灯
a) 卡口　b) 螺口

关，中性线进灯座（若为卡口灯座时，中性线不分接线桩任意接线，如图 4-43c 所示；若为螺口灯座时，中性线进螺口接线桩，如图 4-43d 所示）。

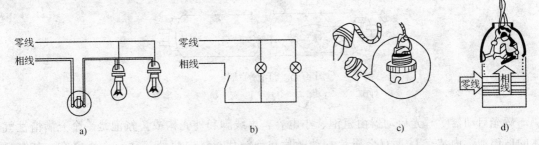

图 4-43 白炽灯照明电路

a）接线图 b）电路图 c）卡口灯座 d）螺口灯座

（2）荧光灯 荧光灯按外形结构可以分为两大类：直管型荧光灯和异型荧光灯。按所涂荧光粉的不同又有日光色、冷色和暖色荧光灯之分。直管型可分为 T12、T8、T5、T4、T3、T2 等几种，有各种功率可供选用，但一般不超过 100W。异形荧光灯包括环形灯、弯管荧光灯（例如常用的 U 形灯和环形灯等）、节能灯、无极灯、组合荧光灯管和紧凑型一体荧光灯（CFL）等。

随着细管径荧光灯的深入研究和优质卤磷酸钙荧光粉和三基色荧光粉的研制成功，出现了 T8 荧光灯管，它可与 T12 兼容，且比 T12 更节能。

严格来说，在荧光灯中，从节能的角度考虑，应该推广使用的是细管径、涂有三基色荧光粉且配有高频电子镇流器的荧光灯，而不单是节能灯。而节能灯是满足上述三个条件的一个典型代表。20 世纪的节能灯的灯型仅有 H、U 和 Ⅱ 型三种，逐步发展为双 H、双 U 和双 Ⅱ 型，现在又开发出 3U、3Ⅱ、4U、4Ⅱ 和螺旋型，还有调光型的节能灯产品问世。节能灯的功率也不断增大，现已有 85W 和 125W 的大功率节能灯问世。

1）日光灯

常说的荧光灯又称日光灯，是一种应用比较普遍的电光源。它具有照度大、耐用省电、光线散布均匀、灯管表面温度低、使用寿命长等优点。

日光灯由灯管、辉光启动器、辉光启动器座、镇流器、灯架和灯座等组成，如图 4-44 所示。

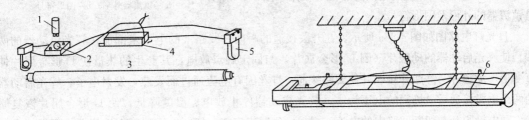

图 4-44 日光灯的组成

1—辉光启动器 2—辉光启动器座 3—灯管 4—镇流器 5—灯座 6—灯架

灯管 灯管由玻璃管、灯丝和灯头等组成，如图 4-45 所示。玻璃管内壁均匀地涂敷一层卤磷酸钙荧光粉，管内空气抽空，并充入少量的惰性气体和微量的液态水银。灯管两端装有螺旋状钨灯丝，灯丝上涂有一层易发射电子的三元碳酸盐，受热后会发射电子，在灯管内形成持续的导电气体。

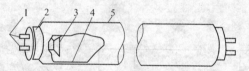

图 4-45　灯管的结构

1—灯脚　2—灯头　3—灯丝　4—荧光粉　5—玻璃管

**辉光启动器**　辉光启动器由氖泡、小电容、出线脚和外壳构成。氖泡是一个充满惰性气体的玻璃泡，内装有 U 形双金属片、动触片和静触片。氖泡两端并联一个小电容，其容量一般在 $0.005 \sim 0.01 \mu F$ 之间。电容有两个作用，其一是消除附近无线电设备的干扰；其二是与镇流器形成一个振荡电路，可延长灯丝预热时间和脉冲电势，从而有利于灯管的辉光启动。辉光启动器有多种规格，如 $4 \sim 8W$，$15 \sim 20W$，$30 \sim 40W$，以及通用型 $4 \sim 40W$ 等多种。辉光启动器的构造及图形符号如图 4-46 所示。

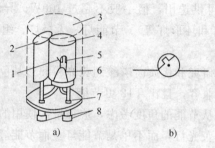

a)　　　　　　　　b)

图 4-46　辉光启动器的构造

a) 构造　b) 图形符号

1—静触片　2—电容　3—外壳　4—玻璃泡　5—动触片　6—钠化物　7—绝缘底座　8—插头

**镇流器**　镇流器外形及符号如图 4-47 所示，它由铁心和线圈组成。镇流器的主要作用是限制通过灯管的电流，以及产生脉冲电势，使日光灯迅速点亮。常用的规格有交流 220V、频率 50Hz 的 6W、8W、20W、30W、40W、100W 等多种，可与相应规格的灯管配套使用。图 4-47 所示是镇流器的外形及图形符号。

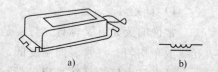

a)　　　　　b)

图 4-47　日光灯镇流器外形及图形符号

a) 镇流器外形　b) 图形符号

日光灯电路图如图 4-48a 所示。在开关接通的瞬间，线路上的电压全部加在辉光启动器的两端，使辉光启动器的动触片（倒 U 形金属片）与固定触点放电，其产生的热量使 U 形金属片伸直变形，动触片与静触片接触并使回路接通，灯丝因有电流通过而发热，发射电子。辉光启动器的两个电极接通后电极间的电压为零，辉光启动器停止放电、温度降低，使 U 形金属片恢复原状，两电极脱开，切断回路中的电流。根据电磁感应定律，切断电流瞬间在镇流器的两端产生一个比电源电压高很多的感应电压。该电压与电源电压同时加在灯管的两端，管内的惰性气体在高压下电离而产生弧光放电，管内的温度骤然升高，在高温下水银蒸气游离并猛烈地碰撞惰性气体分子而放电，放电时辐射出不可见的紫外线，激发灯管内壁的荧光粉发出可见光。

目前，技术更先进的电子式日光灯应用越来越广，它利用电子镇流器产生高频自激振荡，通过谐振电路使灯管得到高频高压因而不再需要辉光启动器，其电路如图 4-48b 所示。

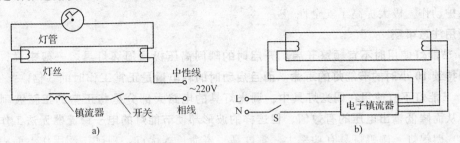

图 4-48　日光灯电路图

2）节能灯

节能灯，又称为省电灯泡、电子灯泡、紧凑型荧光灯及一体式荧光灯，是指将荧光灯与镇流器（安定器）组合成一个整体的照明设备。节能灯的尺寸与白炽灯相近，与灯座的接口也和白炽灯相同，所以可以直接替换白炽灯。节能灯的光效比白炽灯高得多，同样照明条件下，前者所消耗的电能要少得多，所以被称为节能灯。

节能结构主要是由"上部灯头"以及"底部灯管"组成；上部灯头内部由电子镇流器组成，下部灯管由各种形状的灯管组成，如图 4-49 所示。

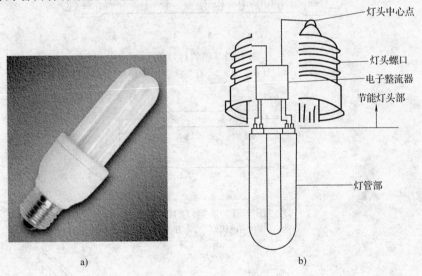

图 4-49　节能灯外形及结构

a）2U 节能灯　b）结构

节能灯是使用电子镇流器启动的。电子镇流器使用半导体元件先将 220V 的交流电整流成直流，再用电容滤波，然后经震荡电路和晶体管将直流或低频交流电转换成高频高压电。此高压电即可驱动气体放电，节能灯不需要辉光启动器。气体放电过程如下：灯丝加热到 1160K 时（温度的国际单位是开尔文，用符号"K"表示），开始发射电子，电子碰撞氩原子，氩原子获得能量后又撞击汞原子，汞原子吸收能量后跃迁到高能级，高能级不稳定，要自发的向低能级跃迁，跃迁时发出紫外线，经荧光粉转变为可见光。

使用普通镇流器的荧光灯使用的是 50Hz 的交流电，每秒亮灭 50 次，感觉有闪烁。使用电子镇流器的节能灯供电频率已转换到 20000Hz，人眼感觉不到闪烁，可以保护眼睛。而且电子镇流器的智能化程度很高，若遇短路、开路、温度过高时电子镇流器可以按设定方式进行保护动作。极大提高了安全性。

使用注意事项：

① 节能灯使用时不宜频繁开启。开启时的瞬间高压极易损坏灯具。一般来说，开关一次等于持续 10 小时的节能灯的寿命。而且启动时的耗电量是正常工作时的 3 倍。

② 节能灯不宜使用在调光灯具中，调光灯具的电路大部分是将正常的正弦波削减掉一部分，从而降低输出电压的有效值，但这样的波形却使节能灯的电子镇流器无法工作。

（3）碘钨灯　碘钨灯具有功率大、辉度高、寿命长等优点，现已广泛用作大面积照明的光源。灯管为圆柱状，两端为电源触点，管内中心的螺旋状灯丝放置在灯丝支架上，管内充有少量碘，如图 4-50 所示，其接线如图 4-51 所示。

碘钨灯的工作原理如下：当灯丝通电发热后，灯丝中的钨会不断地蒸发，同时管内的碘分子受到灯丝加热而分解，两者形成碘钨化合物。当碘钨化合物移到灯丝附近时，在高温作用下碘钨分离，分离出来的钨重新回复到灯丝上，而碘向外扩散，这就是碘钨循环对流。为了使钨分子能均匀地回到整条灯丝上，碘钨灯必须水平安装，倾角不得超过 ±4°，如图 4-52 所示。安装处振动要小，否则灯丝很快会变得粗细不均，降低使用寿命。

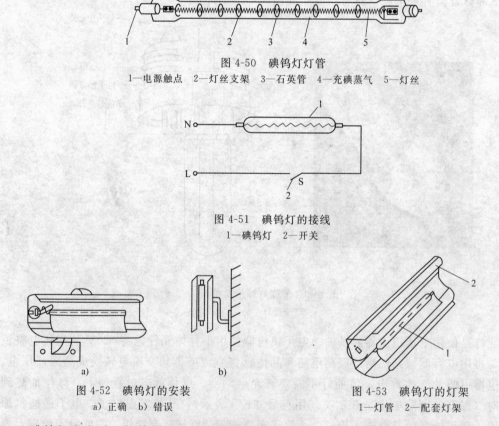

图 4-50　碘钨灯灯管

1—电源触点　2—灯丝支架　3—石英管　4—充碘蒸气　5—灯丝

图 4-51　碘钨灯的接线

1—碘钨灯　2—开关

图 4-52　碘钨灯的安装

a）正确　b）错误

图 4-53　碘钨灯的灯架

1—灯管　2—配套灯架

碘钨灯发光时，灯管周围温度较高，因此安装时一定要用配套的金属灯架，如图 4-53 所示。碘钨灯的规格有 500W、1000W 等多种，工作时线路电流大，接线要注意安全。

（4）高压汞灯　高压汞灯的发光效率较高，是白炽灯的 3 倍，而且有较好的抗振性和较长的寿命，经常用于广场、码头、仓库等场所的照明。

高压汞灯的结构如图 4-54 所示。灯泡为椭球状,有内外两个玻璃壳,内玻璃壳是一个管状石英管,管内充有汞和氩气;外玻璃壳内壁涂有荧光粉,能把汞蒸气放电时所辐射的紫外线转变为可见光。在内、外玻璃壳之间还充有二氧化碳气体,以防止电极与荧光粉氧化。

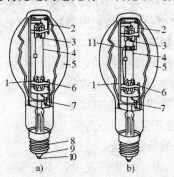

图 4-54　高压汞灯
a) 外镇流式　b) 自镇流式
1—辅助极　2—金属支架　3—主电极　4—放电管　5—玻璃泡(内涂荧光粉)　6—引燃极
7—电阻　8—螺纹触点　9—绝缘体　10—触点(电源)　11—自镇流灯丝

高压汞灯接线如图 4-55 所示,其工作原理:当电源开关合上后,电压加在两电极之间,首先由引燃极与邻近的电极形成辉光放电,接着两电极开始弧光放电。两电极放电后,电极间电压低于电极与引燃极间的辉光放电电压,因此弧光放电停止。汞逐渐汽化,灯泡便稳定地工作。由于灯泡工作时壳内产生一个以上的大气压力,故称高压汞灯,也称做高压水银荧光灯。

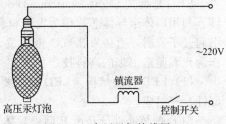

图 4-55　高压汞灯接线图

高压汞灯可分成普通高压汞灯和自镇流高压汞灯两种。自镇流高压汞灯与普通高压汞灯工作原理相同,不同处是它串联了镇流用的钨丝来代替镇流器。自镇流高压汞灯具有安装方便、光色好等优点,但它的使用寿命较短,一般为普通高压汞灯的一半。

**安装高压汞灯应注意以下 4 点:**

**1)** 高压汞灯泡与镇流器要配套使用,也就是镇流器的功率应与灯泡功率一致,否则灯泡极易烧坏或不能引燃(自镇流汞灯除外)。

**2)** 当外玻璃壳碎后,高压汞灯虽然仍能点亮,但这时会有大量紫外线辐射出来,烧伤人的眼睛。所以外玻璃壳破碎的高压汞灯应立即停止使用。

**3)** 高压汞的供电线路电压要保持稳定。因为当电压降低 5 ％时,汞灯会自然熄灭,而要再次启动,一定要等到灯泡冷却后。所以高压汞灯不宜装在电压波动较大的线路上。

**4)** 高压汞灯工作时,灯泡表面温度很高,须配备散热性能良好的辅助灯具。

(5) **高压钠灯**　高压钠灯是发光效率高、省电、透雾

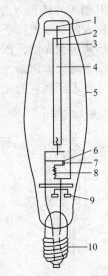

图 4-56　高压钠灯结构
1—铌排气管　2—铌帽　3—钨丝电极
4—放电管　5—灯外壳　6—双金属片
7—触点　8—电阻
9—钡钛消气剂　10—灯帽

能力强的新型电光源，其结构如图 4-56 所示。

　　高压钠灯主要由灯丝、双金属热继电器、放电管、玻璃外壳组成。灯丝由钨丝绕成螺旋形或编织成能储存一定量碱土金属氧化物的形状，当灯丝发热时碱土金属氧化物就成为电子发射材料。

　　高压钠灯的接线如图 4-57 所示。通电后，电流经过镇流器、热电阻、双金属片动、静触点形成通路，此时放电管内无电流。由于热电阻发热，使热继电器动、静触点分断，在断开瞬间镇流器线圈产生约 3kV 的脉冲电压，与电源电压一起加到放电管两端，使管内氙气电离放电，从而使汞变成蒸气而放电，随着温度上升，钠也变为蒸气状态，5min 左右开始放电，发射出较强的金黄色光。

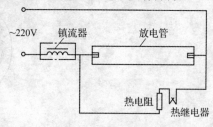

图 4-57　高压钠灯的接线图

　　高压钠灯属于节能型新电光源，因紫外线少，不招飞虫；适用于户外大广场或马路上应用，但该灯不能用于要求迅速点亮的场所。当电源电压上升或下降 5% 以上时，由于管内压力的变化，容易引起自灭。

　　6. 新型 LED 灯

　　LED 是英文 Light Emitting Diode（发光二极管）的缩写，是一种半导体固体发光器件。利用固体半导体芯片作为发光材料，在半导体中通过载流子发生复合放出过剩的能量而引起光子发射，直接发出红、橙、黄、绿、青、蓝、紫和白色的光。LED 灯就是利用 LED 作为光源制造出来的高科技产品。

　　（1）LED 灯的结构　LED 灯主要由整流电源、LED、外壳、灯座、均光板（LED 灯组部件）等组成。

　　LED 的核心部分是由 P 型半导体和 N 型半导体组成的晶片，即发光二极管。LED 结构如图 4-58 所示。

　　（2）LED 灯的工作原理

　　在 P 型半导体和 N 型半导体之间有一个过渡层，称为 PN 结。在某些半导体材料的 PN 结中，注入的少数载流子与多数载流子复合时会把多余的能量以光的形式释放出来，从而把电能直接转换为光能。PN 结加反向电压时，少数载流子难以注入，故不发光；当它处于正向工作状态时（即两端加上正向电压），电流从 LED 阳极流向阴极时，半导体晶体就发出从紫外到红外不同颜色的光线，其强弱与电流有关。

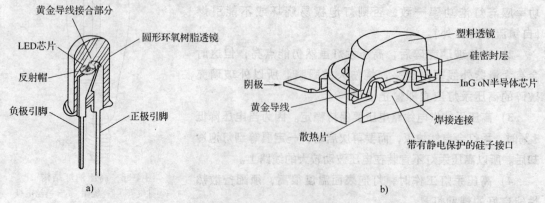

图 4-58　LED 的结构

a）普通型　b）贴片型

（3）LED 灯的特点

1）LED 的优点

① 发光（能量转换）效率比传统灯泡高，即较省电。

② 反应（开关）时间可以达到很高的闪烁频率。

③ 白炽灯使用寿命为 1000 ～ 2000h，荧光灯为 10000 ～ 15000h，而 LED 长达 35000～50000h。

④ 由于是固态元件，相对荧光灯而言、白炽灯等能承受更大震荡。

⑤ 其本身体积可以造得非常细小（小于 2mm）。

⑥ 因发光体积细小，易于而以透镜等方式达致所需集散程度，便于聚焦。

⑦ 能在不加滤光器下提供多种不同颜色，而且单色性强。

⑧ LED 覆盖色域较其他光源广。

2）LED 的缺点

① 散热问题，如果散热不佳会大幅缩短寿命。

② 低端 LED 灯的省电性还是低于节能灯（冷阴极管，CCFL）。

③ 初期购买成本较高。

④ 因 LED 光源方向性很强，灯具设计需要考虑 LED 特殊光学特性。

# 实训三　荧光灯电路的安装

## 一、实训目的

1. 了解荧光灯的组成和工作原理。

2. 熟悉荧光灯电路的安装。

3. 掌握提高功率因的方法及其意义，学会使用功率表测功率。

## 二、实训器材

表 4-10　实训器材表

| 类别 | 名称 | 数量 | 单位 | 备注 |
|---|---|---|---|---|
| 工具 | 尖嘴钳 | 1 | 把 | |
| | 电工刀 | 1 | 把 | |
| | 各种旋具 | 1 | 套 | |
| 量具 | MF-47 型万用表 | 1 | 只 | |
| | D26-W 型功率表 | 1 | 只 | |
| | T21-A 型交流电流表 | 1 | 只 | |
| 器材 | 低压断路器 | 1 | 只 | |
| | 40W 荧光灯组件 | 1 | 套 | |
| | 电容箱 | 1 | 箱 | |
| | 导线 | 若干 | 米 | |
| | 电工实训台 | 若干 | 台 | |

### 三、实训步骤

1. 按图 4-59 所示连接荧光灯电路。

接线口诀：相线进开关，脚-启-并，脚-镇-串。

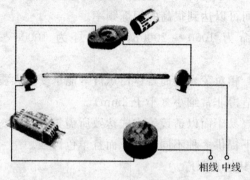

图 4-59　荧光灯接线示意图

2. 闭合电源开关使荧光灯灯管正常发光，用万用表测量荧光灯电路的交流电压，如图 4-60 所示。

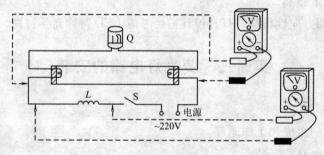

图 4-60　荧光灯电路的交流电压测量

3. 并联电容的方法提高整个电路的功率因数

并联电容提高整个电路功率因数的电气原理图如图 4-61 所示。测量步骤如下。

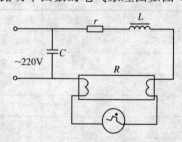

图 4-61　并联电容提高整个电路功率因数的电气原理图

1) 按图 4-62 接完线后，请老师检查后，方可通电实验。

2) 接通电源，断开电容，记下此时的 $P$ 及 $I$ 值，并用万用表测量 $U$ 值，记入表 4-11 中。

3) 接通电容，逐渐增大电容分别为 $1\mu F$、$2\mu F$、$3\mu F$、$4\mu F$、$5\mu F$、$6\mu F$、$8\mu F$、$10\mu F$ 时各个电容上的 $I$ 与 $P$ 值。同样用万用表测量不同电容时的 $U_R$、$U_L$、$U_C$。

4) 计算并入及未并入电容时的功率因数，填入表 4-11。

5) 总结：提高功率因数有何意义？

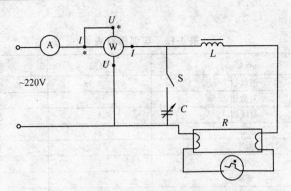

图 4-62　接线示意图

* —同名端　$I{\to}I$—电流线圈　$U{\to}U$—电压线圈

表 4-11　结果记录表

| 电容值 | 测量值 | | | | | | 计算 $\cos\varphi$ |
|---|---|---|---|---|---|---|---|
| | $U$ | $I$ | $U_R$ | $U_L$ | $U_C$ | $P_W$ | |
| 0 | | | | | | | |
| 1 | | | | | | | |
| 2 | | | | | | | |
| 3 | | | | | | | |
| 5 | | | | | | | |
| 6 | | | | | | | |
| 8 | | | | | | | |
| 10 | | | | | | | |

# 实训四　单相照明电路安装与检测

## 一、实训目的

1. 学习底座、开关、白炽灯电路的安装方法。

2. 能够正确并熟练地安装单相照明电路。

3. 能够判别单相照明电路中常见的故障，并能排除。

4. 在安装过程中理解施工质量与安全生产的意义。

## 二、实训器材

表 4-12　实训器材表

| 类别 | 名称 | 数量 | 单位 | 备注 |
|------|------|------|------|------|
| 工具 | 钢丝钳 | 1 | 把 | |
| | 尖嘴钳 | 1 | 把 | |
| | 剥线钳 | 1 | 把 | |
| | 电工刀 | 1 | 把 | |
| | 扳手 | 1 | 把 | |
| | 测电笔 | 1 | 只 | |
| | 榔头 | 1 | 把 | |
| | 钢锯 | 1 | 把 | |
| | 各种旋具 | 1 | 套 | |
| 量具 | MF-47 型万用表 | 1 | 只 | |
| 器材 | 灯座 | 1 | 个 | |
| | 灯头 | 1 | 个 | |
| | 挂线盒 | 1 | 个 | |
| | 开关 | 1 | 个 | |
| | 圆木 | 1 | 个 | |
| | 插座 | 1 | 个 | |
| | 橡皮导线 | 若干 | 米 | |
| | 软吊线 | 若干 | 米 | |
| | 绝缘胶布 | 若干 | 卷 | |
| | 木螺钉 | 若干 | 个 | |

## 三、实训步骤

1. 分析图 4-63 所示单相照明电路原理图。

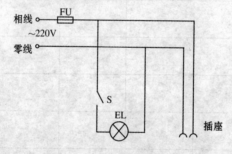

图 4-63　单相照明电路

2. 按图 4-64a 所示安装木隼，且按图 4-64b 所示在圆木木台上钻孔、开槽、穿导线并固定。

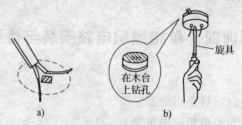

图 4-64　圆木的安装

a) 安装木隼　b) 固定圆木

3. 如图 4-65 所示，在圆木台上安装挂线盒底座并连接电源线；

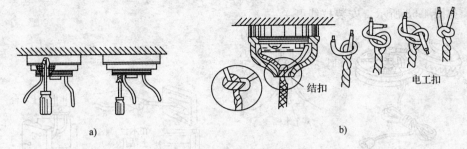

图 4-65　挂线盒安装

a) 安装挂线盒　b) 连接挂线盒内导线

4. 安装灯头

1) 如图 4-66 所示，安装吊线灯头。

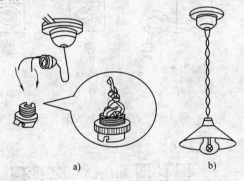

图 4-66　吊线灯头的安装

a) 吊线灯头的安装　b) 安装好的吊线灯头示意图

2) 如图 4-67 所示，安装平底灯头。

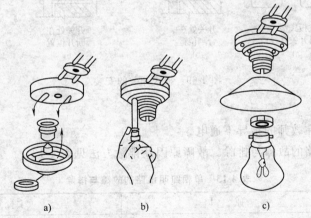

图 4-67　平底灯头的安装

a) 灯头接线　b) 安装底座　c) 安装灯罩、灯泡等

3) 若是螺口灯头，相线应接在跟中心铜片相连的接线桩上，零线应接在与螺口相连的接线桩上。

5. 安装开关

1）如图 4-68 所示，安装拉线开关。

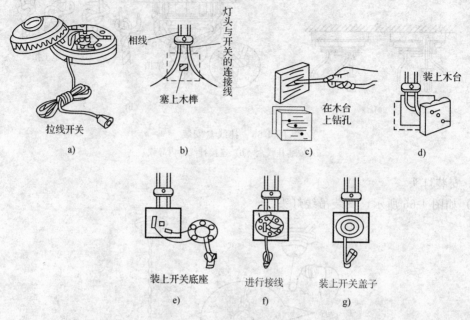

图 4-68　拉线开关的安装

2）如图 4-69 所示，安装扳式开关。

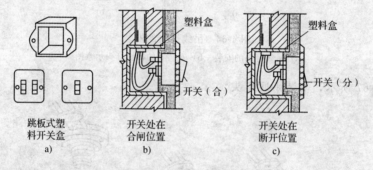

图 4-69　扳式开关的安装

6. 安装插座。

7. 检查合格，在教师的指导下通电。

8. 单相照明电路的故障与排除。故障原因及排除方法见表 4-13。

表 4-13　单相照明电路的故障与排除

| 故障现象 | 原　　因 | 排除方法 |
|---|---|---|
| 灯泡不亮 | 灯丝断开 | 更换灯泡 |
| | 熔断器的熔丝断开 | 确定熔丝断开的原因并更换熔丝 |
| | 灯座、开关接线松动或接触不良 | 用仪表或校火灯头检查灯座或开关的接线并修复 |
| | 线路中有断路现象 | 检查线路的断开处并修复 |

（续）

| 故障现象 | 原　因 | 排除方法 |
|---|---|---|
| 灯光闪烁 | 灯丝烧断，受振动忽接忽离 | 更换灯泡 |
|  | 灯座或开关接线松动 | 检查开关的接线并修复 |
|  | 熔断器的熔丝接头接触不良 | 检查熔断器并修复 |
|  | 电源电压不稳定 | 检查电源 |
| 发光暗红 | 电源电压过低或灯丝老化 | 检查电源或更换灯泡 |
| 发光强烈 | 电源电压过高 | 检查电源 |
| 接通电路后熔丝立即熔断 | 灯座内两线头短路 | 检查并修复灯座内的接线头 |
|  | 螺口灯座内部短路 | 检查灯座并校准中心铜片 |
|  | 线路中短路 | 检查线路中的导线并修复 |
|  | 用电器短路 | 检查用电器并修复 |
|  | 用电器功率过大超过熔丝额定值 | 减小负载或更换熔丝 |

# 本 章 小 结

本章介绍了交流电的基本概念以及交流电的表示法。

**一、正弦交流电的主要参数**

大小及方向均随时间按正弦规律做周期性变化的电流、电压、电动势叫做正弦交流电流、电压、电动势。

1. 周期与频率

交流电完成一次循环变化所用的时间叫做周期 $T = \dfrac{2\pi}{\omega}$，周期的倒数叫做频率 $f = \dfrac{1}{T}$，角频率与频率之间的关系为 $\omega = 2\pi f$。

2. 有效值

正弦交流电的有效值等于振幅（最大值）的 0.707 倍，即

$$I = \frac{I_m}{\sqrt{2}} = 0.707 I_m$$

$$U = \frac{U_m}{\sqrt{2}} = 0.707 U_m$$

$$E = \frac{E_m}{\sqrt{2}} = 0.707 E_m$$

3. 正弦交流电的三要素

正弦交流电的三要素是有效值、频率、初相。

4. 相位差

两个正弦量的相位差为 $\varphi_{12} = \psi_{01} - \psi_{02}$，存在超前、滞后、同相、反相、正交等关系。

## 二、交流电的表示法

### 1. 解析式表示法

$$i(t) = I_{\mathrm{m}}\sin(\omega t + \psi_{i0})$$
$$u(t) = U_{\mathrm{m}}\sin(\omega t + \psi_{u0})$$
$$e(t) = E_{\mathrm{m}}\sin(\omega t + \psi_{e0})$$

### 2. 波形图表示法

波形图表示法即是用正弦量解析式的函数图像表示正弦量的方法。

### 3. 相量图表示法

正弦量可以用振幅相量或有效值相量表示，但通常用有效值相量表示。

振幅相量表示法是用正弦量的振幅值作为相量的模（大小）、用初相角作为相量的幅角。

有效值相量表示法是用正弦量的有效值作为相量的模（大小）、仍用初相角作为相量的幅角。

## 三、在交流电路中各种量的关系

### 1. 在纯电阻交流电路中

电压与电流同相，即相位差 $\varphi = 0°$

电压与电流的有效值关系为 $I = \dfrac{U}{R}$

### 2. 在纯电感交流电路中

电压在相位上比电流超前 90°

电压与电流的有效值关系为 $I = \dfrac{U}{X_{\mathrm{L}}}$

其中
$$X_{\mathrm{L}} = \omega L = 2\pi f L$$

### 3. 在纯电容交流电路中

电流在相位上超前电压 90°

电压与电流的有效值关系为 $I = \dfrac{U_{\mathrm{C}}}{X_{\mathrm{C}}}$

其中
$$X_{\mathrm{C}} = \frac{1}{\omega C} = \frac{1}{2\pi f C}$$

### 4. 在 RL 串联交流电路中

$$Z = \sqrt{R^2 + X_{\mathrm{L}}^2}$$
$$U = \sqrt{U_{\mathrm{R}}^2 + U_{\mathrm{L}}^2} = I\sqrt{R^2 + X_{\mathrm{L}}^2}$$
$$I = \frac{U}{Z}$$
$$\varphi = \arctan\frac{U_{\mathrm{L}}}{U_{\mathrm{R}}} \ \text{或} \ \varphi = \arccos\frac{R}{Z}$$

### 5. 在 RC 串联交流电路中

$$Z = \sqrt{R^2 + X_{\mathrm{C}}^2}$$
$$U = \sqrt{U_{\mathrm{R}}^2 + U_{\mathrm{C}}^2} = I\sqrt{R^2 + X_{\mathrm{C}}^2}$$
$$I = \frac{U}{Z}$$

$$\varphi = \arctan \frac{U_C}{U_R} = \arctan \frac{X_C}{R}$$

6. 在 RLC 串联交流电路中

$$Z = \sqrt{R^2 + (X_L - X_C)^2} = \sqrt{R^2 + X^2}$$

$$U = \sqrt{U_R^2 + (U_L - U_C)^2} = I \sqrt{R^2 + (X_L - X_C)^2}$$

$$\varphi = \arctan \frac{U_L - U_C}{U_R} = \arctan \frac{X_L - X_C}{R}$$

7. RLC 串联电路的谐振条件

$$f = f_0 = \frac{1}{2\pi \sqrt{LC}}$$

8. 有功功率

$$P = UI \cos \varphi$$

9. 无功功率

$$Q = UI \sin \varphi$$

10. 视在功率

$$S = \sqrt{P^2 + Q^2} = UI$$

11. 功率因数

$$\lambda = \frac{有功功率}{视在功率} = \frac{P}{S} = \cos \varphi$$

# 习　题　4

1. 直流电和交流电有什么区别？

2. 什么叫交流量的瞬时值和最大值？各有什么特点？

3. 什么是交流电的周期、频率和角频率？它们之间有什么关系？

4. 工频交流电的频率是多少？周期是多少？

5. 什么是正弦交流电的三要素？

6. 在交流电路中，相位（相位角）、初相位（初位角）和相位差各表示什么？它们之间有什么不同？又有什么联系？初相角的大小与什么有关？

7. 什么叫角频率？它和周期、频率有什么关系？

8. “超前”、“滞后”和“同相”是什么意思？说明题图 4-70 中 $i$ 与 $u$ 哪个超前？哪个滞后？对不同频率的正弦量，是否存在这些概念？

9. 什么叫正弦交流电的有效值？正弦交流电的有效值与最大值之间有什么关系？

10. 已知某正弦电动势为 $e = 311 \sin(314t)$ V。试求最大值，频率、有效值、周期、初相位各为多少？

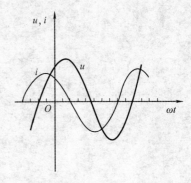

图 4-70　题 8 图

11. 有一电压为 10V 直流电通过电阻 $R$ 在时间 $t$ 内产生的热量与交流电流通过 $R/2$ 时在同一时间内产生的热量相同，则该交流电的有效值为多少？

12. 在图 4-71 所示电路中，已知交流电源电压 $u = 200 \sin 10\pi t$ V，电阻 $R = 10\Omega$，则电流表和电压表读

数分别为？

13. 已知某电感 $L=1.911H$ 的线圈，接到电压为 220V、频率为 50Hz 的交流电源上，求该线圈中的电流值。

14. 已知某电容 $C=5.308\mu F$ 的电容器，接入电压为 220V、频率为 50Hz 的交流电源上，求电路中的电流。

15. 有一电阻、电感和电容串联电路，其中 $R=600\Omega$、$L=1.911H$、$C=5.308\mu F$，电路电压 $U=220V$、$f=50Hz$。试求电路的电流。

16. 把额定电压为 220V 的灯泡分别接到 220V 的交流电源和直流电源上，问灯泡的亮度有无区别？

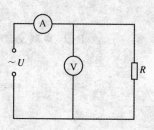

图 4-71　题 12 图

17. 如何用相量表示正弦量？什么是相量图？画相量图时应注意什么？

18. 纯电阻电路中，无论是电压和电流的关系式，还是计算功率的公式，在交流和直流电路中形式上完全相似，但又有哪些不同？

19. 有一电感性负载 $P=10kW$，$\cos\varphi=0.6$，$U=220V$，$f=50Hz$ 试求如将 $\cos\varphi$ 提高到 0.95，应并联多大容量的电容器？

# 第5章　三相正弦交流电路

1. 了解三相正弦交流电动势的产生，理解三相正弦交流电源与相序。

2. 掌握三相电源（绕组）或负载星形和三角形两种接线方式。

3. 掌握在对称三相电路中，负载线电压与相电压、线电流与相电流的关系及有功功率计算。

4. 了解我国电力系统的供电制：三相三线制、三相四线制和三相五线制。

## 5.1　三相正弦交流电源

**一、概述**

前面所讲的单相交流电路中的电源只有两个输出端钮，输出一个正弦电压或电流，习惯上称这种电路为单相正弦交流电路。如果在交流电路中有几个电动势同时作用，每个电动势的大小相等、频率相同，只是相位不同，那么就称这种电路为多相制电路；组成多相制电路的各个单相部分称为一相。在多相制中，三相制因为具有诸多优点而应用最为广泛。

1）三相发电机比同功率的单相发电机体积小，省材料。

2）三相发电动机结构简单，使用和维护较为方便，运转时比单相发电机的振动小。

3）在同样条件下输送同样大的功率时，特别是远距离输电时，三相输电线可节约25%左右的材料。

所以，目前世界上电力系统所采用的供电方式，绝大多数属于三相制，通常的单相交流电源也是从三相交流电源中获得的。

**二、三相正弦交流电动势的产生**

三相电动势一般是由发电厂中的三相交流发电机产生的。三相交流发电机的示意图如图5-1a 所示，主要由转子和定子构成。定子中嵌有三个完全相同的绕组，每相如图 5-1b 所示，

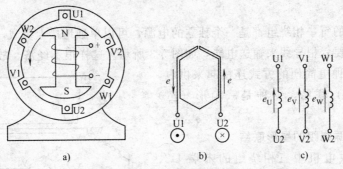

a)　　　　　　　b)　　　　　　　c)

图 5-1　三相交流发电机

a）三交流发电机示意图　b）电枢绕组　c）各相绕组及其电动势

这三个绕组在空间位置上彼此相隔 120°，各绕组始端分别用 U1、V1、W1 表示；末端用 U2、V2、W2 表示；转子是具有一对磁极的电磁铁，其磁极表面的磁场按正弦规律分布。

当转子由原动机带动，以匀速逆时针转动时，每相绕组依次切割磁力线，产生频率相同、幅值相等的正弦电动势 $e_U$、$e_V$、$e_W$。电动势的参考方向选定为绕组的末端指向始端，如图 5-1c 所示。由图 5-1 可见，当磁极的 N 极转到 U1 处时，U 相的电动势达到正的最大值；经过 120°后，磁极的 N 极转到 V1 处，V 相的电动势达到正的最大值。同理，再由此经过 120°后，W 相的电动势达到正的最大值；周而复始，这三相电动势的相位互差 120°。这种最大值相等、频率相同、相位互差 120°的三个正弦电动势称为对称三相电动势。

### 三、三相正弦交流电动势的表示方法

若以三相对称电动势中的 U 相为参考正弦量，可得到如下的瞬时值表达式，波形图与相量图如图 5-2 所示。

$$e_u = E_m \sin \omega t$$

$$e_V = E_m \sin (\omega t - 120°)$$

$$e_W = E_m \sin (\omega t - 240°) = E_m \sin (\omega t + 120°)$$

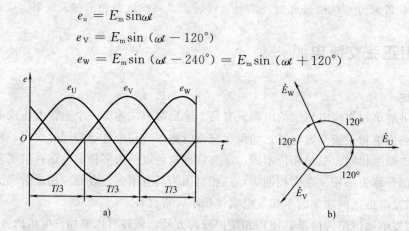

图 5-2　三相交流电的波形图、相量图

### 四、相序

三相交流电出现正幅值（或相应零值）的顺序称为相序。在图 5-2 中三相电动势到达正幅值的顺序为 $e_U$、$e_V$、$e_W$，其相序为 U—V—W—U，称为正序或顺序；若最大值出现的顺序为 V—U—W—V，恰好与正序相反，称为负序或逆序。**电力系统一般采用正序。**

## 5.2　三相电源的连接

三相发电机的每一相绕组都是一个独立的电源，可以单独地接上负载，成为彼此不相关的三相电路，需要六根导线来输送电能，如图 5-3 所示。这样很不经济，故三相电源的三相绕组一般都按两种更简便的方式连接起来供电，一种是星形（丫）联结，一种是三角形（△）联结。

### 一、三相电源绕组的星形联结

1. 将三相发电机中三相绕组的末端 U2、V2、W2 连在一起，始端 U1、V1、W1 引出作输出线。这种连接称为星形联结，用丫表示。从

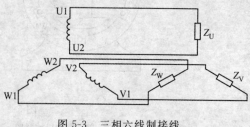

图 5-3　三相六线制接线

始端 U1、V1、W1 引出的三根线称为相线或端线，俗称火线；末端接成的一点称为中性点，简称中点，用 N 表示；从中性点引出的输电线称为中性线，简称中线。低压供电系统的中性点是直接接地的，称为零点，接地的中性线称为零线。工程上，发电机输出端的 U、V、W 与电网的 A、B、C 三根相线相连接，分别用黄、绿、红颜色来区别。

有中线的三相制叫做三相四线制，如图 5-4 所示。无中线的三相制叫做三相三线制，如图 5-5 所示。

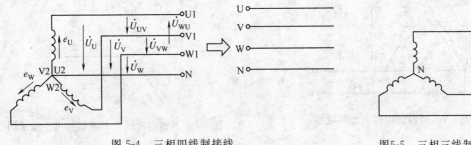

图 5-4　三相四线制接线　　　　　　　图5-5　三相三线制接线

电源每相绕组两端的电压称为电源的相电压，用 $\dot{U}_U$、$\dot{U}_V$、$\dot{U}_W$ 表示；相电压的参考方向规定为始端指向末端。有中线时，各相线与中线的电压就是相电压，相线与相线之间的电压称为线电压，用 $\dot{U}_{UV}$、$\dot{U}_{VW}$、$\dot{U}_{WU}$ 表示，规定线电压的参考方向是自 U 相指向 V 相、V 相指向 W 相、W 相指向 U 相。

2. 三相电源绕组接成星形时，线电压与相电压的关系

一般电源绕组的阻抗很小，故不论电源绕组有无电流，常认为电源各电压的大小就等于相应的电动势。因为通常情况下电源三相电动势是对称的，所以电源三相电压也是对称的，即大小相等、频率相同、相位相差120°。

根据基尔霍夫电压定律可得

$$\dot{U}_{UV} = \dot{U}_U - \dot{U}_V$$

$$\dot{U}_{VW} = \dot{U}_V - \dot{U}_W$$

$$\dot{U}_{WU} = \dot{U}_W - \dot{U}_U$$

相电压和线电压的相量图如图 5-6 所示。作相量图时，可以先作出相量$\dot{U}_U$、$\dot{U}_V$、$\dot{U}_W$，而后根据上式分别作出相量$\dot{U}_{UV}$、$\dot{U}_{VW}$、$\dot{U}_{WU}$。由图可见，线电压也是对称的，在相位上比相应的相电压超前30°。

至于线电压和相电压的数量关系，也很容易从相量图上得出。我们任选一相电压，从$\dot{U}_U$ 的端点作直线垂直于$\dot{U}_{UV}$得直角三角形 OPQ。从这三角形中得到

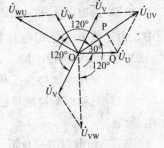

$$\frac{1}{2} U_{UV} = U_U \cos 30° = \frac{\sqrt{3}}{2} U_U$$

由此得出线电压与相电压的数量关系为

$$U_线 = \sqrt{3} U_相$$

发电机（或变压器）的绕组接成星形，可以为负载提供两

图 5-6　三相电源星形联结时电压相量图

种对称三相电压，一种是对称的相电压，另一种是对称的线电压。目前电力电网的低压供电系统中的线电压为380V，相电压为220V，常写作"电源电压380/220V"。

**二、三相电源绕组的三角形联结**

1. 将三相电源内每相绕组的末端和另一个绕组的始端依次相连的连接方式，称为三角形联结，用△表示，如图5-7所示，相电压和线电压的相量图如图5-8所示。

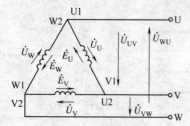

图5-7　电源绕组的三角形联结

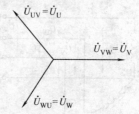

图5-8　三相电源三角形联结时电压相量图

在图5-7中可以明显看出，三相电源作三角形联结时，线电压就是相电压，即

$$U_{\text{线}} = U_{\text{相}}$$

三相对称负载接成三角形时，线电流与相电流的关系

$$I_{\text{线}} = \sqrt{3} I_{\text{相}}$$

且线电流的相位总是滞后与之对应的相电流30°。

若三相电动势为对称三相正弦电动势，则三角形闭合回路的总电动势等于零，即

$$\dot{E} = \dot{E}_{\text{U}} + \dot{E}_{\text{V}} + \dot{E}_{\text{W}} = 0$$

由此可以得出，这时电源绕组内部不存在环流。但若三相电动势不对称，则回路总电动势就不为零，此时即使外部没有负载，也会因为各相绕组本身的阻抗均较小，使闭合回路内产生很大的环流，这将使绕组过热，甚至烧毁。因此，**三相发电机绕组一般不采用三角形联结而采用星形联结，三相变压器绕组有时采用三角形联结，但要求在连接前必须检查绕组的对称性及接线顺序。**

2. 三相电源的星形（Y）联结的特点

（1）当三相电源采用星形联结对外供电时，可以采用三相三线制，也可以采用三线四线制供电，因此供电方式有选择性。由于三相四线制供电可以避免因负载不对称产生的中性点位移现象，因此在实际的低压供电电路中被广泛采用。

（2）当电源采用三相四线制星形联结时，输出的电压比较灵活。在常用的低压供电线路中，由于线电压是相电压的约1.732（或$\sqrt{3}$）倍，所以，我们可以很方便地得到常用的380V和220V两种电压。

（3）三相电动势为三相对称电动势，线电压总是超前相电压30°相位差角。

（4）三相电源接成星形作为一个整体供电时，比三相电源单独构成回路输出时要节省输电导线。

3. 三相电源的三角形（△）联结的特点

（1）当三相电源采用三角形（△）联结对外供电时，通常容易在电源产生回路电流，对电源造成不同程度的影响，因此电源很少采用三角形联结供电。当电源为此种接法时，负载

通常是非常对称的星形联结负载。

（2）当电源为三角形（△）联结时，其线电压和相电压是一个电压，因此只能以一种电压的形式输出。负载的接法必须和电源电压相适应。

（3）三相电动势为三相对称电动势，线电压等于相电压，线电压与相电压同相位。

（4）三相电源接成三角形（△）作为一个整体供电时，通常是三相三线制供电，因此，比三相单独构成回路输出要节省输电导线。所以电源的三角形（△）接法往往用于电能的传输过程。

### 三、三相负载的连接

**1. 三相负载的星形联结**

把三相负载分别接在三相电源的相线和中性线之间的接法叫做三相负载的星形联结，如图 5-9 所示。图中 $Z_U$、$Z_V$、$Z_W$ 为各负载的阻抗，$N'$ 为负载中性点。

三相负载作星形联结时的特点如下：

1）负载两端的相电压 $U_{相}$ 与负载的线电 $U_{线}$ 的关系为 $U_{线} = \sqrt{3}U_{相}$。

2）流过每相负载的相电流 $I_{相}$ 与流过相线的线电流 $I_{线}$ 相等，即 $I_{线} = I_{相}$。

**2. 三相负载的三角形联结**

把三相负载分别接在三相电源每两根相线之间的接法称为三角形联结，如图 5-10 所示。

三相负载作三角形联结时的特点如下：

1）负载两端的相电压 $U_{相}$ 与电源的线电 $U_{线}$ 的关系为 $U_{线} = U_{相}$。

2）负载接成三角形时，线电流与相电流的关系为 $I_{线} = \sqrt{3}I_{相}$。且线电流的相位总是滞后与之对应的相电流 30°。

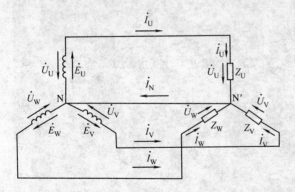
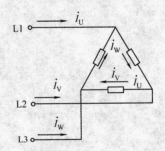

图 5-9　三相负载的星形联结　　　　　　图 5-10　三相负载的三角形联结

**提示：** 三相负载究竟采用哪种连接方式，应根据各相负载的额定电压和电源线电压的关系而定。如果每相负载的额定电压与电源的线电压相等，则应将负载接成三角形；如果负载每相的额定电压等于电源的相电压，则应将负载接成星形。

## 5.3　三相电路的功率

在三相交流电路中，三相负载的有功功率、无功功率分别等于各相的有功功率、无功功率之和，即

$$P = P_U + P_V + P_W$$
$$Q = Q_U + Q_V + Q_W$$

对称三相电路中，因三相电压和三相电流都是对称的，故有

$$P = 3P_相 = 3U_相 I_相 \cos\varphi_相 \qquad P = \sqrt{3}U_线 I_线 \cos\varphi_相$$
$$Q = 3Q_相 = 3U_相 I_相 \sin\varphi_相 \qquad 或 \qquad Q = \sqrt{3}U_线 I_线 \sin\varphi_相$$
$$S = 3S_相 = 3S_相 I_相 \qquad\qquad S = \sqrt{3}U_线 I_线 = \sqrt{P^2 + Q^2}$$

提示：上式中的 $\varphi_相$ 是相电压与相电流之间的相位差，而不是线电压与线电流之间的相位差。

例 5-1　有一对称三相负载，每相负载的电阻 $R = 32\Omega$，感抗 $L = 24\Omega$，一对称三相电源的线电压 $U_线 = 380V$，试求下面两种情况下负载的相电流、线电流、有功功率、无功功率、视在功率。(1) 负载连成星形，接在三相电源上；(2) 负载连成三角形，接在三相电源上。

解：(1) 负载作星形联结时

$$U_相 = \frac{U_线}{\sqrt{3}} = 220V$$

$$I_相 = \frac{U_相}{|Z|} = \frac{220}{\sqrt{32^2 + 24^2}}A = \frac{220}{40}A = 5.5A$$

$$I_线 = I_相 = 5.5A$$

$$\cos\varphi_相 = \frac{R}{|Z|} = \frac{32}{40} = 0.8$$

$$\sin\varphi_相 = \frac{X}{|Z|} = \frac{24}{40} = 0.6$$

$$P = \sqrt{3}U_线 I_线 \cos\varphi_相 = \sqrt{3} \times 380 \times 5.5 \times 0.8W = 2895.90W$$

$$Q = \sqrt{3}U_线 I_线 \sin\varphi_相 = \sqrt{3} \times 380 \times 5.5 \times 0.6var = 2171.93var$$

$$S = \sqrt{3}U_线 I_线 = \sqrt{3} \times 380 \times 5.5V \cdot A = 3619.88V \cdot A$$

(2) 负载作三角形联结时

$$U_相 = U_线 = 380V$$

$$I_相 = \frac{U_相}{|Z|} = \frac{380}{40}A = 9.5A$$

$$I_线 = \sqrt{3}I_相 = \sqrt{3} \times 9.5A = 16.45A$$

$$\cos\varphi_相 = \frac{R}{|Z|} = \frac{32}{40} = 0.8$$

$$\sin\varphi_相 = \frac{X}{|Z|} = \frac{24}{40} = 0.6$$

$$P = \sqrt{3}U_线 I_线 \cos\varphi_相 = \sqrt{3} \times 380 \times 16.45 \times 0.8W = 8661.39W$$

$$Q = \sqrt{3}U_线 I_线 \sin\varphi_相 = \sqrt{3} \times 380 \times 16.45 \times 0.6var = 6496.04var$$

$$S = \sqrt{3}U_线 I_线 = \sqrt{3} \times 380 \times 16.45V \cdot A = 10826.73V \cdot A$$

## 5.4　我国电力系统供电制

**一、三相三线制**

三相三线制是电源和负载之间连接的一种方式。我们把供电系统中不引出中性线的星形联结和三角形联结，即电源和负载之间只有三根相线连接的接法，称为三相三线制。

三相三线制只包括三相交流电的三根相线（L1 相、L2 相和 L3 相）。由于没有中性线（N 线）和地线（PE 线），所以这种供电方式只能用于三相对称负载。此外，由于没有外壳接地保护，一般不作民用。工厂车间里，除有一些三相电动机和变压器之外也较少使用。

三相三线制标准导线颜色为：L1 相线黄色，L2 相线绿色，L3 相线红色。

电力系统高压架空线路一般采用三相三线制，即我们在野外看到的输电线路，这三根线（三相线）可能水平排列，也可能三角形排列的；每一相可能是单独的一根线（一般为钢芯铝绞线），也有可能是分裂线（电压等级很高的架空线路中，为了减小电磁损耗和线路电抗，采用分裂导线，由多根线组成一相线，一般分 2~4 裂），电力系统高压架空线路是典型的三相三线制接法。

**二、三相四线制**

三相四线制供电系统是电源和负载均作星形联结时的一种供电方式。把电源的三条相线（电源的首端）与三相负载的首端相连，把电源的星接点与负载的星接点用一条线相连，就构成了三相四线制接法。我们把连接两个星接点的连线称为中性线。

三相四线制是用电系统中经常使用的一种供电方式。其中三相指 L1（A）相、L2（B）相、L3（C）相，四线指通过正常工作时电路的三根相线和一根 N 线（中性线）。由于在三相四线制中有中性线存在，从而保证星形联结的各相负载上的电压始终接近对称，在负载不平衡时也不致发生某一相电压升高或降低。此外，若一相断线，仍可以保证其他两相负载两端的电压不变。所以在低压供电线路上广泛采用三相四线制。

1. 在低压三相四线制（380V/220V）供电系统中设置中性线

1）在三相四线制线路的干线上，流过中性线的电流不能超过额定值的 1/4。

2）正确选择中性线截面。中性线截面不能小于相线截面的 1/2，单相供电线路中，中性线截面应和相线相同，不能因为理论上中性线电流很小而减小中性线的截面。

3）尽量减少线路途中的中性线接头。中性线的连接须牢固可靠，若铜线、铝线相接时，应使用铜铝过渡夹，并加强巡查和维护。发现有接头打火或接触不良时，应及时处理，平时还应经常进行检查，避免中性线接触不良等问题的发生，保证中性线在任何时候都不会断开。

4）不能在中性线上安装开关，更不允许装设熔断器。

2. 在低压供电系统中，三相四线制与三相三线制的优缺点

1）三相三线制供电系统，只适用于对称负载（如三相电力变压器、三相电动机机等）。如果因为某种原因，负载不对称了，在原来的中性点上就会产生电压。造成负载欠电压和超压运行，容易造成负载损坏。

2）三相四线制低压供电系统，可以获得电源线电压及电源相电压两种电压，这对于用户来说非常方便。所以，在低压供电系统中，经常采用动力和照明混合供电，即将 380V 的

线电压供三相电动机使用，将 220V 的相电压供照明和单相负载使用。

3）三相四线制低压供电系统，不但适用于三相对称负载，也适用于三相不对称负载。当三相负载不对称时，因为中性线的电阻和负载相比远远小得多，在电压的分配上，可以近似认为中性线上的电压为零，则不对称的三相负载仍然能获得对称的三相电压，从而保证负载正常工作。

4）三相四线制比三相三线制工作可靠。三相三线制供电系统，若一相负载断开，则剩下的两相负载会串联起来分配电源线电压，使得每相负载两端的电压低于正常工作电压，该两相负载也不能正常工作。而三相四线制低压供电系统，当一相断开时，剩下的两相负载各自仍承受电源相电压，因此在短时间内仍然能正常工作。

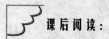 **课后阅读：**

**三相五线制**

三相五线制包括三相电的三个相线（L1、L2、L3 线）、中性线（N 线）以及地线（PE 线）。

中性线（N 线）就是零线。三相负载对称时，三相线路流入中性线的电流矢量和为零，但对于单独的一相来讲，电流不为零。三相负载不对称时，中性线的电流矢量和不为零，会产生对地电压。

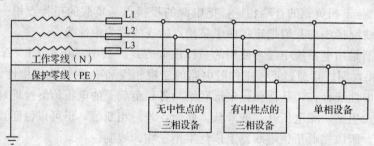

图 5-11　三相五线制

三相五线制分为 TT 接地方式和 TN 接地方式，其中 TN 又具体分为 TN-S、TN-C、TN-C-S 三种方式。

TT 接地方式：第一个字母 T 表示电源中性点接地，第二个 T 是设备金属外壳接地，这种方式在高压系统中普遍采用，低压系统中有大容量用电器时不宜采用。

TN-S 接地方式：字母 S 代表 N 与 PE 分开，设备金属外壳与 PE 相连，设备中性点与 N 相连。其优点是 PE 中没有电流，故设备金属外壳对地电位为零。此方式主要用于数据处理，精密检测，高层建筑的供电系统。

TN-C 接地方式：字母 C 表示 N 与 PE 合并成为 PEN，实际上是四线制供电方式。设备中性点和金属外壳都和 N 相连。由于 N 正常时流通三相不平衡电流和谐波电流，故设备金属外壳正常对地有一定电压，此方式通常用于一般供电场所。

TN-C-S 接地方式：一部分 N 与 PE 分开，是四线半制供电方式主要应用于环境较差的场所。

当 N 和 PE 分开后不允许再合并。

　　我国规定，民用供电线路相线之间的电压（即线电压）为 380V，相线和地线或中性线之间的电压（即相电压）均为 220V。进户线一般采用单相二线制，即三个相线中的任意一相和中性线（作零线）。如遇大功率用电器，需自行设置接地线。

　　三相五线制标准导线颜色为：L1 线黄色，L2 线绿色，L3 线红色，N 线淡蓝色，PE 线黄绿色。

# 本 章 小 结

　　1. 三相电动势是由三相发电机产生的。对称三相电动势的特征是：三个电动势的幅值相等，频率相同，相位互差 120°。

　　2. 三相电路是当代电力系统的主要的供电方式，由三相电源和三相负载组成。如果三相电源和三相负载都是对称的，则这个三相电路称为对称三相电路，否则为不对称三相电路。

　　3. 无论三相电源（绕组）或负载都有星形和三角形两种接线方式；星形联结的对称负载多采用三相三线制供电；星形联结的不对称负载，则常采用三相四线制供电；对于三角形联结无论负载对称与否都采用三相三线制供电。

　　4. 在对称三相电路中，负载线电压与相电压、线电流与相电流的关系及有功功率计算见表 5-1。

表 5-1　三相电路的电压、电流及功率

| 方式<br>关系 | 星形联结 | 三角形联结 |
|---|---|---|
| 线电压与相电压关系 | (1) 数量关系：$U_{线}=\sqrt{3}U_{相}$<br>(2) 相位关系：线电压超前对应相电压 30° | $U_{线}=U_{相}$ |
| 线电流与相电流关系 | $I_{线}=I_{相}$ | (1) 数量关系：$I_{线}=\sqrt{3}I_{相}$<br>(2) 相位关系：线电流滞后对应相电流 30° |
| 有功功率 | $P=3I_{相}U_{相}\cos\psi$<br>$=\sqrt{3}I_{线}U_{线}\cos\psi$ | $P=3I_{相}U_{相}\cos\psi$<br>$=\sqrt{3}I_{线}U_{线}\cos\psi$ |
| 无功功率 | $Q=3I_{相}U_{相}\sin\psi$<br>$=\sqrt{3}I_{线}U_{线}\sin\psi$ | $Q=3I_{相}U_{相}\sin\psi$<br>$=\sqrt{3}I_{线}U_{线}\sin\psi$ |
| 视在功率 | $S=\sqrt{3}I_{线}U_{线}$ | $S=\sqrt{3}I_{线}U_{线}$ |

　　5. 三相电源通常采用两种接线方式，即三相四线制和三相三线制。三相四线制中不允许撤销中性线。中性线能使星形联结的不对称负载的相电压保持对称，使负载能正常工作，而且负载如果发生故障，也可缩小故障的影响范围。

# 习 题 5

　　1. 已知作星形联结的对称三相电源中 V 相电动势的瞬时值 $e_V=220\sqrt{2}\sin(\omega t-30°)$，试写出正序时其他两相的瞬时表达式，并画出波形图和相量图。

2. 三相交流电动机有三根电源线接到电源的 L1、L2、L3 三相上，称为三相负载，电灯有两根电源线，为什么不称为两相负载，而称单相负载？

3. 有两台作星形联结的发电机，一台的每相绕组电压最大值为 155V，另一台的每相绕组电压有效值为 220V，它们的线电压有效值各为多少？

4. 指出图 5-12 中各负载的连接方式。

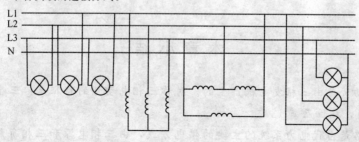

图 5-12　题 4 图

5. 三相电动机接于 380V 线电压下运行，测得线电流为 14.9A，功率因数为 0.866，求电动机的功率。

6. 在三相对称电路中，电源的线电压为 380V，每相负载电阻 $R=10\Omega$，试求负载连成三角形和星形时的相电压、相电流和线电流。

7. 照明电路若接成三角形，后果会怎样？

8. 三相电源绕组作三角形联结时，如果有一相接反，后果如何？（提示：用电压相量图分析）

9. 居民家中使用的均是单相用电器，为什么小区或居民楼的电源接入形式常是三相四线制？

# 第6章 用电保护

**教学目标：**

1. 了解接地技术，方式与种类。
2. 掌握接地装置的技术要求与安装工艺。
3. 了解接地装置的维修，掌握接地电阻的测量。
4. 了解重复接地的有关知识，掌握保护接零。
5. 了解电气安全操作规程。

## 6.1 保护接地的方法及应用

### 一、接地技术概述

**1. 接地的意义**

接地是利用大地作为电力系统正常运行、发生故障和遭受雷击等情况下提供对地电流的回路，从而保证整个电力系统中，包括发电、变电、输电、配电和用电各个环节的电气设备、装置和人员的安全。

接地就是电力系统中电气设备或装置的某一点（接地点）与大地之间用导体做可靠、又符合技术要求的电气连接，如电动机、变压器和开关设备的外壳接地。

接地有工作接地、保护接地、防雷及防过电压接地和防静电接地等多种。**在电力系统中，应用得最多的是工作接地和保护接地。**

（1）工作接地　在电力系统中，凡是因设备运行需要而进行工作性质上的接地，叫工作接地。例如，配电变压器低压侧中性点的接地。

（2）保护接地　在电力系统中，凡是在使用带有各种金属外壳的电气设备、装置以及用电器具时，因保护性质需要（主要用来保护人体免遭电击伤）而进行的外壳接地。

**2. 接地技术的有关名词**

在讨论接地装置的分类、应用、技术要求和安装工艺等问题之前，先介绍一些基本接地技术中的常用名词。

（1）土壤电阻率　指构成大地物质的导电性能，又称大地电阻率或地电阻率。由于构成大地的物质成分比较复杂，因此土壤电阻率的变化范围很大。如泥土的电阻率小于砂石的；水分多的泥土电阻率小于水分少的；泥土水分中含盐浓度高的小于水分中含盐浓度低的。在接地工程中经常遇到的土壤电阻率，一般在 $5\sim5000\Omega\cdot m$ 的范围内。

（2）接地体　又称接地棒或接地极，是指埋入大地中直接与土壤接触的金属导体，是接地装置的主要部件。

（3）接地电阻　包括接地装置的导体电阻、接地体与土壤之间的接触电阻和接地电流在土壤中的散流电阻。在实际中，由于接地装置的导体电阻很小，往往忽略不计；接触电阻决定于接地体表面积的大小和接地体的安装质量；散流电阻则决定于土壤电阻率。

（4）接触电势　指在有电位分布的地面上，设备接地点与地面某一点之间存在的电位差。如果人体触及到这两点，所承受到的电压就称为接触电压。人体承受到的接触电压的程度，决定于通过人体的对地电流和人体的对地电阻的大小，它的数值等于通过人体的对地电流乘以人体的对地电阻。

（5）跨步电压　指在具有电位分布的地面上，当人体的两脚跨入这一地面时，前后两脚之间因存在电位差而形成的电势。在两脚位置上所承受的电压称为跨步电压。由于散流电阻的分布是不均匀的，所以地面的电位分布也是不均匀的。越接近接地体，跨步电压越高；在离开接地体 15～20m 以外，电位趋于零，跨步电压也就趋于零。

（6）接地和接零　全称分别是低压保护接地和低压保护接零，是两种运用于低压设备外壳接地的保护形式。

低压电网有中性点直接接地和中性点不直接接地的两种供电系统。后者电气设备外壳不与零线连接，而与独立的接地装置连接，称为低压保护接地。在低压电网中性点直接接地的系统中，电气设备外壳与零线连接，称为低压保护接零。

（7）重复接地　指在零线的每一重要分支线路上都采用一种可靠的保护接地方式。在采用保护接零的系统中，如果零线在一处中断，若该处又有一台设备外壳带电，短路电流与电源零线构不成回路，就会造成该处以外的全部设备外壳都带电，将威胁人身安全，为了避免这种危险，必须采用重复接地的保护措施结构。

**二、接地装置的分类和技术要求**

1. 接地装置的分类

接地装置如图 6-1 所示，是由接地体和接地连线两部分组成。接地装置按接地体的多少，分为三种组成形式。

（1）单极接地装置（简称单极接地）　它由一支接地体构成，接地线一端与接地体连接，另一端与设备的接地点连接，如图 6-2 所示。它适用于接地要求不太高和设备接地点较少的场所。

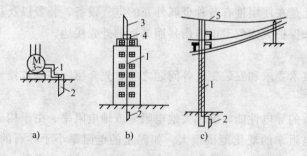

图 6-1　接地装置

a）电动机保护接地　b）避雷针工作接地　c）避雷线工作接地

1—接地线　2—接地体　3—引雷针　4—基座　5—避雷线

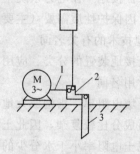

图 6-2　单极接地装置

1—接地支线　2—接地干线

3—接地体

（2）多极接地装置（简称多极接地） 它由两支以上的接地体构成，各接地体之间用接地干线连成一体，形成并联，从而减少接地装置的接地电阻。接地支线一端与接地干线连接，另一端与设备的接地点直接连接，如图 6-3 所示。多极接地装置可靠性强，适用于接地要求较高而设备接地点较多的场所。

（3）接地网络（简称接地网） 它是由多支接地体用接地干线将其互相连接所形成的网络，如图 6-4 所示为接地网络常见的形状。接地网络既方便群体设备的接地需要，又加强了接地装置的可靠性，也减小了接地电阻。适用于配电所以及接地点多的车间、工场或露天作业等场所。

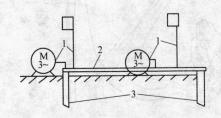

图 6-3 多极接地装置

1—接地支线 2—接地干线 3—接地体

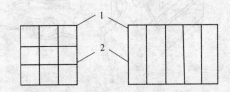

图 6-4 接地网络

1—接地体 2—接地线

**2. 接地装置的技术要求**

接地装置的技术要求主要指接地电阻的要求，原则上接地电阻越小越好，考虑到经济合理，接地电阻以不超过规定的数值为准。常见的有避雷针和避雷线单独使用时的接地电阻小于 10Ω；配电变压器低压侧中性点接地电阻应在 0.5～10Ω 之间；保护接地的接地电阻应不大于 4Ω。多个设备共用一副接地装置，接地电阻应以要求最高的为准。

**三、接地电阻的测量方法**

**1. 接地电阻绝缘电阻表法**

ZC-8 型绝缘电阻表及其附件如图 6-5 所示。其测试方法如图 6-6 所示，步骤如下：

1）拆开接地干线与接地体的连接点，或拆开接地干线上所有接地支线的连接点。

2）将一只测量接地棒插在离接地体 40m 远的地下；另一只测量接地棒插在离接地体 20m 远的地下，两个接地棒均垂直插入地面深 4m。

3）将绝缘电阻表放置在接地体附近平整的地方后接线。最短的一根连接线连接表上接线桩 E 和接地体；最长的一根连接线连接表上接线桩 C 和 40m 处的接地棒；较短的一根连接线连接表上接线桩 P-P 和 20m 处的接地棒。

4）根据被测接地电阻要求，调节好粗调旋钮（表上有三挡可调范围）。

5）以 120r/min 的转速均匀摇动手柄，当表头指针偏离中心时，边摇边调节细调拨盘，直到表针居中为止。

6）以细调拨盘的位置乘以粗调定位倍数，其结果就是被测接地体接地电阻的阻值。例如，细调拨盘的读数是 0.35，粗调定位倍数是 10，则被测得的接地电阻是 3.5Ω。

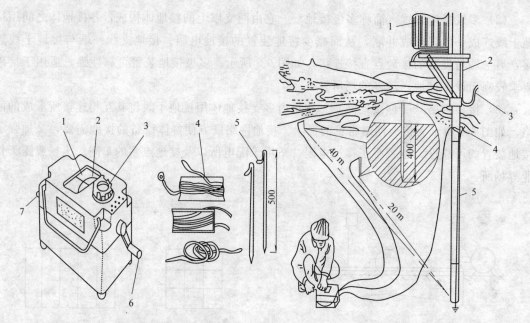

图 6-5　ZC-8 型绝缘电阻表及其附件　　　　　图 6-6　ZC-8 型绝缘电阻表测量接地电阻

1—表头　2—细调拨盘　3—粗调旋钮　　　　　　　　1—变压器　2—接地线

4—连接线　5—测量接地棒　6—摇柄　7—接线桩　　　3—断开处　4—连接处　5—接地干线

**2. 万用表法**

1）在距离接地体 A 约 3m 处，打入两根测试棒 B 和 C，如图 6-7 所示。打入地面深度 500mm 左右。

2）将万用表拨到电阻量程 R×1 挡，测量并记录 AB 间、BC 间和 AC 间的电阻值，通过计算即可求得接地体的接地电阻。例如，测得 $R_{AB}=7\Omega$（即 $R_A+R_B=7\Omega$），$R_{BC}=12\Omega$（即 $R_B+R_C=12\Omega$），$R_{AC}=11\Omega$（即 $R_C+R_A=11\Omega$）。则接地体 A 的接地电阻 $R_A=(R_{AB}+R_{CA}-R_{BC})\div2=3\Omega$。

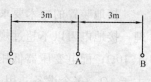

图 6-7　万用表测试接地电阻

3）为了保证所测接地电阻值的可靠性，应在测试完毕后移动两根接地棒，换一个方向进行重复测量。每一次所测的电阻值不会完全一致，可取几处测试值的平均值，确定最后的结果。

**3. 电阻值达不到要求时的技术措施**

在土壤电阻率较高的地层，接地装置的接地电阻值往往达不到规定要求。这时必须采取有效措施，使之达到要求。

1）最基本的措施是增加接地体的支数，或者适当地增加接地体的长度，两者都是以增加接地体的散流面积来达到降低接触电阻值的目的，但以增加接地体支数的效果较为显著。这种方法既有效又方便，在土壤电阻不太高的地层，应用较多。

2）在土壤电阻率较高的地层，可在每一支接地体周围堆填化学填料，以改善接地体的散流条件，从而降低散流电阻。但化学填料的质地膨松，填入后接地体容易晃动，这会增加接地电阻，反而造成接地电阻的增加。为此，应将化学填料放置在离地 0.5～1.2m 的地层中，并把底层和面层的泥土夯实。

每份化学填料的组成部分是：粉状木炭 30kg，食盐 8kg 和水适量。

配制方法是：食盐先溶解于水中，然后渐渐浇入炭粉中，同时进行不断地搅拌，均匀后即完成。

3）在土壤电阻率很高的沙石地层，在装接接地体时，要降低接地电阻可采用土壤置换法。从散流电阻的分布情况来看，因电流散发密度较大的范围是有限的，因此可采用挖坑换土的方法来改善接地体四周土壤的散流条件。把电阻率较低的土壤或者具有较好的导电性的工业废料，如电石渣、冶炼废渣或化工废渣等填入坑中。采用这种方法能取得一定效果，尤其在降低工频接地电阻方面，效果较为显著。

4）有些区域往往存在需要接地处的土壤电阻率极高，而离之不远的地方的土壤电阻率较低。这时可采用接地体外引的方法，用较长的接地线，把设备接地点引出土壤电阻率较高的范围，让接地体安装在电阻率较低的土壤上。

此外，还有用水下安装和深埋接地体的方法，来解决接地电阻过高的问题，但这些方法的工程量太大，不适用于一般规模的接地装置。

**四、接地装置的维修**

接地装置的安装一般都在电气设备安装之前进行，因此在设计设备时应统一考虑，全面布局，敷设接地、接零和防雷系统。安装完毕后，便应进行统一接地、接零测量检查，并列入厂房施工和设备安装验收内容之一。由于接地系统所处位置特殊，容易受到各种恶劣环境的影响（如高温、冰冻、水流蒸气、油污以及腐蚀气体、溶液的腐蚀和氧化），此外，还可能受机械外力的损伤，破坏原有的导电性能。因此，有必要制定出对接地装置的定期检查和及时维护的检修制度。

1. 定期检查和维修保养

1）接地装置的接地电阻必须定期复测，其规定是：工作接地每隔半年或一年复测一次，保护接地每隔一年或两年复测一次。接地电阻增大时，应及时修复，切不可勉强使用。

2）接地装置的每一个连接点，尤其是采用螺钉压接的连接点，应每隔半年或一年检查一次。连接点出现松动，必须及时拧紧。采用电焊焊接的连接点，也应定期检查焊接是否完好。

3）接地线的每个支点应进行定期检查，发现有松动脱落的，应及时固定。

4）定期检查接地体和接地连接干线是否出现严重锈蚀，若有严重锈蚀，应及时修复或更换，不可勉强使用。

2. 常见故障的排除方法

1）连接点松散或脱落 最容易出现松脱的有移动电具的接地支线与外壳（或插头）之间的连接处；铝芯接地线的连接处；具有振动的设备的接地连接处。发现松散或脱落时，应及时重新接妥。

2）遗漏接地或接错位置 在设备进行维修或更换时，一般都要拆卸电源线头和接地线头，待重新安装设备时，往往会因疏忽而把接地线头漏接或接错位置。发现有漏接或接错位置时，应及时纠正。

3）接地线局部的电阻增大 常见的有：连接点存在轻度松散，连接点的接触面存在氧化层或其他污垢，跨接过渡线松散等。一旦发现应及时重新拧紧或清除氧化层及污垢后接妥。

4）接地线的截面积过小　通常是由于设备容量增加后而接地线没有相应更换所引起，接地线应按规定做相应的更换。

5）接地体的散流电阻增大　通常是由于接地体被严重腐蚀所引起，也可能是接地体与接地干线之间的接触不良所引起。发现后应重新更换接地体，或重新把连接处接妥。

# 6.2　保护接零与重复接地

### 一、保护接零

将变压器和发电机直接接地的中性线连接起来的导线称零线。在中性点直接接地的 380/220V 三相四线制电力网中，将电动机等电气设备的金属外壳与零线用导线连接起来，称为保护接零，简称接零。如图 6-8 所示。

保护接零的作用是：当单相短路时，使电路中的保护装置（如熔断器、漏电保护器等）迅速动作，将电源切断，确保人身安全。

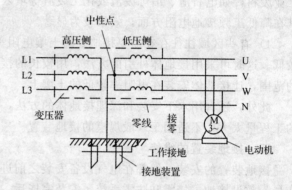

图 6-8　保护接零示意图

在保护接零系统中，零线起着十分重要的作用，对零线有以下要求：

1）零线的截面积要求。保护接零所用的导线，其截面积不得小于相线截面积的 1/2。从节约和机械强度这两方面考虑，零线的最大和最小截面应满足表 6-1 的要求。

表 6-1　零线的最大和最小截面积

| 导 线 种 类 | 最大截面积/mm² | 最小截面积/mm² |
| --- | --- | --- |
| 钢线 | 800 | 12 |
| 裸铜线 | 50 | 4.0 |
| 绝缘铜线 | | 1.5 |
| 多芯铜线的芯线 | | 1.0 |
| 裸铝线 | 70 | 6.0 |
| 绝缘铝线 | | 2.5 |
| 多芯铝线的芯线 | | 1.5 |

2）零线的连接要求。零线（或零线的连接线）的连接应牢固可靠，接触良好。零线与电气设备的连接线应实行螺栓压接，必要时要加弹簧垫圈。钢质零线（或钢质零线的连接线）本身的连接应实行焊接。采用自然导体作为零线时，对连接不可靠的部位要另装跨接线。

3）零线的标识要求。采用裸导线作为零线时，应涂以棕色漆作为色标；采用绝缘导线作为零线时，应与相线有明显区别。

　　4）各设备的保护接零线不允许串联，必须各自直接与零线干线相接，更不允许图省事在单相三线插座中，将保护零线与工作零线直接连接。

　　5）零线的防腐要求。在有腐蚀性物质的环境中，为防止零线腐蚀，在零线表面上应涂以防腐涂料。

　　6）使用双刀开关的单相设备，必须使零线和相线位置相对固定，并将熔体装于相线上。

**二、重复接地**

　　在低压电网中，零线除应在电源（发电机或变压器）的中性点进行工作接地以外，还应在零线的其他地方进行三点以上的接地，这种接地称为重复接地，如图 6-9 所示。

　　重复接地既可以从零线上直接接地，也可以从接零设备外壳上接地。

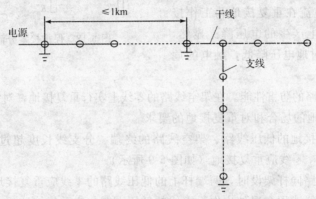

图 6-9　重复接地示意图

　　1. 重复接地的作用

　　1）减轻零线断路时的触电危险。图 6-10 和图 6-11 所示分别为零线断路时，无重复接地和有重复接地的情况。在图 6-10 中，当某相碰壳时，零线断开后，由于无重复接地，设备外壳所带的电压约等于相电压，危及人身安全。在图 6-11 中，当零线断路时，由于有重复接地，带电设备外壳的电压 $U_p = I_d R_p$，$R_p$ 的电阻值很小（$R_p \leqslant 10\Omega$），故 $U_p$ 值也远低于相电压，从而减轻了触电危险。

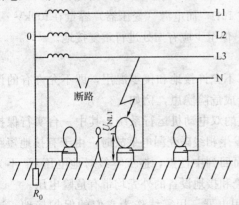

图6-10　保护接零系统无重复接地的危险情况

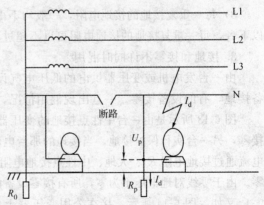

图6-11　保护接零系统有重复接地，
零线断路时的情况

2）缩短保护装置的动作时间。在三相四线制供电系统中，保护接零与重复接地配合使用，一旦发生短路故障，重复接地电阻与工作接地电阻便形成并联电路，线路阻值减小，加大短路电流，使保护装置更快动作，缩短故障时间。

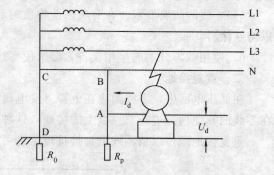

3）降低漏电设备的对地电压。无重复接地时，漏电设备外壳对地电压 $U_d$ 为单相短路电流在零线上产生的电压降，如图 6-12 所示，即 $U_d = I_d Z$（$Z$ 为 ABCD 路径上的阻抗）。有重复接地时，漏电设备外壳对地电压 $U_d$ 为接地短路电流在重复接地和工作接地构成的并联支路上产生的电压降。显然，此时漏电设备外壳对地电压降低，触电的危险性减小。

图 6-12　保护接零分流降压原理图

4）改善架空线路的防雷性能。在架空线路的零线上实行重复接地，对雷电流有分流作用。

2. 需要重复接地的场合和对重复接地的要求

1）中性点直接接地的低压线路、架空线路的终端、分支线长度超过 200m 的分支处以及沿线每隔 1km 处，零线应重复接地（如图 6-9 所示）。

2）高、低压线路同杆架设时，两端杆上的低压线路的零线应重复接地。

3）无专用零芯线或用金属外皮作为零线的低压电缆，应重复接地。

4）大型车间内部宜实行环形重复接地，零线与接地装置至少应有两点连接，除进线处一点外，对角处最远点也应连接。而且车间周边长度超过 400m 者，每隔 200m 应有一点连接。

5）电缆和架空线路在引入车间或建筑物处，若距接地点超过 50m，应将零线重复接地，或者在室内将零线与配电屏、控制屏的接地装置相连。

6）采用金属管配线时，应将金属管与零线连接后再重复接地。

7）采用塑料管配线时，在管外应敷设截面积不小于 $10mm^2$ 的钢线与零线连接后，再重复接地。

8）每一重复接地的接地电阻，一般均不得超过 $10\Omega$，而电源（变压器）容量在 $100kV \cdot A$ 以下者，每一重复接地的接地电阻可以不超过 $30\Omega$，但至少应有三处进行重复接地。

3. 接地和接零不许同时混用

由一台发电机或变压器供电的低压电气设备，不允许接地和接零混用，即不允许有的设备接地，有的设备接零。一旦出现混用情况，会造成危险隐患，例如：

图 6-13 所示是由一台中性点接地的变压器供电的双电动机运行系统，其中一台实行保护接零，另一台实行保护接地。当接地的那台电动机发生相线碰壳漏电事故时，由于有接地短路电流通过接地电阻 $R_d$、大地、中性点接地电阻 $R_0$ 而回到中性点，造成零线对地电压 $U_0$ 不为零。由于零线对地电压不为零，所有接零设备的外壳和接地设备的外壳均带有危险电压。

又如，图 6-14 所示，接在公用变压器上的家用电器，用零线作为它们的保护接地，这也是十分危险的。

当采用保护接地的电器发生相线碰壳时，电器外壳、保护接地电阻 $R_b$、大地、工作接地电阻 $R_0$ 就构成一个回路，此时零线对地电压 $U_0 = I_d R_0$，使所有接零电器的外壳都带电。

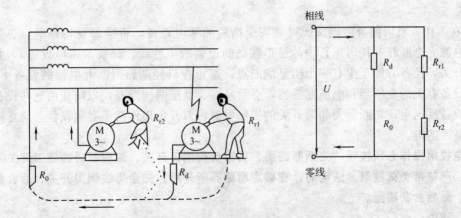

图 6-13　接地和接零的混用危害（一）

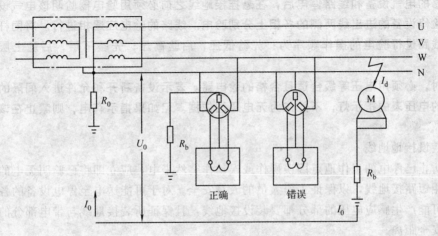

图 6-14　接地和接零的混用危害（二）

## 6.3　电气安全操作规程

在全部停电或部分停电的电气设备上工作，必须完成停电、验电、装设接地线、悬挂标示牌和装设遮栏等保证安全的技术措施。上述措施应由值班人员进行，对于无值班人员的电气设备，可由断开电源的工作人员执行，并应有监护人员在场。

**一、停电**

在工作地点，必须停电的设备如下：

1. 待检修的设备。

2. 工作人员在进行工作时，其正常活动范围与带电设备的距离小于表 6-2 所规定的安全距离的设备。

表 6-2　安全距离

| 电压等级/kV | | ≤10 | 20～35 | 22 | 60～110 | 220 |
|---|---|---|---|---|---|---|
| 安全距离/m | 无遮栏 | 0.70 | 1.00 | 1.20 | 1.50 | 3.00 |
| | 有遮栏 | 0.35 | 0.60 | 0.90 | 1.50 | 3.00 |

3. 在工作人员后面及两侧又无可靠安全措施的带电设备，将检修设备停电，必须把各方面的电源完全断开（任何运行中的星形联结的设备的中性线，部视为带电设备），必须切断电源开关，使各方面至少有一个明显的断点，禁止在只经断路器断开电源的设备下工作。与停电设备有关的变压器和电压互感器，必须从高、低压两侧断开，以防止由这些设备向停电检修设备反送电；切断开关和刀开关的操作电源，刀开关操作把手必须锁住，防止向停电检修设备误送电。

停电拉闸操作必须按照"先断断路器，后断负荷侧刀开关，最后断母线侧刀开关"的顺序进行，严禁带负荷拉闸。送电时，在确定断路器断开后，先合母线侧刀开关，后合负荷侧刀开关，最后合断路器。

### 二、验电

待检修的电气设备和线路停电后，在悬挂接地线之前必须用验电器验明该电气设备确无电压。在检修设备的进出线两侧的各相上分别验电。线路的验电应逐相进行。对同杆架设的多层电力线路进行验电的操作顺序为：先验低压，后验高压；先验下层，后验上层；三相均验。

验电时，必须用电压等级合适且合格的验电器。表示设备断开和允许进入间隔的信号及经常接入的电压表的指示灯，不能作为无电压的依据。但如果指示有电，则禁止在该设备上工作。

### 三、装设接地地线

为了防止已停电的工作地点因误操作或误动作突然来电，应立即将已验明无电的检修设备装设三相短路接地线，以保证工作人员的人身安全。对于可能送电至停电设备的各部位或停电设备可能产生感应电压的部分都要装设接地线，且保证所装接地线与带电部分的距离符合规定的安全距离。

若检修部分为几个在电气上不连接的部分，其各段均应分别验电并装设接地线，并要求接地线与检修部分之间不得串接断路器或熔断器。对于全部停电的变电所，应将各个可能来电侧三相短路接地，其余部分不必每段都装设接地线。在室内配电装置上，接地线应装在该装置导电部分的规定地点，这些地点的油漆应刮去。

接地线应采用多股软裸铜线，其截面积应满足短路电流热稳定的要求，且不得小于 $25mm^2$。接地线必须使用专用线夹将其固定在导体上，严禁用缠绕的方法。若电杆或杆塔无接地引下线时，可采用临时接地棒，接地棒打入地下的深度不得小于 600mm。每组接地线均应编号，并存放在固定地点。存放位置也要编号，接地线号码与存放号码必须一致。装拆接地线时均应使用绝缘棒或戴绝缘手套，人体不得碰触接地线。

装设接地线时，应先将接地端可靠接地，当验明设备或线路确实无电后，立即将接地线的另一端接在设备或线路的导电部分上。检修母线时，若母线长度在 10m 以下，可以只装设一组接地线。在门形构架的线路侧进行停电检修，若工作地点与所装接地线的距离小于 10m 时，工作地点虽然在接地线的外侧，也可不另装接地线。同杆架设的多层电力线路装设接地线时，应先装低压、后装高压，先装下层、后装上层。装设接地线，必须先装接地端，后装导体端，而且必须接触良好、可靠。拆接地线时，先拆导体端，后拆接地端。

### 四、悬挂标示牌和装设遮栏

在工作地点、施工设备和一经合闸即可送电到工作地点或施工设备的开关和刀开关的操作把手上，均应悬挂"禁止合闸，有人工作"的标示牌。如果线路上有人工作，应在线路开关和刀开关的操作把手上悬挂"禁止合闸，线路有人工作"的标示牌。标示牌的严禁擅自悬挂和拆除，应按调度员的命令执行。

当安全距离小于无遮栏所规定的数值的未停电设备时，应装设临时遮栏，且临时遮栏与带电部分的距离，不得小于规定的有遮栏的安全距离。临时遮栏应牢固，并悬挂"止步，高压危险"的标示牌。

在室内高压设备上工作时，应在工作地点两旁间隔和对面间隔的遮栏上和禁止通行的过道上悬挂"止步，高压危险"的标示牌：

在室外地面高压设备上工作时，应在工作地点四周用绳子做好围栏，围栏上悬挂适当数量的"止步，高压危险"的标示牌，且标示牌必须朝向围栏外面。在室外构架上工作时，应在工作地点临近带电部分的横梁上，悬挂"止步，高压危险"的标示牌，该标示牌在值班人员的监护下，由工作人员悬挂。工作人员上下用的铁架或梯子上，应悬挂"从此上下"的标示牌，在其附近可能误登的构架上，应悬挂"禁止攀登，高压危险"的标示牌。

严禁工作人员在工作中移动或拆除遮栏、接地线和标示牌。

# 本 章 小 结

1. 接地有工作接地、保护接地、防雷及防过电压接地和防静电接地等多种形式。在电力系统中，应用得最多的是工作接地和保护接地。

2. 接地装置是由接地体和接地连线两部分组成。接地装置按接地体的多少，分为三种组成形式。

3. 对接地电阻的要求：避雷针和避雷线单独使用时的接地电阻小于 $10\Omega$；配电变压器低压侧中性点接地电阻应在 $0.5\sim10\Omega$ 之间；保护接地的接地电阻应不大于 $4\Omega$。多个设备共用一副接地装置，接地电阻应以要求最高的为准。

4. 接地线的安装与选用须符合相关要求。

5. 接地电阻的测量方法有绝缘电阻表法和万用表法两种。

6. 保护接零的作用是：当单相短路时，使电路中的保护装置（如熔断器、漏电保护器等）迅速动作，将电源切断，确保人身安全。

7. 在低压电网中，零线除应在电源（发电机或变压器）的中性点进行工作接地以外，还应在零线的其他地方进行三点以上的接地，这种接地称为重复接地，重复接地既可以从零线上直接接地，也可以从接零设备外壳上接地。

8. 电气安全操作规程必须完成停电、验电、装设接地线、悬挂标示牌和装设遮栏等保证安全的技术措施。

# 实 训　触 电 急 救

## 一、实训目的
要求学会简单的触电急救方法。

**二、实训内容**

1. 练习"口对口人工呼吸法"急救方法。

2. 练习"胸外心脏挤压法"急救方法。

**三、实训器材准备**

心肺复苏人体模型 1 个，医用酒精和棉球若干。

**四、实训要求**

1. 教师在心肺复苏人体模型（没有人体模型，则可直接在人体上进行）演示两种急救方法的操作步骤。

2. 学生分成两人一组，相互进行两种方法的急救练习。

3. 模拟触电急救

（1）假设一个触电者。

（2）教师指导学员切断电源　寻找电源开关并切断电源。距离电源开关较远者，可用绝缘良好的棍棒拨开触电者身上的带电体。如果戴有绝缘手套或已穿绝缘鞋，可用一只手迅速把触电者拉离电源。

（3）就地严密观察触电者情况　如神志清醒，应使其躺平，暂时不要站立或走动；如神志不清，应使其仰面躺平，确保气道通畅，用 5s 时间呼叫或拍其肩部以判断是否意识丧失，禁止摇动头部。

（4）触电者有心跳而呼吸停止，紧急进行"口对口人工呼吸法"急救　方法：使触电者面部向上平躺地上；松开衣领、腰带；清理口鼻内异物；口对口人工呼吸：吹气 2s、排气 3s 为宜；不可中断，直至触电者苏醒。

（5）触电者有呼吸而心跳停止，采用"胸外心脏挤压法"进行急救　方法：使触电者面部向上，颈下垫软物使头部稍后仰；松开衣领、腰带；施救者跪跨触电者腰部，左手掌复压在右手背上，掌根用力向下挤压触电者胸骨下二分之一处，然后突然放松；每分钟挤压 80 次左右，不可中断，直至触电者苏醒。

（6）触电伤员呼吸和心跳均停止，应同时使用"口对口人工呼吸法"和"胸外心脏挤压法"进行急救。

**五、实训记录**

1. 写出"口对口人工呼吸法"急救方法操作要点。

2. 写出"胸外心脏挤压法"急救方法操作要点。

**六、实训成绩评定**

表 6-3　评分表

| 项　目　内　容 | 配　分 | 评　分　标　准 | 扣　分 | 得　分 |
|---|---|---|---|---|
| 触电者脱离电源方法 | 40 | （1）未切断有关电源开关，扣 10 分<br>（2）未采用绝缘物使触电者脱离电源，扣 10 分<br>（3）高处解脱电源未考虑坠落可能，扣 10 分<br>（4）抢救不及时，扣 10 分 | | |

（续）

| 项 目 内 容 | 配分 | 评 分 标 准 | 扣 分 | 得 分 |
|---|---|---|---|---|
| 口对口人工呼吸法 | 30 | (1) 气道不通一次扣10分<br>(2) 鼻翼漏气，扣10分<br>(3) 操作不当，扣10分 | | |
| 胸外心脏挤压法 | 30 | (1) 按压位置错误，扣10分<br>(2) 按压效果不良，扣10分<br>(3) 操作频率不对，扣10分 | | |
| 安全文明操作 | | (1) 违反操作规程，扣10分<br>(2) 损坏公物，停止实训，扣10分<br>(3) 发生事故者，扣50分 | | |
| 额定工时 | 2.5h | 开始时间 | 结束时间 | |
| 考试形式 | | 教师签名 | 总分 | |

# 习 题 6

1. 分别描述保护接地和保护接零的定义及适用范围。
2. 常用的接地方式及其作用是什么？
3. 爆炸危险场所，电气设备接地的注意事项有哪些？
4. 接地装置按接地体的多少分为哪几种？各适用于哪些地方？
5. 插座群接地线的安装有何要求？
6. 接地电阻的测量有哪几种？
7. 接地和接零能否混用，为什么？
8. 停电作业的安全技术措施有哪些？

# 综合实训　MF-47型万用表的组装与调试

## 一、实训目的

1. 了解指针式万用表的结构、工作原理及使用方法。

2. 熟悉电气元件及电路原理图，掌握识别、检测电子元器件的方法。

3. 学会安装、调试和使用万用表，掌握万用表的常见故障排除方法和万用表的维修方法。

4. 掌握锡焊焊接工艺和技术。

## 二、实训理论基础

### 1. 万用表结构

万用表分为指针式和数字式两种类型。本课题主要介绍 MF-47 型指针式万用表的安装、使用、调试方法及相关知识。指针式万用表的结构主要由显示部分（表头）、机械部分（选择开关）、电气部分（测量线路）三部分组成，如综图 1-1 所示。

指针式万用表的表笔分为红、黑两只。使用时应将红色表笔插入标有"＋"号的插孔中，黑色表笔插入标有"－"号的插孔中。MF-47 型万用表还提供 2500V 交直流电压扩大插孔以及 5A 的直流电流扩大插孔，使用时分别将红表笔移至对应插孔中即可。

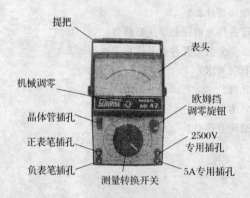

综图 1-1　指针式万用表的结构

### 2. 指针式万用表的测量电路及测量原理

MF-47 型万用表测量电路原理图如综图 1-2 所示，直流电流测量分为 50μA、500μA、5mA、50mA、500mA 和 5A 等 6 挡选择。直流电压测量分为 0.25V、0.5V、2.5V、10V、50V、250V、500V、1000V 和 2500V 等 9 挡选择（注意：直流 2500V 和直流 5A 挡位，面板上本来就有的挡位，所以有 5＋1＝6 挡位；8＋1＝9 挡位）。交流电压测量分为 10V、50V、250V、500V、1000V 和 2500V 等 6 挡选择。电阻测量分为×1Ω、×10Ω、×100Ω、×1kΩ 和×10kΩ 等 5 挡选择。电路还可以对电容、电池电量、晶体管的 $h_{FE}$ 参数和音频电平等进行测量。除交直流 2500V 和直流 10A 分别有单独的插座外，其余只需旋转选择开关，即可选择相应的测量挡位。测量机构采用硅二极管保护，保证过载时不损坏表头，并且电路设有 0.5A 熔丝以防止万用表误用时损坏电路。

（1）直流电流挡的测量电路和工作原理　磁电式表头的指针偏转角与通过线圈的电流成

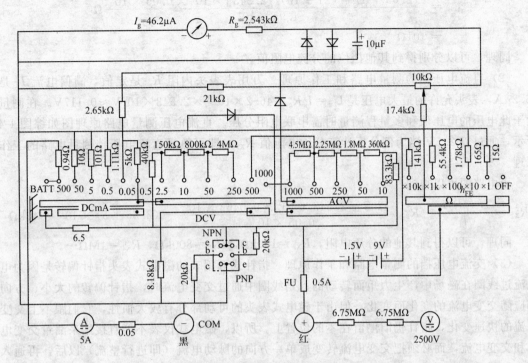

综图 1-2 MF-47 型万用表测量电路原理图

正比，刻度盘上的读数即可指示被测电流的大小。表头的满偏电流是 46.2μA。在测量大电流和多量程电流时必须加上不同的分流电阻分流，并且并联电路的电流分配与电阻成反比。直流电流测量电路原理图如综图 1-3 所示，以 5mA 挡为例。通过对 5mA 挡电流测量电路的分流电阻分析计算，即可熟悉直流电流测量电路的工作原理。

由电路图可以得到如下方程

$$R_X I_X = (R_1 + R /\!/ R_g) I_1$$
$$I_R + I_g = I_1$$
$$R_g I_g = R I_R$$
$$I_1 + I_X = I$$

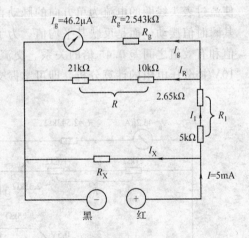

综图 1-3 直流电流测量电路原理图

直流电流 5mA 挡的满度电路 $I$=5mA，$I_g$= 46.2μA
通过计算可得

$I_R$=3.79μA，$I_1$=49.99μA≈50μA，$I_X$=4.95mA
则分流电阻

$$R_X = \frac{(R_1 + R /\!/ R_g) I_1}{I_X}$$

$$= \frac{[(2.65+5)+(21+10)//2.543] \times 10^3 \times 0.05 \times 10^{-3}}{4.95 \times 10^{-3}} \Omega$$

$$= 101\Omega$$

同理，可以分别得到其他挡位的分流电阻值。

(2) 直流电压挡的测量电路和工作原理　万用表表头内阻 $R_g$ 是定值，满偏电流 $I_g$ 是 $46.2\mu A$，表头允许的最大电压是 $U_g = I_g R_g = 46.2 \times 10^{-6} \times 2.543 \times 10^3 V \approx 0.117V$。在测量大于此电压的电压值和多量程测量时需串联电阻分压。直流电压测量电路原理图如综图 1-4 所示，通过以 2.5V 挡为例分析计算分压电阻值 $R_{X1}$，即可熟悉直流电压挡测量电路的工作原理。

由电路图可以得到

$$R_{X1} = \frac{U - R_g I_g}{I_1} - R_1 = \frac{2.5 - 2.543 \times 10^3 \times 0.0462 \times 10^{-3}}{0.05 \times 10^{-3}} - (2.65+5) \times 10^3 = 40k\Omega$$

同理，可以得到其他的分压电阻，$R_{X2} = 150k\Omega$，$R_{X3} = 800k\Omega$，$R_{X4} = 4M\Omega \cdots$。

(3) 交流电压挡的测量电路和工作原理　指针式万用表的磁电式表头指针偏转是因为电流流过线圈在磁场中产生力矩而转动的；当线圈中通过交变电流时，指针偏转的大小、方向都应随交变电流的变化而变化。但由于磁电式表头的可动部分有较大惯性，它们跟不上交变电流的快速变化，指针仍旧停留在零的位置上。所以，磁电式仪表不能直接用来测量交变电压和交变电流，而必须把交变电流转变成单一方向的脉动电流（即进行整流）以后，再通入表头线圈。MF-47 型万用表采用二极管半波整流电路，将交流信号转变为脉动直流信号，使流过表头线圈的电流为单方向的脉动直流。由于表头可动部分的惯性较大，指针不会随着其瞬时值摆动，而是反映其平均值。为了读数方便，刻度盘上用交流量的有效值表示。平均值和有效值之间差 0.45 倍的关系。交流电压测量电路原理图如综图 1-5 所示，通过对交流 10V 挡分压电阻的计算分析，即可掌握交流电压测量电路的工作原理。

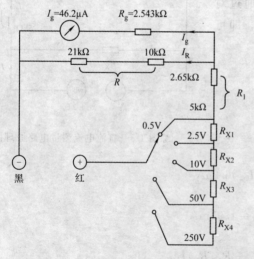

综图 1-4　直流电压测量电路原理图

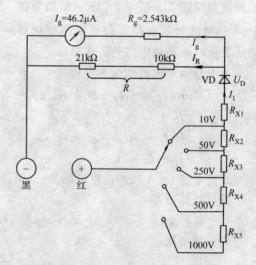

综图 1-5　交流电压测量电路原理图

根据电路图可得分压电阻

$$R_{X1} = \frac{0.45U - I_g R_g - U_D}{I_1}$$

$$= \frac{0.45 \times 10 - 46.2 \times 2.543 \times 10^{-3} - 0.218}{0.05 \times 10^{-3}}$$

$$\approx 83.3 \text{k}\Omega$$

同理，可以得到其他挡位的分压电阻为：$R_{X2} = 360 \text{k}\Omega$，$R_{X3} = 1.8 \text{M}\Omega$，$R_{X4} = 2.25 \text{M}\Omega$，$R_{X5} = 4.5 \text{M}\Omega$，…。

（4）欧姆挡的测量电路和工作原理　　在测量电阻时，因为被测电阻不能提供测量电流，因此用表内的直流电源 $E$ 供电。电阻挡分为 ×1、×10、×100、×1k 和 ×10k 五个量程。例如，将挡位开关旋钮打到 ×1 时，外接被测电阻通过"－"端与表头相连；通过"＋"端经过 0.5A 熔断器接到电池，再经过电刷旋钮与调零电位器连接后与公共显示部分形成回路，使表头偏转，测出阻值的大小。电阻测量电路如综图 1-6 所示，以 ×100 挡为例。

欧姆表的内阻为

$$R_i = [(R_g + R_{W1}) /\!/ (21 \text{k}\Omega + R_{W2}) + 17.4 \text{k}\Omega] /\!/ R$$

根据电路可得

$$I = \frac{E}{R_i + R_X}$$

从上式中可以看出：$I$ 与 $R_X$ 之间是非线性的，因此欧姆挡的刻度盘标度是不均匀的，并且是反向分度的。当 $E$、$R_i$ 一定时，回路电流随被测电阻的改变而变化。当 $R_X \to \infty$ 时，指针不偏转；当 $R_X = 0$ 时，指针偏转最大，所以可以把被测电路两端短路，调节可调电阻使指针达到满偏；当 $R_X = R_i$ 时，指针应指向刻度盘的中间，因此通常将 $R_i$ 称为欧姆表的中值阻值。

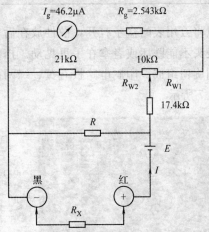

综图 1-6　欧姆挡测量电路原理图

### 三、实训准备器材

电烙铁、焊锡丝、烙铁架、螺钉旋具（一字和十字）、尖嘴钳、斜口钳、镊子、什锦锉、小刮刀、万用表；MF-47 型万用表套件 1 套，清单见综表 1-1。

综表 1-1　器件清单

| 名称和规格 | 数量 | 名称和规格 | 数量 | 名称和规格 | 数量 |
|---|---|---|---|---|---|
| 电阻 0.94Ω | 1 只 | 电阻 1.8MΩ | 1 只 | 提把 | 1 只 |
| 电阻 6.5Ω | 1 只 | 电阻 2.25MΩ | 1 只 | 提把卡 | 2 只 |
| 电阻 10Ω | 1 只 | 电阻 4MΩ | 1 只 | 高压电阻套管 | 1 根 |
| 电阻 15Ω | 1 只 | 电阻 4.5MΩ | 1 只 | 提把垫片 | 1 只 |
| 电阻 101Ω | 1 只 | 电阻 6.75MΩ | 2 只 | 螺母 M5 | 1 只 |
| 电阻 165Ω | 1 只 | 电阻 120Ω | 1 只 | 螺钉 M3×6 | 2 只 |
| 电阻 1.11kΩ | 1 只 | 电阻 220Ω | 1 只 | 螺钉 M3×5 | 4 只 |
| 电阻 1.78kΩ | 1 只 | 电阻 20kΩ | 2 只 | 开口垫片 φ4 | 1 片 |
| 电阻 2.65kΩ | 1 只 | 绕线电阻 0.05Ω | 1 只 | 内齿垫片 φ5 | 1 片 |
| 电阻 5kΩ | 1 只 | 10kΩ 电位器 | 1 只 | 弹簧 | 2 只 |
| 电阻 8.18kΩ | 1 只 | 二极管 1N4001 | 4 只 | 钢珠 φ4 | 2 只 |
| 电阻 17.4kΩ | 1 只 | 电解电容 10μF | 1 只 | 平垫片 | 1 片 |
| 电阻 21kΩ | 1 只 | 熔丝管（0.5A） | 1 只 | 电池正负极片 | 4 只 |
| 电阻 40kΩ | 1 只 | 熔丝夹 | 1 副 | 电刷组件 | 1 片 |
| 电阻 55.4kΩ | 1 只 | 面板 | 2 只 | 插座铜管 φ3 | 4 根 |
| 电阻 83.3kΩ | 1 只 | 大旋钮 | 1 只 | 晶体管座焊片 | 6 片 |
| 电阻 141kΩ | 1 只 | 小旋钮 | 1 只 | 连接色线 | 5 根 |
| 电阻 150kΩ | 1 只 | 表箱 | 1 只 | MF-47 印制电路板 | 1 块 |
| 电阻 360kΩ | 1 只 | 电池盒盖板 | 1 片 | 表头 46.2μA | 1 只 |
| 电阻 800kΩ | 1 只 | 晶体管插座 | 1 只 | 表棒（红、黑） | 1 副 |

　　在清点时可以将万用表的盒子打开，散件放在后盖中，电阻等元器件放在塑料袋中，以免丢失。注意，表头不能跌坏或者拿在手里晃动。挡位开关由安装在正面的挡位开关旋钮和安装在反面的电刷旋钮组成。印制电路板有黄、绿两面：绿面用于焊接，黄面用于参考安装元器件，如综图 1-7 所示。

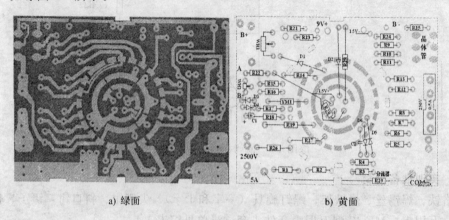

a) 绿面　　　　　　　　　　　b) 黄面

综图 1-7　印制电路板

### 四、实训操作要点

1. 焊接前的准备工作

（1）清除元器件引脚表面的氧化层　清除元件表面的氧化层的方法是：左手捏住电阻或其他元器件的本体，右手用小刮刀轻刮元器件引脚的表面，左手慢慢地转动，直到表面氧化层全部去除。为了使电池夹易于焊接，要用什锦锉将电池夹的焊接点锉毛，去除氧化层。

（2）元器件引脚的弯制成型　左手用镊子紧靠电阻或其他元器件的本体，夹紧元器件的引脚，使引脚的弯折处距离元器件的本体有 2mm 以上的间隙。引脚之间的距离，根据电路板孔距而定，引脚修剪后的长度大约为 8mm，如综图 1-8a 所示。如果孔距较小，元器件较大，应将引脚往回弯折成形，如综图 1-8b 所示。有的元器件安装孔距离较大，应根据线路板上对应的孔距弯曲成型，如综图 1-8c 所示。电容的引脚可以弯成直角，将电容水平安装，或弯成梯形，将电容垂直安装，综图 1-8d 所示为元器件垂直安装时引脚的弯制方法。

二极管可以水平安装，当孔距很小时应垂直安装，为了将二极管的引脚弯成美观的圆形，应用螺钉旋具辅助弯制。将螺钉旋具紧靠二极管引脚的根部，十字交叉，左手捏紧交叉点，右手食指将引脚向下弯，直到两引脚平行。

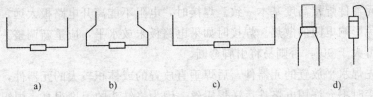

综图 1-8　元器件引脚的弯制

元器件引脚弯制好后应按规格型号的标注方法进行读数。将胶带轻轻贴在纸上，把元器件插入，贴牢，写上元器件的规格型号值，然后将胶带贴紧备用。注意，**不要把元器件引脚剪太短**。

用直标法标注的电阻、二极管等弯制时应注意**将标注的文字放在能看到的地方，便于今后维修更换**。

将弯制成型的元器件对照图纸插放到电路板上。

**注意：元器件一定不能插错位置；二极管、电解电容要注意极性；电阻插放时要求读数方向排列整齐，横排的必须从左向右读，竖排的从下向上读，保证读数一致。**

（3）元器件的焊接　焊接前一定要注意，烙铁的插头必须插在右手的插座上，不能插在靠左手的插座上；如果是左撇子就插在左手。烙铁通电前，应将烙铁的电线拉直，并检查电线的绝缘层是否有损坏。通电后，应将电烙铁插在烙铁架中，并检查烙铁头是否会碰到电线、塑料或其他易燃物品。

焊接时先将电烙铁在电路板上加热，大约 2s 后，送焊锡丝，如综图 1-9 所示，观察焊锡量的多少，不能太多，造成堆焊；也不能太少。造成虚焊。当焊锡熔化、发出光泽时焊接温度最佳，应立即将焊锡丝移开，再将电烙铁移开。为了在加热中使加热面积最大，要将烙铁头的斜面靠在元器件引脚上，烙铁头的顶尖抵在电路板的焊盘上。焊点高度一般在 2mm 左右，直径应与焊盘相一致，引脚应高出焊点大约 0.5mm。

综图 1-9　焊接时电烙铁
与焊锡丝正确位置

焊点表面应该光滑、清洁、有良好光泽，不应有毛刺、空隙，整体质量牢固、美观。

烙铁架上的吸水棉要事先加水，在烙铁加热过程中及加热后都不能用手触摸烙铁的发热金属部分，以免烫伤或触电。练习时注意不断总结，把握加热时间长短、送锡多少，不可在一个点加热时间过长，否则会使电路板的焊盘烫坏。

(4) 烙铁头的保护　随着烙铁的温度渐渐升高，要及时把焊锡丝点到烙铁头上，焊锡丝在一定温度时熔化，将烙铁头镀锡，保护烙铁头，镀锡后的烙铁头为银白色。

如果烙铁头上挂有很多的锡，不易焊接，可在烙铁架中带水的吸水棉上或者在烙铁架的钢丝上抹去多余的锡；不可在工作台或者其他地方乱抹、乱甩。

2. 元器件的焊接与安装

(1) 元器件的焊接　在焊接练习板上，对照图纸插放元器件，用万用表检测检查每个元器件插放是否正确，二极管、电解电容极性是否正确，电阻读数的方向是否一致，全部合格后方可进行元器件的焊接。

焊接完的元器件，要求排列整齐、高度一致。为了保证焊接的整齐美观，焊接时应将电路板架在焊接架上焊接，两边架空的高度要一致，元器件插好后，要调整位置，使它与桌面相接触，保证元器件焊接高度基本一致。焊接时，电阻不能离开电路板太远，也不能紧贴电路板焊接，以免影响电阻的散热。焊接时如果电路板未放水平，应重新调整。注意，电解电容折弯角度不可大于90°，否则易将引脚弯断。

焊接时应先焊水平放置的元器件，后焊垂直放置的或体积较大的元器件，如分流器、可调电阻等。焊接时不允许用电烙铁运送焊锡丝，因为烙铁头的温度很高，焊锡在高温下会使助焊剂分解挥发，易造成虚焊等焊接缺陷。

(2) 错焊元器件的拔除。当元器件焊错时，要将错焊的元器件拔除。先检查焊错的元器件应该焊在什么位置，正确位置的引脚长度是多少，如果引脚较短，为了便于拔出，应先将引脚剪短。在烙铁架上清除烙铁头上的焊锡，将线路板绿色的焊接面朝下，用烙铁将元器件引脚上的锡尽量刮除，然后将电路板竖直放置，用镊子在黄色的面将元器件引脚轻轻夹住，在绿色面，用烙铁轻轻烫，同时用镊子将元器件向相反方向推出。拔除后，焊盘孔容易堵塞，有两种方法可以解决这一问题。一种是用烙铁稍烫焊盘，再用镊子夹住一根废元器件引脚，将堵塞的孔通开；一种是将元器件做成正确的形状，并将引脚剪到合适的长度，镊子夹住元器件，放在被堵塞孔的背面，用烙铁在焊盘上加热，将元器件推入焊盘孔中。**注意用力要轻，不能将焊盘推离电路板，使焊盘与电路板间形成间隙或者使焊盘与电路板脱开。**

(3) 电位器的安装　电位器安装时，应先测量电位器引脚间的阻值，电位器共有五个引脚，其中三个并排的引脚中，1、3两点为固定触点，2为可动触点，当旋钮转动时，1、2或者2、3间的阻值发生变化。电位器实质上是一个滑线电阻，电位器的两个粗的引脚主要用于固定电位器。安装时应捏住电位器的外壳，平稳地插入，不应使某一个引脚受力过大。不能捏住电位器的引脚安装，以免损坏电位器。安装前应用万用表测量电位器的阻值，如1、3之间的阻值为10kΩ，拧动电位器的黑色小旋钮，测量1与2或者2与3之间的阻值应在0~10kΩ间变化。如果没有阻值，或者阻值不改变，说明电位器已经损坏，不能安装，同时注意**电位器要装在电路板的焊接绿面，不能装在黄色面。**

(4) 分流器的安装　安装分流器时要注意方向，不能让分流器影响电路板及其他电阻的安装。

（5）输入插管的安装　输入插管装在绿面，是用来插表棒的，因此一定要焊接牢固，以免使用时松动。将其插入电路板中，用尖嘴钳在黄面轻轻捏紧，将其固定，一定要注意垂直，然后将两个固定点焊接牢固。

（6）晶体管插座的安装　晶体管插座应装在电路板绿面，用于判断晶体管的极性。在绿面的左上角有 6 个椭圆的焊盘，中间有两个小孔，用于晶体管插座的定位，将其放入小孔中检查是否合适，如果小孔直径小于定位突起物，应用锥子稍微将孔扩大，使定位突起物能够插入。将晶体管插片插入晶体管插座中，检查是否松动。应将其拨出并将其弯曲，插入晶体管插座中．然后将其伸出部分折平。

晶体管插片装好后，将晶体管插座装在电路板上，定位，检查是否垂直，并将 6 个椭圆的焊盘焊接牢固。

（7）焊接时的注意事项　**焊接时一定要注意电刷轨道上不能粘上焊锡，否则会严重影响电刷的运转。** 为了防止电刷轨道粘上焊锡，切忌用烙铁运送焊锡。由于焊接过程中有时会产生气泡，使焊锡飞溅到电刷轨道上，因此应用一张圆形厚纸垫在电路板上焊接。

如果电刷轨道上粘了焊锡，应将其绿面朝下，用没有焊锡的烙铁将锡尽量刮除。但由于电路板上的金属与焊锡的亲和性强，很难刮尽，最后要再用小刀稍微修平整。

在每一个焊点加热的时间不能过长，否则会使焊盘脱开或脱离电路板。对焊点进行修整时，要让焊点有一定的冷却时间，否则不但会使焊盘脱开或脱离电路板，而且会使元器件温度过高而损坏。

（8）电池极板的焊接　焊接前先要检查电池极板的松紧，如果太紧应将其调整。调整的方法是用尖嘴钳将电池极板侧面的突起物稍微夹平，使它能顺利地插入电池极板插座，且不松动。

焊接时应将电池极板拨起，否则高温会把电池极板插座的塑料烫坏。为了便于焊接，应先用什锦锉将其焊接部分锉毛，去除氧化层。用加热的烙铁沾一些松香放在焊接点上，再加焊锡，为其搪锡。

将连接线线头剥出，如果是多股线应立即将其拧紧，然后沾松香并搪锡。用烙铁运送少量焊锡，烫开电池极板上已有的锡，迅速将连接线插入并移开烙铁。如果时间稍长，将会使连接线的绝缘层烫化（指连接线的绝缘层被电烙铁的高温损伤），影响其绝缘。连接线焊好后将电池极板压下，安装到位。

3. 机械部件的安装调整

（1）提把的安装　后盖侧面有两个圆形小孔，是提把铆钉安装孔。提把放在后盖上，将两个黑色的提把橡胶垫圈垫在提把与后盖中间，然后从外向里将提把铆钉按其方向卡入，听到"咔嗒"声后说明已经安装到位。如果无法听到"咔嗒"声，可能是橡胶垫圈太厚，应更换后重新安装。注意，一定要用四指包住提把铆钉，否则会使其丢失。

将提把转向朝下，检查其是否能起支撑作用，如果不能支撑，说明橡胶垫圈太薄，应更换后重新安装。

（2）电刷旋钮的安装　取出弹簧和钢珠，并将其放入凡士林油中，使其蘸满凡士林。加油有两个作用：一是电刷旋钮润滑，旋转灵活；二是起黏附作用，将弹簧和钢珠黏附在电刷旋钮上，防止其丢失。将加油的弹簧放入电刷旋钮的小孔中，钢珠黏附在弹簧的上方，注意切勿丢失。将电刷旋钮平放在面板上，注意电刷放置的方向。用螺钉旋具轻轻顶住，使钢珠卡入花瓣槽内，小心滚掉，然后手指均匀用力地将电刷旋钮卡入固定卡。

将面板翻到正面，挡位开关旋钮轻轻套在从圆孔中伸出的小手柄上，慢慢转动旋钮，检查电刷旋钮是否安装正确，应能听到"咔嗒"、"咔嗒"的定位声，如听不到则可能钢珠丢失或掉进电刷旋钮与面板间的缝隙，这时挡位开关无法定位，应拆除重装。将挡位开关旋钮轻轻取下，用手轻轻顶小孔中的手柄，同时反面用手依次轻轻扳动三个定位卡，**注意用力一定要轻且均匀，否则会把定位卡扳断。**

(3) 挡位开关旋钮的安装　电刷旋钮安装正确后，将它转到电刷安装卡向上位置，将挡位开关旋钮白线向上套在正面电刷旋钮的小手柄上，向下压紧即可。如果白线与电刷安装卡方向相反，必须拆下重装。拆除时用一字螺钉旋具对称地轻轻撬动，依次按左、右、上、下的顺序，将其撬下。**注意，用力要轻且对称，否则容易撬坏。**

(4) 电刷的安装　将电刷旋钮的电刷安装卡转向朝上，V 形电刷有一个缺口，应放在左下角，因为电路板的 3 条电刷轨道，中间 2 条间隙较小，外侧 2 条间隙较大，与电刷相对应，当缺口在左下角时电刷接触点上面 2 个相距较远，下面 2 个相距较近，一定不能放错。电刷四周都要卡入电刷安装槽内，用手轻轻按，看是否有弹性并能自动复位。如果电刷安装的方向不对，将使万用表失效或损坏，因此安装时应仔细。

(5) 电路板的安装　电刷安装正确后就可以安装电路板。安装电路板前应检查电路板焊点的质量及高度，特别是在外侧两圈轨道中的焊点，由于电刷要从中通过，安装前一定要检查焊点高度，不能超过 2mm，直径不能太大，如果焊点太高会影响电刷的正常转动甚至刮断电刷。

电路板用三个固定卡固定在面板背面，将电路板水平放在固定卡上，依次卡入即可。如果要拆下重装，依次轻轻扳动固定卡。注意，在安装电路板前应将表头连接线焊上。

最后装电池和后盖，装后盖时左手掌握面板稍高，右手持后盖稍低，将后盖向上推入面板，拧上螺钉。**注意，拧螺钉时用力不可太大或太猛，以免将螺孔拧坏。**

五、万用表组装的步骤

1) 安装电路板，将电路板安卡在万用表壳内。

2) 安装 1.5V 电池夹，用一根红导线和一根黑导线分别焊在 1.5V 电池夹的焊位上，将两个电池夹卡在面板的卡槽内，注意电池的正负极（接红线的为正极，接黑线的为负极）。将红黑两根引线分别焊到电路板对应的焊盘上。

3) 焊接 9V 电池扣，将 9V 电池扣的两根导线分别焊到电路板对应的焊盘上（红正、黑负）。

4) 焊接表头线，注意表头的正负极。

5) 安装转换开关电刷，将电刷安装到转换开关旋钮转轴上，电刷的电极方向应与旋柄的指向一致，用螺母将其固定好。

6) 安装调零电位器旋钮。

7) 安装万用表提把。

8) 安装后盖，用两只螺钉将后盖固定好。

六、调试

万用表组装完成后应进行以下调试工作：

将量程选择开关置于所选择的"Ω"挡位上。

1. 机械调零

如综图 1-10 所示，调节机械调零旋钮，指针能在零位左右灵活旋转，能准确停在零位。

2. 电阻调零

如综图 1-10 所示，对每一电阻挡调零。调零时，指针能在 0Ω 位置左右灵活转动，能准确地停在 0Ω 位置。

3. 误差测试

取一块标准万用表，如数字式万用表，分别在 1k、10k 及电流、电压挡对给定的电阻、电流、电压进行测量，然后用自装的万用表再次测量这些参数。求出测量绝对误差与相对误差，若相对误差过大（通常相对误差小于 5%），则应检测自装的万用表。

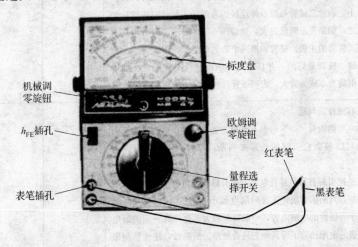

综图 1-10　表头机械调零与电阻调零

### 七、实训记录

综表 1-2　实训记录表一

| 项目 | 元器件检测方法 | 元器件参数 | 元器件个数 | 使用时间 |
|---|---|---|---|---|
| 电阻的检测 | 电阻的检测<br><br>　　普通电阻的检测可以用万用表直接测量，也可以通过色环识别，对照材料配套清单，检查各电阻的阻值是否正确。电阻色环有三环、四环和五环之分，三环、四环的前两环为有效数字，第三环为指数环，第四环表示精度，五环电阻前三环为有效数字。电阻色环表示法见综表 1-3。<br>　　金色和银色只能是乘数和允许误差，一定放在右边；表示允许误差的色环比有效数字和指数色环稍宽、稍远。本次实习使用的电阻大多数允许误差是 ±1% 的，用棕色色环表示，因此棕色一般都在最右边。<br>　　例：某电阻的色环为红、紫、绿、棕，其阻值为 $27 \times 10^5 \Omega = 2.7M\Omega$，其误差为 ±1%。<br>　　对于可调电阻，轻轻拧动电位器的黑色旋钮，可以调节电位器的阻值；用十字螺钉旋具轻轻拧动可调电阻的橙色旋钮，也可调节可调电阻的阻值 | | | |

（续）

| 项目 | 元器件检测方法 | 元器件参数 | 元器件个数 | 使用时间 |
|---|---|---|---|---|
| 二极管的检测 | **二极管的检测**<br>二极管在电路中常起整流、检波和稳压作用。可用万用表判断二极管极性，由于电阻挡中的电池正极与黑表棒相连，这时黑表棒相当于电池的正极，红表棒与电池的负极相连，相当于电池的负极，当二极管正极与黑表棒连通、负极与红表棒连通时，二极管两端被加上了正向电压，二极管导通，显示阻值很小，如综图 1-11a 所示万用表拨至×100 或×k 挡，红表棒插在"＋"，黑表棒插在"—"，将二极管搭接在表棒两端，观察万用表指针的偏转情况，如果指针偏向右边，显示阻值很小，表示二极管与黑表棒连接的为正极，与红表棒连接的为负极。反之，如果显示阻值很大，如综图 1-11b 所示，那么与红表棒搭接的是二极管的正极。接着调换两个表笔再测量，若表针的示数较大，说明该二极管是好的，并且原先判明的极性是正确的。如果正、反向电阻均为 0 或无穷大，表明该管已经击穿或断路，不能使用 | | | |
| 电容的检测 | **电解电容极性的判断**<br>在电解电容侧面有"—"号的是负极，如果电解电容上没有标明正负极，也可以根据它引脚的长短来判断，长脚为正极，短脚为负极。<br>如果已经把引脚剪短，并且电容上没有标明正负极，那么可以用万用表来判断，判断的方法是正接时漏电流小（阻值大），反接时漏电流大。对于有极性的电解电容，一般容量较大，允许有一定的漏电流，用万用表的电阻挡除了可判断它是否短路、断路外，还能估测出它的漏电流和电容量。将万用表拨到×100 挡或×1k 挡（测量前应将电容器放电，把电容器的两脚相碰一下，以中和电容器内部残存的电荷），红表笔接电容器负极、黑表笔接正极时，表针将迅速向右摆动一个角度，然后慢慢退回。待表针不动后，指示的电阻值越大，表明漏电流越小 | | | |

综表 1-3　电阻器的色环表示法

| 颜色 | 有效数字第一位数 | 有效数字第二位数 | 倍乘数 | 允许误差 % |
|---|---|---|---|---|
| 棕 | 1 | 1 | $10^1$ | ±1 |
| 红 | 2 | 2 | $10^2$ | ±2 |
| 橙 | 3 | 3 | $10^3$ | — |
| 黄 | 4 | 4 | $10^4$ | — |
| 绿 | 5 | 5 | $10^5$ | ±0.5 |
| 蓝 | 6 | 6 | $10^6$ | ±0.2 |
| 紫 | 7 | 7 | $10^7$ | ±0.1 |
| 灰 | 8 | 8 | $10^8$ | — |
| 白 | 9 | 9 | $10^9$ | — |
| 黑 | 0 | 0 | $10^0$ | — |

（续）

| 颜色 | 有效数字第一位数 | 有效数字第二位数 | 倍乘数 | 允许误差% |
|---|---|---|---|---|
| 金 | — | — | $10^{-1}$ | ±5 |
| 银 | — | — | $10^{-2}$ | ±10 |
| 无色 | — | — | — | ±20 |

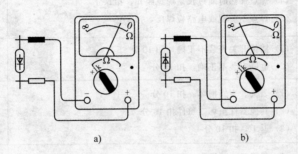

a)　　　　　　　　　　　b)

综图 1-11　二极管的检测

a）二极管正偏电阻较小　b）二极管反偏电阻较大

综表 1-4　实训记录表二

| 项目 | 操作步骤 | 安装与焊接的质量 | 使用时间 |
|---|---|---|---|
| 元器件的焊接与安装过程记录 | 1. 电阻器的焊接与安装 | | |
| | 2. 晶体管的焊接与安装 | | |
| | 3. 电容器的焊接与安装 | | |
| 机械部件的安装调整记录 | 1. 电路板安装 | | |
| | 2. 1.5V 电池夹安装 | | |
| | 3. 转换开关电刷安装 | | |
| | 4. 调零电位器旋钮安装 | | |
| | 5. 万用表提把安装 | | |
| | 6. 后盖安装 | | |
| 万用表的校准 | 1. 机械调零 | | |
| | 2. 电阻调零 | | |
| | 3. 误差测试 | | |

## 八、实训成绩评定

实训成绩的评定可以按照实训评分表的要求进行评定，见综表 1-5。

综表 1-5　评分表

| 项目内容 | 配分 | 评分标准 | 扣分 | 得分 |
|---|---|---|---|---|
| 器件检测 | 10 | （1）二极管极性不正确，扣 5 分<br>（2）电解电容极性不正确，扣 5 分 | | |

(续)

| 项目内容 | 配　分 | 评　分　标　准 | 扣　分 | 得　分 |
|---|---|---|---|---|
| 线路板安装与焊接 | 40 | (1) 焊接方法不正确，出现虚焊、漏焊，扣 10 分<br>(2) 元器件错装、漏装、接线不正确，扣 10 分<br>(3) 元器件排列不合理，无法盖箱盖。扣 10 分<br>(4) 焊点加热时间过长是焊盘脱开，扣 5 分<br>(5) 焊点不美观或电路板焊反，扣 5 分 | | |
| 机械部件安装 | 20 | (1) 挡位开关安装不正确，扣 10 分<br>(2) 电刷安装不正确，扣 10 分 | | |
| 元器件损坏与返工情况 | 30 | (1) 表头、表棒损坏。扣 10 分<br>(2) 其他器件损坏。每件扣 10 分<br>(3) 返工，扣 10 分 | | |
| 安全文明操作 | | (1) 每违反一次操作规程，扣 5 分<br>(2) 工作场地不整洁，扣 5 分<br>(3) 发生事故，扣 50 分 | | |
| 额定工时 | 10h | 开始时间　　　　　　　结束时间 | | |
| 考核方式 | 时限型 | 教师签字 | 总分 | |

# 参 考 文 献

[1] 赵承获. 维修电工技能训练 [M]. 北京：中国劳动社会保障出版社，2001.

[2] 曾祥富. 电工技能与训练 [M]. 北京：高等教育出版社，2000.

[3] 张盖楚，陈振明. 电工基本操作技能 [M]. 北京：金盾出版社，2005.

[4] 俞艳. 维修电工与实训——综合篇 [M]. 北京：人民邮电出版社，2008.

[5] 李国成，刘振强. 电工电子技术 [M]. 北京：机械工业出版社，2007.

[6] 杨奎河. 电路 [M]. 北京：金盾出版社，2008.

[7] 魏连荣. 电工技能训练 [M]. 北京：化学工业出版社，2008.

[8] 李敬梅. 电工基础 [M]. 北京：中国劳动社会保障出版社，2003.

[9] 边长禄. 电工技能与训练 [M]. 北京：人民邮电出版社，2008.

[10] 张孝三. 电工学 [M]. 北京：中国劳动社会保障出版社，2001.

[11] 李书堂. 电工基础 [M]. 北京：中国劳动社会保障出版社，2001.

[12] 朱照红. 电工技能训练 [M]. 北京：中国劳动社会保障出版社，2007.

[13] 彭前程. 物理 [M]. 北京：人民教育出版社，2006.

[14] 孟凡伦. 维修电工生产实习 [M]. 北京：中国劳动出版社，1998.

[15] 刘光源. 电工生产实习 [M]. 北京：中国劳动出版社，1988.